www.ingramcontent.com/pod-product-compliance
Lightning Source LLC
Chambersburg PA
CBHW021947120726
47992CB00001B/176

نعناع الجناين

أعمال خيري شلبي
الصادرة عن دار الكرمة

الشطار (رواية)

العراوي (رواية)

نعناع الجناين (رواية)

بطن البقرة (جغروراية)

موال البيات والنوم (رواية)

منامات عم أحمد السماك (رواية)

رحلات الطرشجي الحلوجي (رواية)

# خيري شلبي

## نعناع الجناين

رواية

الكرمة

alkarmabooks.com

facebook.com/alkarmabooks

twitter.com/alkarmabooks

instagram.com/alkarmabooks



هذا عمل أدبي خيالي. جميع الأسماء والشخصيات والأماكن والأحداث الواردة فيه هي من نسج خيال المؤلف، أو مستخدَمة بشكل فني خيالي، ويجب عدم تفسيرها على أنها حقيقية. وأي تشابه مع أحداث أو أماكن أو منظمات فعلية أو أشخاص، أحياء أو أموات، فهو من قبيل المصادفة.

شلبي، خيري.

نعناع الجناين: رواية / خيري شلبي ـ القاهرة: الكرمة للنشر، ٢٠٢٢.

٢٤٠ ص؛ ٢٠ سم.

تدمك: 9789776743724

١ـ القصص العربية.

أ ـ العنوان.

رقم الإيداع بدار الكتب المصرية: ٢٣١٥٥ / ٢٠٢١

٢٤٦٨١٠٩٧٥٣١

تصميم الغلاف: أحمد عاطف مجاهد

عناصر التصميم من رسوم الوشم المصرية الشعبية

«أنا ابن الخيَال الشعبي والسِّير والملاحم والفلكلور، مولَعٌ بالتفاصيل الدقيقة، وأحشدها في أبنية ذات شُعب موصولة بالمسكوت عنه من الواقع الإنساني المؤلم والساحر في آنٍ، فأنا ابن الفلكلور المصري الذي رسَّخ في وعي طفولتي المبكرة أن لي أختًا تحت الأرض يجب أن أحنو عليها، وأن أترك لها لقمة تقع من يدي. إن كل ما كتبته من قصص وروايات أنا في الواقع أغوص فيها على صعيد الوقائع الحياتية، فأكاد أزعم بالفعل أن كل ما كتبته من رواية أو حتى أقصوصة من نصف صفحة كان تجربة فنية نابعة من تجربة حياتية».

خيري شلبي

# إهداء


إلى الفنان محمود حميدة
أول فرحتي الأبوية.

خيري

<h1 style="text-align:center">١</h1>

<h1 style="text-align:center">ربطة المعلم</h1>

عائلتنا بدون عمي أبو السعود أفندي عقل تصبح عائلة بائسة، من عموم العائلات التي يوقرها علية القوم وأسافلهم على سبيل برو العتب، حتى وإن كانت من أصل نقي طيب العنصر، وعميدها الأكبر جدي شيخ مشايخ البلدة كلها حسن أبو السعود عقل، صاحب أقدم وأشهر كُتّاب لتحفيظ القرآن الكريم، ربما في بلاد محافظة كفر الشيخ بأكملها، قد علّم أجيالًا كثيرة من أبناء الناحية، وكلهم يدينون له بالفضل العميم. كما أن عائلتنا تزرع في ثلاثة أفدنة ونصف الفدان من أملاكها الموروثة عن الجد الأكبر، وفدانَين تستأجرهما من مالك يمت إلينا بصلة قربى وثيقة، وقد هجر الفلاحة والبلدة وراح يعيش في مدينة الإسكندرية، ويعمل حارسًا خاصًا لخاله الهلباوي بك صاحب المحالج الكثيرة.

جدي الشيخ حسن عقل رجل حكاء بارع، ويعتبره الناس ـ لخفة ظله الفاقعة ـ أظرف من شهدت بلدتنا على طول تاريخها. ولعل اتفاق الموعد في ميلاده وموته يعتبر في حد ذاته اتفاقًا طريفًا،

كأنه مزاح بين القدر والطبيعة، إذ إنه ولد في عام ألف وثمانمائة وخمسين، ومات في نفس يوم مولده ولكن في عام ألف وتسعمائة وخمسة وخمسين، من منتصف القرن التاسع عشر إلى منتصف القرن العشرين، وحين كنت أتأهب للالتحاق بالمدرسة الابتدائية في منتصف أربعينيات القرن العشرين كان هو، باسم الله ما شاء الله، عفي البدن والذاكرة. كان مفتونًا بغرس يده في شخصية عمي أبو السعود، فحاول بكل مواهبه التعليمية العريقة أن ينقل إلى جميع نسل العائلة هذا الافتتان، ليبقى على طول الزمان فرعًا مخضوضرًا يتوالد متجددًا متكررًا في كل جيل.

المصطبة البحرية الملتحقة بالجنينة هي قعدته الحميمة التي تتسع لجمعنا وقت الأصيل، حيث الشمس الآفلة قد صبغت شواشي النخيل والأشجار بالحناء القرمزية الحجازية لا شك. تلك أروق لحظات جدي حسن، تنتشي منها جدتي معزوزة، وبخاصة إذا رأت أن القعدة قد استقطبت أولادها، أعمامي وعماتي، فيحلو لها ـ وهي مقاربة لجدي حسن في السن ـ أن تطبخ لنا زردة الشاي بنفسها ثلاثة أدوار، فيما نحن جميعًا ننصت في شغف إلى حكايات جدي حسن المليئة بكل مثير للخيال والأخلاق، من مواعظ وعبر قد صارت في حكاياته أناسًا مثلنا من لحم ودم، ومثل كل كائنات الأرض تخطئ وتصيب، وكلها أمم مثلنا تتعلم من الخطأ كيف تلتزم بالصواب.

يعرج الحديث دائمًا على عمي أبو السعود أفندي عقل، الذي يعتبر الآن عمدة رجال التعليم والتربية في محيط المديرية. هو الذي أسس مدرسة محمد فريد الابتدائية بنين وبنات في بلدتنا، ويتولى الآن

نظارتها منذ سنوات كان فيها حديث الناس، وموضع احترام وتقدير المفتشين وجميع المسؤولين في مديرية التعليم بالمحافظة. ولئن كان هذا الجد والإخلاص في العمل قد لقيا تقديرهما من المسؤولين، فإن تقديرهما عند الله سبحانه وتعالى أفضل وأبقى، فبتوفيقه سبحانه قفز اسمه على قائمة المرشحين للترقية إلى درجة مفتش في العام الدراسي القادم. وذلك ما كان يتوقعه جدي حسن الذي وافته المنية منذ أشهر قليلة، قبل أن يسمع هذا الخبر الذي استقبلنا به الشهر الخامس من عام ألف وتسعمائة وخمسة وخمسين، فإذا برحيله يكرس لاستمرار الحياة في قعدته اليومية على هذه المصطبة التي يحتلها من بعده عمي أبو السعود، بمجرد أن يجلس الواحد منا في رحاب هذه المصطبة، فإن جدي حسن يشخص إليه في الحال ماثلًا يتحرك ويحكي، ويرن صوته الرفيع الحاد بجرس الكلمات الفصيحة رنينًا جاذبًا، يشعر المستمع إليه بجمال اللغة العربية.

قال جدي حسن: «عمكم أبو السعود أول أفندي في عموم الناحية. عائلتنا أصبح فيها أفندي. رفَع اللقب قدرنا في نظرة القوم، يعني باختصار نقلنا إلى الصف الأول من أعيان الناحية. نروح بقى للبدلة، يعني عمكم أبو السعود هو أول من لبس بدلة في بلدان الناحية وليس في عائلتنا فحسب. أقصى ما ارتقت عائلة مثل عائلتنا كان الجبة والقفطان والعمامة، يوم التحاقي بالمعهد الديني في مدينة دسوق. صحيح أنني لم أكمل ثانوية المعهد وعدت إلى البلدة، لكنني لم أخلع ثياب المشيخة مطلقًا إلى اليوم. وحتى لو مشيت عريانًا والعياذ بالله، دون حتى ورقة توت تستر عورتي، فلن يجعل الناس بالهم مني، إن

ثوب المكانة ليس ينخلع إلا بإعصار مدمر والعياذ بالله. أقول إن أول بدلة دخلت بلدتنا كانت تتلألأ على كتفَي عمكم أبو السعود، وتنزل سابغة على جسده الضخم المهيب. يا سلام يا أولاد على ذلك اليوم! ذاك حدث كان فارقًا في تاريخ العائلة أولًا، ثم البلدة ثانيًا، ثم الناحية ثالثًا. وبانتقال العائلة إلى مرتبة الأفندية حظيت بما تحظى به طبقة الأفندية من احترام وتبجيل وتمييز في المعاملة. حقًا يا أولاد، إكرامًا للبدلة والطربوش جاملَنا صاحب هذه الأرض فباعها لنا بثمن بخس، لنقيم فوقها هذه الدار بهذه الجنينة. توقيرًا للبدلة، وهي رمز للحكومة وملبس رجالها الأشداء، جاملَنا البناؤون والمحارون والنجارون والمبلطون والجناينية. نعم هم جميعًا أخذوا حقوقهم كاملة، أربعة وعشرين قيراطًا وفوقها بوسة شكر، إلا أنهم عملوا بإخلاص وذمة وضمير فيما ليس من خبرتنا أن نستكشفه أثناء العمل. ولئن كان جميع أهالي بلدتنا والبلاد المجاورة مدينين لنا بالفضل في تعليمهم، هم وعيال عيالهم بالمجان، تعليمًا قد راعينا حقوق الله فيه، فإن خصلتنا يا أولاد العرب قذرة: نخاف ولا نختشي، نقدر المعروف أي نعم، لكننا نقدر جانب الخوف أكثر. نبادر بخدمة من يملك تخويفنا قبل أن نرد الجميل لمن خدمنا بالفعل. ومن هنا قيمة البدلة وأخيها الطربوش؛ فلابس البدلة إن لم يكن من الحكومة فإنه قريب منها كحبل الوريد. إن دخل اثنان، أحدهما بجلباب أو جبة، والآخر ببدلة، يطلبان مقابلة مسؤول حكومي، سينفتح الباب أولًا للابس البدلة، حتى وإن لم يكن ذا علم أو قيمة أو أصل، فما بالكم لو كان ملء هدومه كعمكم أبو السعود أفندي؟».

أيقنت منذ وقت مبكر أن جدي حسن يتوهج ويصهلل حين يتكلم عن عمي أبو السعود، لكنني لم أفهم السر في ذلك على وجه الدقة إلا من عبارة قالها جدي حسن ذات لحظة صفاء، إذ هو يتسامر مع جدتي معزوزة على مصطبة الجنينة في ضوء القمر، فيما أنا راقد، ساندًا رأسي على ركبة جدتي معزوزة، قال: «تربيتي لولدي أبو السعود يا معزوزة كأنني اشتريت لكم ألف فدان من أرض زراعية، بل هو أهم منها، إذ الأرض يمكن أن تضيع أو تُغتصب، أما العلم في الرجال فلا يضيع ولا يُغتصب. أفرأيتِ إذن لماذا كنت أقتر عليكم في المصروف كي أوفر له نفقات تعليمه في البنادر؟!».

عمي إذن هو التاريخ الراهن المشرق لجدي حسن، ويحق له أن ينحته في قلوبنا تمثالًا حيًّا باقيًا يناطح الأبد. هذا التمثال الحي المتحرك الماثل في مخيلتي وأبناء عمومتي، قد ارتدى بدلة من الصوف الهيلد الإنجليزي المعتبر، كما هو مبين في صورة زفافه المبروزة على الحائط في حجرة نومه، فوق مرآة البوريه في مواجهة فتحة ناموسية السرير ذات اللون الإردوازي. ليس من أبناء العائلة من لم يتفرج على هذه الصورة واختُطفت منه قبل أن يكسرها. كذلك ليس منا من لم يسمع من زوج عمي أبو السعود، خالتي تفيدة سليم الفرغاني الشهير بـ«تراتيرو»، قصة زفافهما وسفرهما إلى دسوق لالتقاط هذه الصورة، ومن لم يسمع من جدتي معزوزة قصة هذه البدلة التي أسبغت على عمي كثيرًا من الأبهة والعراقة، كأنه الخديو إسماعيل شخصيًّا.

# ٢

## أجاويد المواوية

كل الكتاتيب في بلدتنا متواضعة الحال، جزء من مندرة فقدت كبار قومها، فعفا عليها الزمان فانفضَّت لياليها، أو ربما في كوخ مبني من الطين المخلوط بالتبن أعدت فيه مصطبة للشيخ ـ الذي عادة ما يكون ضريرًا وعلى درجة بشعة من الخشونة والقسوة ـ حيث يتكوم أمامه على الأرض رهط من عيال تعساء، في حال من التشتت والتوتر، خوفًا من خيزرانة الشيخ التي دأبت على أن تفاجئهم بلسع الظهور والأكتاف والأرداف، بغير سبب واضح في معظم الأحيان، إلا أن يكون عدد كبير منهم لم يأتِ لسيدنا بالجراية المتفق عليها كل يوم: بعض خبز وإدام مما يأكلونه في دورهم، فعندئذٍ يكون العقاب معلن الأسباب قويًا.

الويل ـ في ظل هذا الاضطراب المشحون بالتوجس والرعب ـ لمن يخطئ عند التسميع بنسيان مفردة من آية، فما بالك لو التبس عليه الأمر وسرح في آية أخرى من الآيات المتشابهات، أو نسي الآية كلها؟ الموت لحظتئذ أحب إلى الولد من انتظار العقاب: يجيء العريف

بالفلكة، أو الفلقة، وهي عبارة عن حبل مصنوع من ليف النخيل، مربوط من طرفَيه في طرفَي شومة غليظة كالنبوت، يأخذ الحبل شكل قوس الرباب، يمسك العريف بقدمَي الولد من الكاحلين، يدخلهما في هذا القوس، يبرم الشومة فيذهب كل طرف من طرفَيها مكان الآخر، فيتوثق الحبل حول القدمين، يمسك العريف بطرف الشومة، ويمسك مساعده بطرفها الآخر، يرفعانها على الكتفين، يصير الولد مصلوبًا من قدميه المرفوعتين، وقد سقط جلبابه كله عن عورته قبيحة الشكل من خلف ومن أمام، سيما إذا كان الرعب قد زلزل أعماق الولد وكركب بطنه مقدمًا، فراحت صواريخ النتن تندلع من مؤخرته المشرعة في الهواء مضمومة الساقين، مع صواريخ أخرى من صراخ وجعير يصدران عن دماغ الولد الذي راح يكنس الأرض بوجهه، خلال انتفاضه تحت نيران خيزرانة سيدنا التي راحت تنهال على القدمين بعنفوان الفأس عند العزيق.

العيال يشخون على أنفسهم من هول المنظر، أما الذين تقرر عقابهم فقد راحوا يطلقون الصراخ مقدمًا وهم في حال من الرعب والشحوب، لو رآها الشيخ الضرير، لسقطت الخيزرانة من يده بل ولسقط قلبه في قدميه إشفاقًا على العيال وندمًا على ما فعل، إلا أنه ليس يراهم إلا من أصواتهم، ولديه خط دفاع راسخ وعتيق ضد صراخ العيال مهما ارتفع بنبرات تفتت الأكباد، ذلك أنه ـ مثل أقرانه ـ اعتاد أن لا يأكل من هذه الأونطة الصاخبة، إذ هو يعرف أنها مبالغة في تضخيم الألم لجذب الإشفاق هربًا من واجب العقاب، والعقاب واجب في رأي عمي أبو السعود، حينما يشكو إليه الناس الغلابة

الذين رُزئ عيالهم بهذه النوعية السائدة من المشايخ القساة أصحاب الكتاتيب الكلِّشنكان، إلا أنه يتحفظ على رأيه ذاك في الحال منددًا ـ في انفعال عميق ـ بهذه القسوة الغاشمة التي أورثت عيالنا خوفًا مقيمًا من القرآن الكريم، جعلهم يتوجسون منه إذ هم يقبلون على حفظه، فإذا بالخوف من العقاب يشتت أذهانهم، فيغلطون بالفعل، فتصيبهم من القرآن الكريم عقدة تقف في حلوقهم زمنًا طويلًا.

على أن عمي أبو السعود أفندي سرعان ما يشعر بقليل من الحرج، فيمسك لسانه عن الاستطراد في الهجوم على أصحاب الكتاتيب العشوائية الرخيصة، التي لا يلجأ إليها سوى المعدمين الذين يملكون بالكاد رغيف خبز بإمكانهم التنازل عنه لشيخ الكُتَّاب، مقابل أن يُحفِّظ عيالهم القرآن أو حتى أجزاء منه تنفعهم في الصلاة وتفيدهم في الحياة. مصدر الحرج أن عمي أبو السعود، على جلالة قدره، ابن واحد من أصحاب الكتاتيب هو جدي حسن عقل، صحيح أنه لا وجه للمقارنة بين جدي وبينهم على جميع المستويات، إلا أنهم في النهاية زملاء له يتعين على عمي أن يحترمهم بنفس القدر الذي يحترم به أباه، إنه ـ كما يبادر بالتوضيح في لباقة ـ يحترم موقع المعلم، مكانة المعلم أيًّا ما كان الرأي في مستواه العلمي والثقافي والاجتماعي. ما أجمل وجهه حينئذٍ وهو مشرق بقوة الزهو والفخار، ثقة منه في حقيقة ماثلة تعتبر إرثًا رئيسًا في تاريخ بلدتنا: ما هكذا جدي حسن ولا هكذا كُتَّاب العقالوة الذي نملكه منذ تاريخ لم يدركه أحد من الجيل الراهن، كما أن أدبيات فولكلور بلدتنا يؤرخ لبلدتنا بثلاثة معالم، ثلاثة أحداث جليلة، ساهمت في شهرة بلدتنا وارتفاع صيتها.

الحدث الأول هو قيام محطة السكة الحديد باسم البلدة، حتى وإن بعدت عنها بعشرة كيلومترات، فمنذ أن بدأت القطارات تتوقف عندها لتربطها بدسوق ودمنهور والإسكندرية من جانب، وكفر الشيخ وطنطا فالقاهرة من جانب آخر، تضاعف الوعي بين الناس، نشطت التجارات، تشجعت عائلات كثيرة على تسفير عيالهم للتعليم الثانوي والجامعي.

غير أن فريقًا من المستنيرين في بلدتنا يعتبرون قيام محطة السكة الحديد في بلدتنا هو الحدث الثاني، أما الحدث الأول بحق في أنظارهم، فيؤرخ له بأول بدلة تفصيل معتبرة ارتداها واحد من أبناء الفلاحين لابسي الجلابيب والقفاطين، حيث كان لابس البدلة ـ يعني عمي ـ إذا مشى بها أو حملته الركوبة في شوارع بلدة من البلاد، قيل إنه أبو السعود أفندي عقل كبير المعلمين في بلدة الضبعة، ولأن معظم من تعلموا من أبناء بلدان المركز قد تلقوا علمهم الأولي والابتدائي في مدرستَي بلدتنا، فإن أهاليهم يهتفون دائمًا بالثناء على العائلة في كل مناسبة، واصفين رجالها بأنهم أجاويد بلدة الضبعة، مما أسهم في تجميل صورة بلدتنا في أنظار البلدان الأخرى، سيما والمصريون من فرط ظرفهم ولطفهم، يتندر كل أبناء بلدة على أبناء البلدة الأخرى، حيث للبلاد صفات كصفات البشر، أحيانًا تحمل البلدان أوزار أهلها، كما يحمل أهلها أوزار سمعتها.

بلدتنا كانت مشهورة باسم «المواوية»، مفردها: مواوي، والمواوي لون من المداحين الجوالين في القرى، للتكسب بحلاوة حسهم أو لباقتهم، ودربتهم على ضرب الدفوف، والعزف على الأرغول

والسلامية، غير أنهم ليسوا متخصصين في مدح الرسول عليه الصلاة والسلام، بل في مدح أعيان البلاد. الواحد منهم موهوب في سرعة البديهة، وملكة النظم، وسليقة السجع، وزخرفة العبارات، وقوة الذاكرة، وكفاءة المخبر الناجح، قبل أن ينزل بركوبته ورهطه إلى بلد من البلدان يستطلع أسماء أشهر أعيانها، يُجري تحرياته الذكية البريئة عن كل عين من الأعيان، عن أشهر مناقبه وأوصافه وأعماله الخيرية، فإن لم تكن له أعمال خيرية معلنة، يؤلف له ما يناسبه من هاتيك الأعمال. يتخذ طريقه إلى بيت هذا العين أو ذاك، هو ومن معه ـ وهم في العادة من عياله أو صبيانه الذين يحبون المهنة ـ مدربون بالخبرة العملية وحدها على مهارات مبهرة، ليس في العزف على الآلات الشعبية فحسب، بل على حفظ واختراع العبارات والمسكوكات اللغوية، وإعادة ملئها بأسماء جديدة تنطبق عليها نفس الأوصاف أو لا تنطبق، لا بأس في ذلك؛ إنهم لبارعون في معرفة ألوان المدائح التي يطرب لها أشخاص بأعيانهم، وأنواع الأمنيات التي يكرسون لها أعمارهم.

يقف المداح أمام الدار، في الحال يتكون حوله سامر من الأطفال المنبهرين على الدوام، سرعان ما تدب البهجة بمجرد انطلاق الطبلة مع الدف والأرغول، وربما الصاجات، تنفتح الشبابيك، تخطر النسوان فوق الأسطح، ينظرن على استحياء. تلك مقدمة موسيقية فحسب، يخفت صوتها شيئًا فشيئًا بعد أن تكون قد لعبت دورها في لفت الأنظار والانتباه لما سيحدث، يصعد صوت المداح مجلجلًا في أداء توقيعي منغم، أو في نغم ممثل أو ممسرح، كلام على بحر الموال

المطاط، المساعد على رحرحة الأوصاف ودندشة المدائح، يعدد مناقب صاحب الدار المشهور بالكرم والعزة والإباء والقلب الكبير، ينوه المداح عن أنه قد ذكر صاحب هذه الدار بالخير عند فلان وعلان من أجاويد بلدان زارها قبل أن يجيء إلى هنا. ولربما استمر المداح يصدح بذكر المآثر لوقت طويل دون أن يأبه به أحد من أهل الممدوح، إلا أن المداح لا ييأس بسهولة، إنه بخبرته الدؤوبة يدرك على الفور أن مثل هذا الممدوح، شبعة بعد جوعة، يستمرئ استمرار مشهد المدح إلى أن يراه أكبر عدد ممكن من الناس، ليتأكدوا أنه من الأجاويد، وأن صيته ضارب إلى بعيد. وفي النهاية يبعث إلى المداح بحفنة قمح أو شعير، أو عدة أرغفة طرية، أو ملء حِجر من الذرة. يعرف المداح كذلك أن مثل هذا الممدوح العويل أخف وطأة من الممدوح الخسيس الذي لا بد وأن يصطدم به المداح في نهر الحياة، إنه ـ الممدوح الخسيس ـ غير واثق من أنه أهل للمديح، ولقد يتصور أن مادحه يسخر منه فيعاجله بلطمة بدلًا من أن يمنحه كسرة خبز، غير أن الشرير من هذه النوعية الخسيسة يترك المداح يواوي كيف يشاء حتى ينفلق رأسه، دون أن ينفتح باب أو درفة شباك.

من هنا يطلق الناس على المداح لقب «المواوي»، ومعناه: الذي يوأوئ، ذلك أن حرف الواو قاسم مشترك في جميع عباراته ومسكوكاته الشعرية، ولأن هذا الاشتقاق يرتبط في أذهان الناس بمعنى: الذي ينادي ولا يسأل فيه أحد، مع أنه في النهاية لا بد أن يعطف عليه أحد، إما من جيران الممدوح الخسيس، وإما من عابري السبيل المتوقفين للفرجة بدافع الفضول.

كثرة عدد هؤلاء المداحين في بلدتنا، واشتهارهم بالبراعة في العزف على الرباب، وتصنيعها في بيوتهم، ومنهم من يعتبر مرجعًا موثوقًا في رواية الهلالية وعنترة والبهلوان والملك سيف بن ذي يزن، تأتيهم الدعوات من بلدان بعيدة لإحياء الأمسيات، كل ذلك جعل أهالي البلدان المجاورة، وخاصة أصحابنا منهم، يطلقون على أهل بلدتنا جميعًا لقب «المواوية».

لكن للحقيقة أشهد أن جيلنا، الذي بدأ يتشكل وعيه الحقيقي في خمسينيات القرن العشرين، لم يوصف منه أحد بهذا الوصف، وإن سمعناه يتردد في أدبيات بلدتنا، ذلك أن عمي أبو السعود أفندي، كما يردد أبناء جيله والباقون من الجيل الأسبق، ومنذ أن ارتدى البدلة التفصيل المعتبرة في زمن لم يكن يلبس فيه البدلة إلا كبار موظفي الميري، رفع شأن البلدة باعتبارها قد أنجبت أفنديًا، وباعتباره بحكم مركزه وعلاقاته الواسعة واحترامه ورهبته، قد صحح الفكرة عن بلدتنا، وأحاط اسمها في أذهان القوم بهالة من التقدير والرهبة.

أما الحدث الثالث المهم في تاريخ بلدتنا آنذاك فإنه قيام مدرسة محمد فريد الابتدائية بنين وبنات، وذلك حدث يقاسمه عمي أبو السعود في المجد والفَخَار، باعتباره أحد أهم مؤسسيها وأول ناظر لها، بسعيه لإنشائها، وتجميع قطعة أرض بالمجان، والسهر على بنائها، وتصنيع أثاثها، واستقدام المدرسين، وجذب أولاد الأعيان من جميع البلدان المحيطة بنا، أضاف إلى بلدتنا فرجة يومية مبهجة، من باكورة الصباح تمتلئ الشوارع والطرقات الزراعية والمدقات التخريمية بولدان كالورود الطازجة، يرتدون البنطلونات القصيرة

والسترات، والأحذية ذات الإبزيم النحاسي اللامع، والجوارب الصاعدة إلى تخوم الركبتين، ويمسكون حقائب من جميع الألوان والأنواع، منهم من يجيء ماشيًا من بلدة مجاورة، ومن يجيء راكبًا كارتة أو ركوبة، يصير منظر البلدة في الصباح كقرص من الشمع يشغي بأعداد هائلة من نحل العسل.

بجهود بذلها عمي أبو السعود تطوعت أميرة من حفيدات الوالدة باشا، رفضت ذكر اسمها، ببنائها على جزء مقتطع من أرض زراعية من أملاكها في بلدتنا، ووافقت على أن يكون الزعيم محمد فريد اسمًا لها، تعبيرًا عن حب أمها له قائلة ــ كما لا يزال الناس يرددون في بلدتنا إلى اليوم ــ قولتها الشهيرة: «الفلاحون المصريون الذين ارتوت أرضي وأرض أجدادي من عرقهم يستحقون مدرسة ابتدائية، لصبيانهم وبناتهم على السواء. تخفف الضغط على مدارس دسوق وكفر الشيخ وطنطا، وفي نفس الوقت تشجع الفلاحين الفقراء على تعليم عيالهم النابغين فوق التعليم الأولي، والمستعدين لمواصلة التعليم العالي في مدرسة قريبة من منازلهم».

يقال همسًا إن عمي أبو السعود أفندي هو الذي كتب لها تلك الكلمة وألقاها نيابة عنها. لقد صرفت الأميرة بسخاء على المدرسة لأنها كانت زوجًا لأحد نبلاء العائلة المالكة، ذي نشاط سياسي يساري يقف في صف العمال، وله إلى جانب ذلك نشاط في الصحافة والفكر والأدب، وكانت المدرسة فرصة تكرس لصدق توجهات النبيل وزوجه التي كانت من فرط الطيبة والإنسانية، تكاد تكون سيدة ملائك الرحمة في أساطير بلدتنا. بناء المدرسة على نحو شبيه

بالقصور الملكية، التخت والأرائك والسبورات الفاخرة تثير أحقاد عيال المدرسة الأولية، وتحفزهم على التفوق للانتقال بسرعة إلى المدرسة الابتدائية، حوش صالح لكي يستوعب جميع أنواع اللعبات الرياضية، حديقة مقتطعة من غابة الكافور والجازورين تغري الأولاد بالبقاء في المدرسة طول النهار بغير ملل أو ضجر.

هذه المدرسة باتت أهم معلم من معالم بلدتنا، يتضاءل أمامه مبنى محطة السكة الحديد برصيفها المهيب، وحجراته وتنداته ولافتاته مفشوخة الساقين، بقامة عالية تحمل اسم بلدتنا ساطعًا بالخط الثلث الكبير، ذي الحروف السابغة الغنية العملاقة المبهجة كعواميد النيون الملون. أما المدرسة الإلزامية العتيقة التي بنيت في أواسط العشرينيات على نفقة الحكومة، فقد اعتلتها مسحة من الكآبة، حيث تساقط الطلاء عن كل جدرانها من الداخل والخارج معًا، تاركًا أشكال خرائط وسراديب وهضاب شوهاء، الرطوبة جعلت الجدران تتصبب عرقًا يتمركز في المساحات السفلية، والأبواب والشبابيك فقدت لونها الذي كان أزرق مبهجًا ذات يوم بعيد، حتى الجرس النحاسي المعلق أعلى سطح المراحيض، قد صدئ جنزيره وثقلت حركته وبح صوته الذي كان نافذ الدقات عميقها، فبات متحشرجًا، غوغائي الإيقاع، فاقدًا لرهبته القديمة المهابة، فلم يعد يحترمه العيال، صار المقبل على المدرسة من بعيد نحو بابها العمومي يشعر بالامتعاض، كأنه مقبل على مقبرة.

جار الزمن كذلك على نقطة الشرطة، مع أنها والمدرسة الابتدائية من جيل واحد تقريبًا، بفارق لا يتعدى العامين يضاف إلى عمر النقطة.

أما صندوق البريد الكبير، فلولا أنه في حراسة النقطة، لنطق حديده مطالبًا بضرورة رفعه عن جدار النقطة، وتعليقه في حائط مدرسة محمد فريد الابتدائية، حتى أصحاب الخطابات يتمنون ذلك، ليصبح الذهاب إلى صندوق البريد نزهة في رحاب حدائق الأميرة، أما البوسطجي نفسه، الطواف الذي يأتي كل يوم من المركز ليضع البريد الوارد إلى البلدة في حوزة البلوكامين النوبتجي، حيث يجيء الناس إليه يسألونه أو يتولى هو إرسالها لهم مع من يلتقيه من أقاربهم أو جيرانهم، ثم يدس البوسطجي إطار الكيس المعدني تحت الصندوق فينزاح قعر الصندوق، فتسقط الخطابات في الكيس فيشد إطاره إليه فيعود قعر الصندوق إلى وضعه، ثم يقفل عائدًا إلى المكتب الرئيسي في المركز، الود وده لو ينتقل الصندوق ليعفيه من التوغل في أحشاء البلدة بحماره المرهق من طول اللف بين البلدان، ما أحب على قلبه من أن ياخدها من قصيره في مدخل البلدة، على الطريق الزراعي المرصوص بأشجار الصفصاف والكافور والجازورين على مسافات طويلة تحدد أملاك النبيل وزوجه الأميرة، لكنه مع ذلك ـ البوسطجي ـ لا يرحب رسميًّا بنقل الصندوق، لأنه حينئذٍ لن يجد شخصًا يأتمنه على خطابات الناس بما تحويه من أسرار وأخبار.

٣

# مرضع الأطفال قرآنًا

ولد جدي الشيخ حسن عقل عاجزًا أو شبه عاجز، كان ذا قتب مزدوج، من الصدر والظهر معًا، لكأنه قربة ماء قد توسطها رأس دقيق بدون رقبة، كأنه مجرد حلق للقربة للملء والتفريغ، وجهه محتقن البشرة حاد الملامح التي تنضح ثقة بالنفس، تبدو عالمة بكل كبيرة وصغيرة في الحياة، يمشي بقامته القصيرة وجسده الضئيل بسرعة واتزان كأنه آلة بشرية من كوكب آخر، تبدو العصا العوجاية في يده محض عياقة وأبهة، في طفولته ـ كما حكى لنا بنفسه ـ كان صدمة لأبيه ناظر وسية الأمير محمد علي القريبة من زمام بلدتنا، سيما وأبوه، الذي يحمل عمي أبو السعود اسمه، كان يحلم بولد ذكر يكون أخًا جيدًا لشقيقتَيه زينب ورقية، أما وقد أعطاه الله هذا الولد المعوق الذي ربما يصير هزأة بين العيال بسبب هذه العاهة، فقد رضي بنصيبه عن طيب خاطر، عهد به إلى فقيه لتحفيظه سورًا من القرآن الكريم، لعلها تنفعه في أكل عيشه إذا ما ادلهمَّت في وجهه الدنيا. إلا أنه أقبل على حفظ القرآن بسليقة مرهفة، وبرغبة قوية في إثبات الوجود، بات

أصغر طفل حفظ القرآن كاملًا عن ظهر قلب في زمنه، تشجع أبوه فألحقه بالمعهد الديني، فواصل التقدم بنبوغ مذهل في علوم القرآن والحديث والشريعة حتى حصل على ثانوية المعهد، بقي أن يسافر إلى الأزهر الشريف في القاهرة ليكمل تعليمه العالي بحصوله على العالمية، والتعليم الأزهري في ذلك الحين حباله طويلة مطاطة لا تنتهي إلا لتشبك في مراحل يطول فيها الحفظ والتسميع.

ولم يكن بمقدور أبيه أن يتشحطط وراءه في بلد بعيد، ولا أن يتركه وحده في بلاد الغربة سنوات طويلة وهو في احتياج لمن يرعاه، على أن جدي حسن كان قد قنع بهذا القدر من التعليم. وإذا نوى أبوه أن يكلم واحدًا من رجال الأمير أو الست هانم في واسطة تلحقه بوظيفة في وزارة الأوقاف، أو حتى في إدارة الوسية، فاجأه الشيخ حسن بأنه قد نذر حياته لخدمة القرآن الكريم، لا لخدمة أي أحد كائنًا ما كان شأنه، لقد قرر أن يتوظف في معية القرآن نظير راتب من رضاء الله. يا ابني يهديك يرضيك، لا فائدة، وقال لأبيه على سبيل الحسم النهائي: «أنا خلاص تلقيت جواب التعيين من هاتف هاتفني باسم الله في غفوة ساعة السحر».

من غده صار يفكر في استقطاب العيال الأذكياء النجباء لتحفيظهم القرآن الكريم. لقد رأى في المنام أنه يرضع طفلًا من ثديه الذي فوجئ لحظتها بأنه كبير كثدي الأنثى، وكان يضغط بإصبعيه على ثديه كما تفعل المرضعة فإذا به يستمع إلى خرير اللبن صوتًا يرتل القرآن الكريم، ولم يكن هذا المنام في تفسيره الشخصي له إلا بمثابة أمر تلقاه بأن يرضع الأطفال قرآنًا.

اقشعر بدن الأب والأم والأخوات من روعة المنام، وقرر أبوه في الحال أن ينزل عند رغبته، وبدأ دماغه يفكر في البحث عن مكان يصلح لهذا الغرض، بشرط أن يكون واسعًا ومحترمًا وآمنًا حتى يأمن الناس على عيالهم فيه، كما أنه لا يرضى لابنه الأزهري الحافظ المجوِّد بأن يكون صاحب كُتَّاب من هذه الكتاتيب المخنوقة في دكاكين وعشش ويديرها جهلاء، ولكن أين يوجد هذا المكان؟ إن دارهم في سرة البلد من الداخل، وإن كانت دارًا بالطوب الأحمر مستورة، إلا أنها مقفولة على نفسها وبالكاد تتسع لهم، ثم إنه رجل متحفظ لا يقبل أن يدهس داره رجال من أولياء الأمور يحبسون حرية حريمه.

لحظتها كان جالسًا على دكة من الخيزران تحت صفصافة في مواجهة مبنى الديوان، ذاك الذي يضم مكتب الناظر في الطابق العلوي مع مكاتب الباشكاتب والكاتب والمهندس الزراعي، أما الطابق الأرضي فيضم زريبة كبيرة، ومخازن للمحاصيل، وباحة واسعة تتكوم في أركان منها نوارج ومحاريث وقصابيات وطنبور. في قعدة الأب تلك تكون السراية على يساره عبارة عن فيلَّا محندقة، تزدهي الألوان على حوائطها وشبابيكها ما بين البنفسجي والوردي والأزرق والأخضر، تحيطها غابة من الكافور والجازورين ودقن الباشا، تمتلئ بالحياة والحركة في أزمنة الحصاد لأيام طويلة، فيما عداها نادرًا ما تفتح إلا أن يكون أحد الأمراء غضبان من شيء، أو ربما من نفسه، فيجيء ليمكث فيها بضعة أيام، كما لعله سيحدث اليوم حيث تلقى الناظر الأب خبرًا بأن تكون السراية

جاهزة لاستقبال زائر مهم، لهذا جلس على هذه الدكة يترقب جميع الطرقات.

وراء مبنى الديوان تركع بيوت العزبة، بيوت من الطوب الطين المخلوط بالتبن، عدة صفوف متوازية ظهورها للخارج، يسكنها عمال الوسية الدائمون: الباشخولي والخولة، الغفر والحراس وفراشو الديوان والسراية، نجار السواقي والطنابير والنوارج، علاف الماشية، إلخ، لكل منهم عياله. الطريق الزراعي الآتي من كفر الشيخ إلى السراية أكل من أرض الوسية مساحة كبيرة بإرادة أصحابها، من أجل توسيع الطريق وتمهيده وإيجاد باحة عريضة جدًّا كأنها الميدان، تسمح للسيارات التي تجرها الخيول بالدوران على راحتها. وهناك على مدد الشوف تقف ـ كالخازوق ـ بناية على مساحة كبيرة، مجرد جدران مبنية بالحجارة ومسقوفة، كانت قد بنيت منذ زمن بعيد جدًّا، ولا أحد يعرف ماذا كان الغرض منها على وجه التحديد، زريبة؟ فعلًا تشبه الزريبة. إسطبلًا؟ ممكن. عشة تستريح فيها الثيران الساهرة كي تأخذ دورها معلقة في شعبة الساقية؟ ربما. أغلب الظن أنها كانت هكذا، المهم أنها تبدو بلا صاحب على الإطلاق، فطوال ما يقرب من نصف قرن من الزمان في خدمة الوسية، لم يسمع عن أحد يدعي ملكيتها، حتى المفتش، وهو خبير بأملاك الوسية ولديه خرائط بكل سنتيمتر مربع في أرض الضبعة، قال بعضمة لسانه إنها ليست من أملاك الوسية، لأن المساحة التي تحتلها ليست تدخل في أرض الوسية.

رقص قلب الناظر الأب إذ وقعت عينه على هذه البناية المجهولة،

قال في عقل باله: لن يظهر صاحبها الأصلي بالفعل إلا إن احتلها أحد وباشر الانتفاع بها، وعلى كل حال فإنه لن يشغلها في بيع أو شراء أو تخزين أو ما شاكل ذلك من صور الانتفاع، إنما سيجعل منها بيتًا لله لتحفيظ القرآن الكريم، فإن ظهر لها مالك أصلي فيا دار ما دخلك شر، وهذه دارك يا عم والسلام عليكم، ومن يدري؟ لعله يرعوي حين يرى أنها استخدمت في مثل هذا الغرض النبيل العظيم فيسكت، أو حتى يقبل تأجيرها، ثم إنه طرب لفكرة بيت الله هذه، وقال لنفسه: نعم ولماذا لا تكون اسمًا على مسمى؟ إن هذا يكون هو المدخل الطبيعي المضمون. وقد كان، من غد أرسل نفرًا من العزبة قاموا بتنظيفها من الداخل والخارج، وهم في غاية من الاستغراب من إهمالهم لهذه البناية على طول الزمن، حتى باتت مرحاضًا لكل عابر مزنوق، ومخبأ للصوص المواشي، ودِروة لرجل سافل مع امرأة خاطئة.

جاء النجار فوفق لها بابًا وبضعة شبابيك، كانت فراغاتها مفتوحة في الجهات الأربع تصفر فيها الريح بتيارات الهواء المتصادمة، فتحدث زئيرًا مرعبًا يوهم سكان كل من العزبة والبلدة ـ وهي على بُعد كيلومتر واحد من العزبة ـ بأن هذه البناية الخربانة تسكنها العفاريت والذئاب الجائعة. أنفق الأب الناظر بعض الأموال في فرشها بالحصائر الجديدة، ودكة لابنه الفقيه، وبضعة مساند وشلت وتكآت دبرها من ديوان العزبة، ومن بيته، ومن تبرعات أهل الله من رجالات الوسية، أقام في ركن منها تقفيصة مبنية بالطوب الأحمر بمثابة كنيف لقضاء الحاجة، وفتحت له بئرًا تحته

يتم نزحها من خارج الجدار الخلفي، صار شكل البناية مفرحًا، كأنما الأنس كله قد ملأ هذه البرحاية التي يعبرها الطريق الزراعي بثلاث تفريعات عريضات، واحدة تقود إلى باحة السراية، الثانية تمتد طوليًا أو أفقيًا في طريقها إلى بلطيم، الثالثة تنحرف يسارًا إلى بلدتنا. ثم بدأ هو نفسه يقف على بابها واضعًا كفيه على أذنيه رافعًا عقيرته بالأذان للصلاة في مواقيتها، فيجيء أهل العزبة وأهل البلدة الموجودون في الغيطان وقت الأذان لأداء الصلاة جماعة فيها، وفي ظرف شهر واحد كان أطفال بلدتنا يتناثرون في مجموعات تتلاقى مع أطفال البلدان المجاورة في طريقهم إلى هذه البناية، حيث جدي الشيخ حسن فوق الدكة في انتظارهم ليحكي لهم ـ وإنه لأعظم الحكائين الذين عرفتهم ـ حكايات جاذبة مثيرة لخيال الأطفال، ذات مغازٍ دينية وأخلاقية، لفرط براعته في الحكي ـ يقول أبي ـ كان الأطفال يعرفون المغزى دون أن يشرحه لهم من خارج الحكاية، وإذ تكون أدمغة الأطفال قد انتعشت بالحكايا القصيرة السريعة المشرقة، يبدأ في تحفيظهم سورة القرآن آية بعد آية، وكان لشكله الغريب ـ يقول عمي زكريا ـ تأثير كبير في جذب انتباه الأطفال إليه، كأنه لعبة بشرية ممتعة، هو أيضًا كان على وعي بذلك، فيمعن في تلطيف نفسه حتى صادقوه وأخذوا عنه بشغف وحميمية.

لم يكن في الناحية كلها ـ يقول عمي أبو السعود ـ ثمة من مدارس على الإطلاق، كما لم تكن كل الكتاتيب جاذبة للأطفال، فانهمرت قوافل الأطفال من كل حدب وصوب على الكُتَّاب الجديد المُقام

في مكان صحي تحت الشمس، وفي الهواء الطلق، في هدوء منقطع النظير. شيئًا فشيئًا علقت لافتة كبيرة بالخط الثلث بعنوان:

دار المصحف الشريف لتحفيظ القرآن الكريم لمنشئها وحامل مسؤولية التحفيظ والتجويد فيها خادم القرآن الكريم العبد الفقير إلى ربه تعالى الشيخ حسن أبو السعود حسن عقل الأزهري.

المدهش حقًّا ـ يقول أبي ـ أن أحدًا لم يظهر على الإطلاق ليدعي ملكية هذه الدار، بل إن الدار أصبحت تُعرف بـ«كُتَّاب العقالوة»، مما شجع الأب وابنه على تعديل الدار وتحويلها إلى ثلاث حجرات، ينقسم عليها الأطفال بمستويات ثلاثة: المبتدئ في الحفظ، الموشك على إتمام الحفظ، التجويد. وكانت مباني البلدة تقترب من هذه الدار عامًا بعد عام، إلى أن أحاطت بالسراية وبالعزبة بعد قيام ثورة يوليو وتوزيع الأرض على الفلاحين. وقد لعبت هذه الدار في حياة هذه المنطقة دورًا عظيمًا، فما من إنسان نابغ في علمه من نواحينا إلا وتلقى تدريبه الأول في هذه الدار على يد الشيخ حسن عقل، وما من إنسان يعرف القراءة والكتابة ويجيد قراءة القرآن في صلواته إلا وقد تعلم في كُتَّاب العقالوة على امتداد أجيال وأجيال، حتى بعد انتشار المدارس الإلزامية والابتدائية في القرى، كان الطفل لا يصلح تلميذًا حقيقيًا إلا إن خرج من كُتَّاب العقالوة إلى المدرسة الابتدائية مباشرة، نظامية كانت أو أزهرية.

٤

# يوم الفرح الأعظم

يوم تخرج عمي أبو السعود في دار المعلمين بتقدير متقدم، نظرًا لتفوقه في مادتَي التربية والحصص التجريبية، قامت دارنا ودار القرآن معًا على قدم وساق. أبي في دارنا وعمي زكريا في الكُتَّاب يستقبلان وفود المهنئين من أعيان البلاد الذين حفظوا القرآن على يد جدي الشيخ حسن عقل، كما نبغ عيالهم في الجامعة والأزهر بفضله، ناهيك عن أهل بلدتنا، وكلهم بلا استثناء، ممن جلسوا أمام جدي حسن ولسعت خيزرانته الربرابة أكتافهم ومؤخراتهم. الفحل الجاموس المذبوح في حوش دارنا القديمة كان مبروكًا في نظر جدتي معزوزة؛ أكلت منه بلدان بأكملها وفاض.

ذلك يوم من أيام بلدتنا قد سجلته الذاكرة وتوارثته الأجيال، شأن الحواديت التي تمكث في الأرض لأن فيها ما ينفع الناس، ويحفزهم على النجاح جلبًا للأفراح والليالي الملاح، وتصديرًا للزهو والفخار.

أما يوم تعيينه مدرسًا فكان يومًا عظيمًا، ارتفعت فيه الزغاريد مرفرفة كالأعلام فوق أسطح الدور، من نسوان الحبايب والأقارب

والجيران، والرجال في المساجد والغيطان والشوارع ودكاكين الخياطين والبقالين، وحتى في سرادق العزاء، يومها راحوا يصافحون بعضهم بعضًا في أريحية وسرور طافح على لحاهم وشواربهم، وتقاطيع وجوههم الطفولية الإنسانية برغم تقدمهم في السن، يباركون لكل من يلتقونه، حتى العيال زأططوا في الأجران كيوم العيد، تتوفر فيه أعداد كبيرة تصلح للألعاب الجماعية التي تَبين لي فيما بعد أنها ـ حتى هي ـ ذات أغراض تربوية وأخلاقية عظيمة، ولعلها كانت لونًا من المسرح الشعبي موروثًا من مصر القديمة، مثل لعبة: «لا ينزل ولا يتزلزل»، أو لعبة: «الغراب النوحي». كان العيال، فيما يصف عمي موسى الذي كان طفلًا آنذاك، فرحين حقًّا لفرحة أهاليهم، فحين يفرح الأهل لسبب من الأسباب تلين جنوبهم القاسية، ويسهل عليهم تمرير المطالب، وسرسبة الملاليم. يقول عمي جبريل تاجر المحاصيل لحساب العائلة تعليقًا على أخيه موسى خادم الثور: «إن أهالينا إذ يفرحون هكذا بنجاح ابن بلدتهم، إنما هم في الواقع يقيمون طقسًا سحريًّا من أجل أن تتكرر الفرحة مرة أخرى، لعلها تكون بشيرًا بواحد من عيالهم، إنهم بفرحتهم بنجاح واحد من بلدهم يحرضون عيالهم على النجاح».

كم من تعليقات دارت فوق مصطبة دارنا الداخلية في الليالي المقمرة، حين يتجمع الأعمام وكبار أبناء الأعمام والعمات القريبات في دارنا بعد صلاة العشاء، تنفجر الذكريات بعشوائية حميمة ساحرة، وإن ضقنا بها أحيانًا، لقطعها تدفق الحديث عند نقطة غير مقصودة، بسؤال من طفل، أو بكلمة عابرة من أحد الجالسين، أو لمجرد أن أحد

الجالسين أراد عن عمد تغيير مجرى الحديث، بذكر حادثة أو نادرة أو طرفة سرعان ما تستدعي مثيلات لها أكثر عمقًا، أكثر طرافة، أشد عبرة وموعظة. مع ذلك فإن هذه التفجرات العشوائية كانت مصدرًا مهمًّا لمعرفة الكثير من المعلومات التاريخية المهمة عن عائلتنا، ولولاها ما قدر للعيال معرفة أي شيء عن تاريخ كبارهم الذين لا يحبون لعيالهم أن يعرفوا عن تاريخهم أي شيء على الإطلاق، اللهم إلا ما يريدون لهم أن يعرفوه، وهو في الغالب ليس يمت للحقيقة بأي صلة، أما هذه الذكريات المتفجرة في تلقائية عبر حكايات وطرائف، فإنها أقنعتني منذ الصغر بأنها أدق منفذ لمعرفة الحقيقة الحقيقية، كما أنها تُحدث ما يشبه اللغط الثقافي أو المعرفي، تعلق آثاره المفيدة ـ كالتمثيل الغذائي تمامًا ـ بأذهان الحضور، فتصيبهم جميعًا بعدوى اللباقة وسبك الكلام وانتقاء المفردات.

أما يوم الفرح الأعظم ـ يقول عمي زكريا ـ فكان يوم البدلة التفصيل، حينما لبسها عمي أبو السعود في دكان الخياط في طنطا، الذي اشترى له القميص الإفرنجي الحرير الياباني، ورباط العنق المُسمى بـ«البييون» الشبيه بغصن الوردة، مع الحذاء الأسود على أبيض، وهو تفصيل أيضًا. إن لكلمة التفصيل احترامًا كبيرًا في أنظار أهالينا، لأنها تؤكد أن البدلة مُقاسة على صاحبها بإحكام، وليس ثمة من شبهة في أن يكون استعارها أو شحذها أو اشتراها من سوق الكانتو.

يومها دخل بها البلدة في زفة كبيرة، مكونة من جدي حسن وأبي وعمي جبريل الذين حرصوا على مرافقته في السفر إلى طنطا، على

اعتبار أن الحدث عائلي بالدرجة الأولى، ويجب أن ينال كبار العائلة شرف المشاركة فيه، ثم كان عمي موسى في انتظارهم على محطة كفر الشيخ بالركايب. ولقد أسهب عمي موسى في وصف النساء اللائي كن يحملقن في شخصية الراكب، ظنًّا منهن أنه واحد من الحكومة، أو أحد باشوات وسية محمد علي توفيق، وإذ يلاحظن في محيط الركب جدي حسن بشكله المميز يتعرفن على شخصية الراكب فيزغردن. حينئذٍ تُعلق جدتي معزوزة مشوحة بذراعها المعروقة في فروغ بال: «النسوان في بلدتنا يزغردن عمال على بطال، ربنا يبارك في أصواتهن، فإنهن شربات الفرح، ولا فرح بغير زغاريد كما لا طبيخ بغير ملح».

جدتي معزوزة برغم كهولتها لا تزال هي الأخرى قادرة على الزغردة، غير أنها لا تزغرد إلا إن هزها حدث جلل، ونجاح أي حفيد من أحفادها، ولو في أعمال السنة الدراسية، هو عندها ذلك الحدث الجلل، فإذا بخيال المآتة حي في عنفوان صحته، وإذا بالزغرودة كلاسيكية في رنتها المجلجلة المبهجة، وفي طول نفَسها، زغرودة كصوت الشوكة الرنانة يبقى في الأذن طويلًا بعد اندياحه في الأفق البعيد.

٥

# مديونية الربان

ما إن التحقت بالمدرسة الابتدائية حتى صرت تابعًا لعمي أبو السعود أفندي، في كعبه أينما ذهب، أقضي له مشاويره الخاصة. إن صاحب دكان البقالة لن يصدق أحدًا غيري إذا جاءه يطلب علبة سجائر كوتاريللي على حساب أبو السعود أفندي، ذلك أن التقييد في دفتر الشكك يقتضي مرسالًا رسميًا معتمدًا من العائلة ومنه، وكنت أنا هذا المرسال. أما أعمامي فلكل واحد منهم نصف ربع أوقية دخان فرط كل يوم، ولا بد أن يذهب بنفسه إلى البقال ليقيدها بخط يده، إذ إن المحكمة ـ لا قدر الله ـ تأخذ بدفتر الشكك هذا كأنه صك أو كمبيالة، يترتب عليها استصدار أمر أداء من المحكمة على يد محضر، يقوم بتسليمه للمدين يدًا بيد، فإن لم يدفع بالتي هي أحسن يتم توقيع الحجز على ممتلكاته، ثم بيعها في مزاد علني، فإن أوفى البيع بحق الدائن كان بها، وإن نقص عاود الحجز عليه مرة أخرى وثالثة ورابعة، إلى أن يأخذ حقه على داير مليم فوق هذه البهدلة والفضيحة. أما طلبات الدار من سكر وشاي وشطة وكمون وفلفل وزيت، وجاز

٣٧

وزجاج وشرائط لمبات الجاز وإبر بوابير، وحلاوة طحينية في شهر رمضان، إلى آخر هذه الاحتياجات اليومية العاجلة، فإنها كلها من اختصاص أبي، وهو أكبر إخوته، وإن لم يكن عميد العائلة، به يضمن الجميع أن أحدًا لن ينتهز دفتر الشكك، ويجر لحسابه طلبات شخصية خاصة به تدفع العائلة ثمنها، فتختل الموازين في الدار.

ذلك أن عمي أبو السعود أفندي منذ تعيينه معلمًا في مدرسة الحكومة، رصد راتبه الشهري لاحتياجات الدار، من كافة المشتريات طوال الشهر، لا يقتطع منه إلا النزر اليسير لمصروفه الشخصي الضروري، كأجرة السفر إلى المديرية، أو زنقة حرجة على مقهى في البندر، أو ما إلى ذلك، في مقابل أنه يأكل ويشرب ويكتسي من محصول الدار، فضلًا عن أنه قد أنفق على تعليمه الكثير، مما يعتبر حقوق إخوته الذين لم يكملوا تعليمهم لسبب أو لآخر، وذلك دين في عنقه لا بد أن يرده الصاع صاعين. والواقع أن جدي حسن كان حصيفًا حينما تنازل له عن قيادة الدار في حياته، منها توقير لولده الذي أصبح، باسم الله ما شاء الله، شخصية مرموقة، ومنها خلاص من وجع الدماغ، ومنها كذلك اطمئنان على حسن قيادة الدار بعد رحيله.

هذا ما قد حدث بالفعل، فحينما رحل جدي حسن بعد استمتاعه ـ كما كان يردد باستمرار أثناء وعكته الأخيرة ـ بطول العمر، حتى رأى الثورة الأكبر من ثورتَي عرابي وتسعتاشر، وشاهد بعينيه الملك يتنازل عن عرشه ويغادر البلاد، والاحتلال الإنجليزي يلم خرقه وهلاهيله ويغور في ستين داهية، وإلغاء الألقاب، ورفع رؤوس الفلاحين والعمال والفقراء، سارت الأمور في دارنا على خير ما يرام:

عمي زكريا مختص بالكُتَّاب، وحصيلته في الشهر عدة برايز، قلما تجاوزت الجنيهين بعد دفع الإكراميات الرمزية لمن يؤدون حصصًا. أبي مختص بشؤون الزراعة، وتسديد حسابات القطعة المستأجرة، وشؤون الأنفار، وميزانية النجار والحداد والحلاق وخادم المسجد وبائع العسل، وكلها أجور متفق عليها تُدفع من المحاصيل. عمي جبريل يلعب في أسواق البلدان، يبيع ما زاد عن حاجة الدار من محاصيل، ويشتري ما نقص منها، يدبر لبيع محصول القطن بسعر مرتفع يستلزم خبرة في اختيار وقت البيع، ومناورات مع التجار. عمي موسى مختص بالزريبة، بما تحويه من بقرة وجاموسة، وثور يُستأجر للتعشير، وحمارين للركوب، وبغلة للسباخ ونقل الأمتعة والدوران في الساقية. وكان جدي حسن قد حضر زواج اثنتين من عماتي، عمتي مسعودة عقل التي تزوجت من السعيد أبو بكر، تاجر الحبوب الميسور، وعمتي عزيزة عقل التي تزوجت من إبراهيم الشامي الغنام، صاحب قطعان هائلة من الأغنام، بل حضر مولد حفيديه منهما، أما عمتي خديجة عقل فقد تزوجت بعد رحيله من عبد الحسيب الشربتلي الفرارجي، ابن عم لحوالي مائة زلمة اسمهم الشربتلي، كلهم فرارجية وتجار بيض، وكان زفافها أوسع من زفاف شقيقتيها، بحكم هذا العدد الهائل من الأزلام الشربتلية، المشهورين جميعهم بخفة الظل وتأليف النكت الحراقة اللاسعة إلى حد القرص الموجع المؤلم.

كل قرش يدخل دارنا من أي مصدر يتجمع في دولاب الحائط في حجرة جدتي معزوزة، حاضنة البنات جميعهن، مفتاح الدولاب

مربوط في ضفيرة شعرها الذي بات يطرد الحناء، فصار لونه كلون ورق الشجر الجاف حين يُسقطه الخريف، تخفيه تحت الطرحة السوداء التي تتبشنق بها. ولا أحد يعرف مقدار الفلوس في دولاب جدتي معزوزة، حتى هي نفسها، رغم أنها أمينة الصندوق، الوحيد الذي يحسبها بالمليم والسحتوت هو عمي أبو السعود، كثيرًا ما يفاجئنا طالبًا من جدتي معزوزة طلبًا على هذه الصيغة: «يا امَّه، فاضل عندك في الدولاب مائة وسبعون قرشًا وثلاثة مليمات وخردة، أعطينا منها خمسين قرشًا لكراء أنفار، ويتبقى عندك مائة وعشرون قرشًا وثلاثة مليمات وخردة».

ولما لم تكن جدتي معزوزة تعرف حساب ما في حوزتها، ونظرًا لتوجسها الأبدي من مسؤولية الفلوس وتوقع نقصانها، والخوف إلى حدٍّ يُمغص بطنها من نفادها كلها ذات لحظة، فإنها تتكئ بكفيها على ركبتيها وتدفع نفسها واقفة، تمشي محنية الهامة قليلًا، تفتح الدولاب، تقبض على الصرة كلها وتأتي بها، ترمي بها في حجر عمي أبو السعود، يتلقفها، يفكها بصعوبة الكسكرة بعديد من العقد، يفرطها في حجره على الملأ، يعدها أمامنا فلا تزيد ولا تنقص نصف مليم على الإطلاق، يأخذ الخمسين قرشًا، يناولها لأبي عبد العال، يبرم الصرة على ما تبقى، يعقدها من جديد بكسكرة كأنها لن تفك ثانية، يسلمها لجدتي معزوزة فتحضنها في صدرها مرددة: «اللهم احفظها من الزوال وأدمها نعمة»، تقفل عائدة إلى الدولاب فترقدها في ركن، ثم تتحسسها بأناملها عدة مرات لتتأكد من أنها محطوطة في مكانها، تغلق باب الدولاب وتشده من المقبض، تختبر إن كان

أغلق بالفعل أم لا، تعود إلى قعدة المصطبة الداخلية التي تعشقها وسط عيالها وأحفادها الكثار. تكون جدتي معزوزة في ذروة انتشائها بالفرحة الكبرى مرة في كل عام وهي تسلمهم من دولابها ـ شأنهم وهم أطفال ـ مصاريف الكسوة السنوية للدار كلها، عقب بيع محصول القطن مباشرة.

في دارنا خمسة رجال، وست نساء، يصرن تسعًا عند حضور عماتي لزيارتنا، وتسعة وعشرون ابنًا وابنة: ست بنات وولدان لعمي زكريا، خمسة صبيان وبنتان لأبي، ثلاثة صبيان وثلاث بنات لعمي جبريل، ثلاث بنات وولد لعمي أبو السعود أفندي، ولدان وبنتان لعمي موسى، في دار تتكون من مندرة كبيرة مطلة على جرن واسع مشهور باسمنا: «جرن العقالوة»، مع أنه ليس من أملاكنا، وتسع قاعات تطل على فناء داخلي مسقوف، وحجرتين داخلتين في الجنينة امتدادًا لدويرة الفرن، تتمتعان بميزتين مهمتين: حرارة الفرن تنفعهما طوال الشتاء، ونسيم الجنينة ينعشهما طوال الصيف. في هاتين الحجرتين المفتوحتين على بعضهما بواسطة باب بدرفتين، ينام كل عيال الدار قاطبة، البنات مع جدتهن معزوزة في الحجرة المكنونة التي يوجد بها ترباس الباب الداخلي، تقوم جدتي بسنكرته بعد صلاة العشاء مباشرة، أما نحن الصبيان فنرتع في الحجرة المتطرفة في عمق الجنينة، بينها وترعة خلاف قطيع من الأشجار الكثيفة، يؤنسنا في الليالي المقمرة ويتحول إلى أشباح مخيفة في الليالي الحالكة، وبخاصة ليالي الشتاء الطويلة، ويا للرعب إذا هطل خلالها المطر لعدة ساعات كما يحدث دائمًا. في حجرتنا هذه مهما أخذنا حريتنا في الكلام والدردشة وقول

النكت القبيحة، نبقى في اضطراب من فرط التوجس، حيث إن حجرة عمي أبو السعود أفندي هي تلك المطلة على الجنينة، وهو لا ينام قبل أن يتمطرق على المصطبة، تحت شباكها يدخن بشراهة ويستمع إلى آخر الأنباء في محطة صوت العرب.

أثناء الدراسة نذاكر كلنا في هذه الحجرة الواسعة جدًّا، حيث يوجد أربعة مصابيح غازية في أركانها الأربعة على رفوف خشبية، وكلها مصابيح نمرة عشرة، يعني لدينا ضوء أربعين شمعة، فإن أصاب الإعياء أحدًا قام وخفض شريط المصباح المتاخم له، فيغمض الضوء عينيه فيأخذه الوسن. ما أجمل أن نساعد بعضنا بعضًا عند اللزوم! يحلو لعمي أبو السعود أفندي ـ ولو في عز الليل ـ أن يكح بصوت عالٍ، دونما لزوم للكحة إلا أن يشعرنا بأنه صاحٍ لنا يرقبنا من تحت لتحت، وفي نفس الوقت يغرينا باللجوء إليه إذا ما كنا واقعين في مسألة حسابية أو جبرية أو هندسية معقدة، أو مختلفين على شرح بيت شعري عويص لأبي العلاء المعري. كان كثيرًا ما يمر علينا في الليل زمن الامتحانات عارضًا خدماته: «عاملين إيه؟»، ثم يجلس على طرف واحدة من الكنب البلدي المتعدد تحت الحيطان وفي الوسط، أو يتربع فوق الأرض على حصير، متكئًا على مسند قطني. وجوده عندئذٍ فيه أنس ومنفعة، كل كلمة يقولها حتى وإن كانت طرفة مازحة لا بد وأن نستفيد منها معلومة أو فكرة أو معنى.

منذ قيام ثورة يوليو وهو مفعم بمشاعر متفجرة بالحب تجاه عيال الدار وعيال البلدة كلها، لا يترك فرصة سانحة إلا ويهنئ العيال بحلول عصرهم الباسم المشرق بالآمال العراض، فأن يتنازل فاروق عن

عرشه بهذه البساطة، ويرحل الاحتلال الإنجليزي، ويتوارى أقطاب الفساد السياسي، فمعنى هذا يا أولاد أن ما كنا نسميه قبلًا بالمستحيل قد مات، وإذ يصبح جمال عبد الناصر، ابن البوسطجي، رئيسًا للبلاد، فهذا معناه أن واحدًا منكم في القريب العاجل يا أولاد يمكن أن يصير رئيسًا مثله للبلاد. نصيحتي لكم يا أولاد أن يجتهد كل واحد منكم، واضعًا في اعتباره أنه قد يقع عليه الاختيار الشعبي ليكون رئيسًا للجمهورية، أو للوزراء، أو لأي مؤسسة وطنية في بلادكم.

# ٦
## ليمونة في بلد قرفانة

يبعثني عمي أبو السعود إلى دكان محمد حسين، المكوجي الوحيد في بلدتنا، دكانه أشبه بكوخ واطئ على جزء ضئيل من مساحة اقتطعت من الشارع في زمن قديم، وفاتت على الجميع، بما أن الشارع لولبي بطبيعته وبصورة مدوخة. باب الدكان في مواجهة باب بيته الهابط عن أرض الشارع بدرجة جعلت البوابة تبدو كأنها غائصة في الأرض، المهم أن محمد حسين ـ وهو نصف أفندي بقميص إفرنجي وبنطلون ـ في استطاعته وهو محني على ترابيزة الكي، أن يسرب عينيه اللوزيتين الواسعتين إلى قلب داره عبر البوابة المفتوحة، فيرى كل ما يدور فيها، بل ويمكنه التفاهم بالعينين مع من تلتقيه العينان في وسط الدار على كل ما يطلب ويريد بغير كلمة واحدة، فإن هي إلا دقائق ويأتيه من يحمل براد الشاي أو ملابس كانت منشورة في الحوش، وقد توارَب البوابة عقب نظرة من نظراته إذا كان في الدكان شاب فارغ العينين نجس الذيل.

يحملني إحدى بدلاته الثلاث لأخطف بها رجلي إلى المكوجي

لتكون جاهزة للبس مساء غد الجمعة، تبيت مكوية في الدولاب لصباح السبت. يربِّت على كتفيَّ بحنان غامر ويقول: «العقبى لك أن تروح للمكوجي ببدلتك لما تكبر، إن شاء الله تكون بدلة تفصيل معتبرة».

لعمي أبو السعود أفندي فلسفة حكيمة في الملبوسات بوجه عام: هدمة واحدة تفصيل من قماش أصيل محترم، أبرك من مائة هدمة سوقية رخيصة.

لكن ما كان يحز في نفسي ولم أستطع ابتلاع وضعه المؤلم، هو أن يكون عمي أبو السعود أفندي بجلالة قدره، لم يكن يملك إلا ثلاث بدلات، لا يصلح للاستخدام منها سوى اثنتين فحسب، منهما واحدة يزداد منظرها كلاحة عامًا بعد عام.

العجيب حقًّا أن أهم بدلة في هذه البدلات الثلاث هي تلك البدلة التاريخية المشهورة، ربما في منطقة كفر الشيخ بأكملها، عمرها آنذاك يتجاوز ربع قرن من الزمان، من حسن حظها أن نظام الدواليب كان مستحدثًا أيام زواج عمي أبو السعود، ذلك أن شوار العروس في الريف كان قبل ذلك يعتمد على السرير ذي العمدان، والناموسية، ومرتبة ولحاف ومخدتين، وبوريه عبارة عن عدة طوابق من أدراج عرضية، وعلى سطحه رخامة ومرآة بعرضه إن كان مستوى العروسين ميسورًا، وعلى المرتبة فحسب مع اللحاف والمخدتين فوق حصير مع صندوق بغطاء جملون مقوس على الشكل الفرعوني. وعند زواج عمي أبو السعود أفندي في الشهر الأخير من العقد الثالث من القرن العشرين، كان نظام الدواليب قد بدأ ينتشر لدى طبقة الأفندية وأبناء

الطبقة المتوسطة الزراعية بوجه عام، باعتباره الأنسب لتعليق البدلات والفساتين محتفظة برونقها لا تلحقها التجاعيد ولا البهدلة. كانت حجرة نوم عمي أبو السعود أفندي مكونة من سرير نحاس بعمدان مضلعة، وناموسية، ومع المخدتين خداديات صغيرة وملاءات وبياضات، وبوريه بمرآة عريضة، ودولاب للملابس، وترابيزة مائدة برخامة بيضاوية مع ستة كراسي خيزران، وكرسي عباس لصينية القلل، وثلاث كنبات بلدي منجدة، وطشت كبير لغسيل الهدوم، ومجموعة من الحلل النحاس. الدولاب كان مرتفع القامة، مدهونًا بالأويمة ذات اللون البني اللميع، مكونًا من جانبين ووسط، الجانبان الأيمن والأيسر كل منهما بدرفتين كل منهما مبطنة بمرآة، كل جانب بداخله عارضة كالعصا لتعليق الشماعات، ومن فوقها رف للملابس الداخلية، أما الجانب الأوسط فمجموعة طوابق من الأدراج حتى منتصف القامة، أما بقيتها فمرآة أمامها فراغ سطح الأدراج، توضع فوقه لعب وبراويز أنتيكات، قد أخذ عمي أبو السعود الجانب الأيمن وأخذت خالتي تفيدة زوجه الجانب الأيسر. البدلات الثلاث معلقة، كل بدلة تلبسها بياضة كبياضة المخدات والكنب، صنعت خصيصًا لها من ثياب مهجورة كي تحميها من الغبار والعنكبوت والعته.

في العادة كان عمي أبو السعود يناديني قائلًا: «خد البدلة الرصاصي وديها للمكوجي عشان تلحق تروح تجيبها منه بكرة»، أو «خد البدلة البني وديها للمعلم فرحات الخياط يقرط على الزراير، ويصلح العراوي المتآكلة».

تلكما هما البدلتان اللتان ضجتا من حرارة جسده ولسع المكواة

طوال سنوات وسنوات، يتم غسلهما مرة كل عامين بمعرفة محمد حسين، المكوجي العتيق الذي تعلم أصول الصنعة في دسوق، ثم عاد ليمارسها في بلدته، فكان ـ كما يقول المأثور الشعبي ـ مثل ليمونة في بلد قرفانة. يقوم بتسريج الجاكيت بالإبرة الطويلة وخيط السراجة الواهن، في غرز واسعة، وذلك لتثبيت حشو الصدر والكتفين والبطانة، ثم يطرحه فوق تمثال خشبي لجسد فوق حامل معدني، موضوع في قلب طشت الغسيل، يغمره بالماء النظيف، يرغي فوقه الصابون النابلسي بغزارة كثيفة، بالفرشاة الخشنة الناشفة يروح يكحت الرغوة هابطًا بها بحرفنة ومَعْلمة، تنزل كتل الصابون كطين الشوارع بعد هطول المطر، مرة ومرتين وربما أربعًا وخمسًا إلى أن تنزل المياه نقية صافية. أما البنطلون فيطرحه فوق طاولة مدببة يلبسها في رجل البنطلون، والطشت من تحتها يتلقى سيولة الوسخ المتدفقة. على يمينه ـ فوق كرسي ـ جردل أو حلة ملآنة بالماء، يغترف منها بالكوز النحاس ذي الخصر الرفيع واليد المخروطة.

يوضع الجاكيت بحامله في حوش داره تحت وهج الشمس، البنطلون يطوى متدليًا بالمشبك في حبل ممدود بعرض الحوش. بعد عدة ساعات تجف تمامًا. كثيرًا ما كنت أذهب إليه مساء الجمعة لاسترداد البدلة التي سيرتديها عمي صباح الغد، فأجده لا يزال يكافح في فردها تحت الفودرة الشائطة، والعرق يتصبب من جبينه ويديه فيطشطش فوق الفودرة والمكواة، فتبدو قطرة العرق هنا أو ها هنا كحشرة حية توحوح إذ يعجنها اللهب. كان يفرحني أن رأيت رجلًا يعمل بذمة وضمير وحب للمهنة وللهدمة التي يكويها، فلا يسمح لها

بالخروج من بين يديه إلا وهي كالعروس المجلوة ليلة عرسها، يضعها في شماعتها، يلبسها بياضتها التي تكون قد غسلت هي الأخرى بيد خالتي تفيدة، قبل أن آتي بها معي، درءًا لغبار الطريق ووحله. بجدية وبلهجة خطيرة من صوت عريض رنان مسيطر، يروح يوصيني بأن أجعل بالي من الطريق وأمشي محترمًا، لا أعاكس الكلاب، ولا أمازح العيال، حتى تصل البدلة إلى صاحبها نظيفة آمنة. أعرف أنه يعرف ـ بل ويكاد يعتذر عن ذلك ـ أن الطريق إلى دكانه شائك، فيه الكثير من الوعورة، يعني لا مفر أمامي من دخول سرداب لولبي تنام فيه الكلاب في زقم الحوداية كالخديعة، فأدوس فوقها دون أن أدري، فتهب في وجهي باحتجاج أو تعوي بألم، إذ إنها تعرف أنني متودك بالكلاب ولا أنزعج ولا أجري، فتتأكد هي أنني سيد ولست مطاردًا جبانًا، إلا أنني أنعى هم الخرابة العتيقة التي لا بد أن أخرم من قلبها على الدكان مباشرة، كلابها بلطجية قطاع طرق، يتصيدون الفئران والثعابين والعقارب، وكل ما يصادفهم ويجري منهم، يلهمني الله دائمًا أن أبصق في وجوههم فيتراجعون في الحال آذانهم وذيولهم مدلاة.

في السنوات الأخيرة كنت أدخل على عمي أبو السعود في باكورة الصباح، كي أصب له الماء بالإبريق ليتوضأ، ثم أصلي الصبح وراءه. أراه عندما يشرع في اللبس، يفتح الدولاب في سأم، تنطلق رائحة النفتالين المخزونة مع رائحة العرق القديم في أنسجة الثياب. يقف حائرًا وهو ينقل البصر في اشمئزاز واضح بين البدلتين، يتجسد الحزن والألم على وجهه إذ يترك هذه ويمسك تلك، ثم يتركها ويمسك

بالأخرى. قد يمسك بالبدلة العتيقة، يكشف عنها البياضة ناظرًا في قماشتها التي تفح بالأصالة، وتنبعث منها رائحة الصوف كأنها جديدة بلونها الأزرق الداكن المهيب، يحركها يمينًا ويسارًا كأنه يجرب قياسها على جسده المتضخم في مرآة الوسط، وإذ تبدو بالبداهة صغيرة على جسده الحالي بكرشه القابب، يعيدها إلى مكانها وقد التوت ملامحه كأنه يعاني من مغص حاد، يبدو عليه القهر الشديد وهو يسحب إحدى البدلتين بحركة تكاد تنطق بـ: «أمري إلى الله». يلبس القميص المطروح فوق الجاكيت، ثم البنطلون الذي يصعد حزامه إلى ما يقرب من منتصف كرشه، تتجسد المنطقة السفلية بصورة بارزة يشوبها ظل من القبح، يمد ذراعيه إلى الخلف لأساعده في ارتداء الجاكيت، يضبط ربطة العنق التي لا علاقة لها بموديلات الأربطة التي نراها في صور الجرايد والمجلات، لكن منظره ينصلح في الحال؛ يصير إلى كثير من الاتساق. يعيد النظر إلى نفسه في المرآة، تأتلق صفائح الدم في بشرة وجهه الدائري الكبير ذي الصدغين المكتنزين، حيث الخدين مقنبعين كحبتي البطاطس بنفس اللون، يهبط ظلهما بحذاء أنف طويل أفطس، منخاراه باركان فوق حنك واسع مفوه، تحت الخدين غمازتان مربوطتان بأعلى الخدين بخيطين رفيعين، إذا ضحك يغوصان في الصدغين. الاشمئزاز على وجهه وعلى شفتيه يقول إنه مستاء من هذه البدلة العجوز المتهالكة الجربانة، وثنية الياقة خلف الرقبة مقروحة بشريط من الوسخ المسود كأنه ضمن نسيجها، كما أن العروة فوق الصدر تآكلت خيوطها، كذلك البنطلون بات وارمًا عند الركبتين، كما أنه شالح من الخلف قليلًا. هي مع ذلك ليست

أسوأ من زميلتها، كلتاهما لا تليق بناظر مدرسة ابتدائية تأكدت ترقيته إلى مفتش في العام الدراسي القادم.

أرى ذلك وأكابده في سني المبكرة تلك، أحزن لحزن عمي وشعوره الواضح بالقهر والاستياء والألم من فرط إحساسه برثاثة ملبسه. فأعجب كيف وهو عميد هذه العائلة الكبيرة، رب هذه الدار وسيدها وكافي جميع أفرادها بالكسوات الجديدة المحترمة، ثم يتأخر كل هذه السنين في تفصيل بدلة جديدة تليق بشخصه ومركزه وعمادته لعائلته؟! يبدو أنه كان يشعر بما أفكر فيه، يبتسم لي في المرآة وهو يحاول تعديل رباط العنق قائلًا في لطف: «تعرف تربط الكرافتة يا ابو علي؟ لا بد أن تتعلم ربطها، أم أنك لست تنوي أن تكون أفنديًا معتبرًا؟!».

ثم يعطيني إشارة بإطلاق سراحي، أسرع بارتداء ثياب المدرسة ريثما يتناول لقمة سريعة مع كوب الشاي بالحليب.

٥١

**٧**

**سقوط هيبة اللقب**

بعد قيام الثورة كثر عدد الأفندية في بلدتنا، كل من يلبس طربوشًا على جلباب يطلق عليه الناس لقب «الأفندي».

ومن يحب إقناع الناس بأنه أفندي عن جدارة واستحقاق فإنه يلبس الجاكيت فوق الجلباب، أو فوق المنامة المسماة بـ«البيجامة».

كان ذلك يغيظ أبي، يعتبره نوعًا من السرقة يجب أن يعاقب عليها القانون، سيما وأن الثورة المباركة ألغت الألقاب، فأن يجيء هلفوت لا أصل له ولا فصل يشتري من سوق الكانتو جاكيتًا وطربوشًا ليسرق لقب الأفندي، فتلك في نظره فوضى ما بعدها فوضى، لكنني كنت ألمح وراء غضبه غيرة على العائلة التي نالت اللقب عن جدارة، أي أن هذه الفوضى تنتقص من حق عمي أبو السعود أفندي.

إذ تجيء السيرة في قعدة العائلة بعد صلاة العشاء في المندرة يقول عمي جبريل واضعًا المسند تحت مرفقيه هاتفًا في دهشة: «يا أخي الثورة منعت الألقاب، فإذا بها تنتشر على ألسنة الناس كاللبانة! أشد مما لو كانت مباحة!». يشوح أبي عبد العال في نبرة عراك حقيقي كأنه

٥٣

يدافع عن شيء من ممتلكات العائلة: «الناس ما صدقت، الألقاب كانت كأنها محبوسة في قمقم لا يصل إليه ولا يفك سحره إلا من كان اللقب مكتوبًا له في اللوح المحفوظ، لكنها اليوم زاطت، أصبح العدد في الليمون، كل عشرة أفندية بقرش تعريفة أو بكوز ذرة! لكن ثلاثة بالله العظيم، أنا لا أنطقها أبدًا إلا لمن كان أفنديًا بالفعل قبل الثورة، بلاش مسخرة وقلة حيا».

البسمة الرهيفة المراوغة ترعش الشفاه، تريد أن تصير ضحكة مسموعة، لكن شيئًا من الحياء العائلي المجامل يوقفها عند حدها، ذلك أن جميع أهل دارنا يفهمون مغزى هذه الغضبة، يعرفون أن أبي مقروف في الأصل من صهرنا محمد أفندي عمرو الذي دأب منذ صغره على مطاولة عمي أبو السعود أفندي، يريد أن يكون رأسه برأسه، أفنديًا مثله على ألسنة الناس حتى وإن كان بالكذب والتلفيق، الأكادة ـ في نظر أبيه ـ أنه قد تحقق شيء مما أراد، قد كان كاتبًا للأنفار في الوسية في عز مجدها قبل الثورة، الفضل يعود لجدي حسن الذي علمه القراءة والكتابة والحساب، وفشل في تعليمه القرآن كاملًا، ليكون هو النقطة السوداء الوحيدة في ثوب جدي حسن الأبيض الناصع طوال تاريخه، وكان جدي حسن يصاب بتوتر نفسي كلما رآه، وحتى بعد أن بات رجلًا ملء هدومه يلبس الجلباب الصوف والطربوش، كان جدي حسن كثيرًا ما يرفع العصا ويهم بضربه بها على أُم رأسه الدائري الكبير، منبعج الجوانب مثل قدرة الفول المدمس الفخارية السوداء، وبقي محمد أفندي مرعوبًا من فزعته تلك لوقت طويل، إذ هو على قناعة بأن جدي حسن يمكن أن يفعلها بكل بساطة،

بل إنه ياما فعلها في دار القرآن بسبب تخانة مخه وإغلاقه دون القرآن الكريم، مع أنه مواظب على الصلاة!

بعد قيام الثورة وانفضاض الوصايا وبطلان المعيات، كان محمد أفندي عمرو قد أصبح معروفًا في دائرة الموظفين في محافظة كفر الشيخ. ذات يوم استقبل مرشح الدائرة في داره، ومشى معه يسانده في الدعاية هاتفًا بشعار ألفه فلقي استحسانًا كبيرًا:

فوقي يا دايرتنا فوقي

وانتخبي ابن البرقوقي

فلما نجح النائب مغازي البرقوقي عيَّنه مساعد مساح في مصلحة المساحة، ومنذ أن لبس الجلباب الصوف، ومن فوقه المعطف الجبردين، وعلى رأسه الطربوش، وامتطى ركوبة خاصة، أصبح يستمرئ لقب الأفندي حينما ناداه به العامة الجهلاء، ممن لم يدركوا بعد أن ثورة قامت في البلاد، وطردت الملك والإنجليز ومنعت الألقاب، ثم شاع اللقب ورخصت قيمته، لدرجة أن من كان أفنديًا رسميًا بحكم منصبه، أصبح لا يستسيغه إذا نودي به مثل عمي أبو السعود الذي كان يُفضل أن ينادى بالأستاذ.

٨

## ذاكرة المودة

يلوح لي أن العلاقة بين أعمامي وأصهارنا العماروة تعاني من قروح قديمة، يبدو أنها كانت في الأصل جروحًا عابرة، تركت للزمان بدون علاج فالتأمت القشرة السطحية وتماسكت، لكنها بقيت مشوبة ببقع ذات لون داكن، هو على الأغلب لون الصديد المختبئ تحتها، باتت تسبب وجعًا في القلوب إذا لامسها حديث أو عتاب، أو سوء فهم لكلمة أو سلوك من أحد الطرفين.

لعل المذهل بالنسبة لي أن الغضب من أيٍّ من الطرفين، ما يكاد يصل إلى ذروة معلنة على الملأ، حتى يؤوب إلى سكون مفاجئ، كأن ثمة رادعًا مجهولًا يمسك بيده بخاخة خفية، ترش على الوجوه ستارة من حياء مخملي، تنطفئ الشرارة الشريرة في العيون المهيضة، تتقطَّم إيقاعات المفردات القاسية، تؤوب إلى استعاذة بالله من الشيطان الرجيم.

قد يدركهم أذان العصر أو المغرب أو العشاء لحظتئذ، فتلهج الألسنة تلقائيًا على الفور بهتاف: «الله أعظم والعزة لله». في الحال

٥٧

يتقدم واحد من أعمامي، في الغالب يكون عمي زكريا، يؤم الصلاة، عند التسليم يمينًا ويسارًا تمتد الأكف لتصافح بعضها بعضًا. إن هي إلا برهة وجيزة، تدخل بعدها جدتي معزوزة ـ (الخناقات تبدأ دائمًا في الخارج ولا يتم تصفيتها إلا في دارنا) ـ أو من ينوب عنها من بنات الدار، حبذا لو كانت ممن يتعلمن في المدارس، حاملة عدة الشاي ومعداته على صينية نحاسية، فيشمر عمي موسى ذراعيه ساحبًا وابور الجاز البريموس، يغلق محبسه ثم يعطيه نفسًا بالكباس، ثم يتلقى الصينية فيضعها فوق مسند نائم، ما إن يشعل الوابور حتى تستنشق الأنوف رائحة الجاز المحترق، ممزوجة برائحة الشاي المطبوخ، من فرط حميميتها يسمونها في بلدتنا «زردة شاي».

من عجب أننا لا نستمتع بالاستماع إلى حكايات حميمة من تاريخ العائلتين إلا في مثل هذه اللحظات التي تعقب هبات الغضب، لكأن نوّة الغضب تنشط رياحها الهوج بقوة، فتنسف ما فوق بؤر الذكريات من ركام وأتربة، وبقايا هديم من أبنية العهود والأيام المخوخة.

أنشط الذاكرات ذاكرة عمي زكريا، ربما لأنه ولوع بالتاريخ والأنساب وذكر أيام العرب، يكاد يعرف كل شيء عن عائلات بلدتنا وبلاد الناحية كلها، بل العجيب حقًّا أنه يعرف ما قد يجهله البعض، من أبناء عائلات، عن أصهار لهم وأقرباء في المنطقة الفلانية. كثيرًا ما يفاجئ أحد المتحدثين عند اندماجه في سكة ستقود حتمًا إلى الغلط والتلبيخ، يلحقه قبل أن تقع الكارثة، يقول على سبيل التذكرة اللطيفة: على فكرة يا فلان، فلان الفلاني هذا هو خال فلان الفلاني، ابن عمة علان الترتاني، أبوه متزوج من بنت فلان، إلخ.

ذاكرة عمي زكريا، المولود بعين واحدة سليمة والأخرى مجرد بؤرة مغطاة بجفنين ذابلين، صاحبة فضل كبير جدًّا في وأد معارك في مهدها، لمجرد أنه قد نبَّه الأطراف المتعاركة إلى شخصيات محترمة سوف تصيبها الطرطشة بحكم صلة القرابة أو النسب، سيما وأن جميع أهالي بلدتنا يقيمون لهذه الصلات اعتبارات كبيرة، ذات وزن ثقيل في موازين الأصول المرعية.

٩

# فضلات الجوارح

شارع داير الناحية يلف حول البلدة بشكل شبه دائري، تطل عليه حارات وشوارع فرعية وسراديب وجخانيق ممتدة في أحشاء البلدة، كلها موصلة إلى المدرسة الإلزامية القديمة في المدخل الجنوبي للبلدة، مدرسوها كلهم من المشايخ لابسي القفاطين والعمامة، أو الجلباب والطربوش، أو برأس عارٍ كما شاع بعد الثورة.

أما المدرسة التي لا تزال توصف بالجديدة رغم قدمها النسبي، مدرسة محمد فريد الابتدائية بنين وبنات، فمن دواعي فخرنا وزهونا أنها قريبة من دارنا في الجهة البحرية، حيث تبدو والحدائق التي لا تزال تُسمى بحدائق الخاصة ـ يعني الخاصة الخديوية ـ الممتدة على مشارف الأفق البعيد، والمحاطة بأسوار عالية جدًّا مبنية بالطوب اللبن بارتفاع قامة رجل عملاق، وأسطحها مرشوقة بشطفات من زجاج ومسامير ونتوءات جارحة، وربما ذابحة لكل من تسول له نفسه القفز إلى الداخل، كأنها طبقات كثيفة من سحب خضراء داكنة،

٦١

وتبدو السماء بالنسبة لها مجرد ملاءة رثة مجعدة، مليئة بالبقع الرمادية المغبرة، مطروحة فوقها كيفما اتفق.

بفضل هذه الحدائق الشاسعة، باتت بلدتنا مَضيفة مفتوحة لأسراب لا حصر لها من مختلف أنواع العصافير الطروبة المُشجية لأسماعنا، والجوارح الكاسرة التي قضت على الفئران والديدان الخبيثة، نظفت الأرض والأشجار وأبراج الحمام من كل زاحف في الشقوق، كما أنها تقدم خدمات جليلة للأطفال وللفقراء والسابلة، حيث تبعثر ثمار الحدائق على مساحات واسعة خارج السور أثناء هبوطها على الشجر، ثم طيرانها ورفرفة أجنحتها القوية.

يستطيع أي مار بحذاء السور من أي جهة أن يملأ حجره بالبلح، بالجوافة، بالخوخ، بالبرتقال، باليوسفي، مما بعثرته هزات الطيور للأفرع العالية الوارفة، بل إن هناك دائمًا من يفرش على أي ناصية بقفص من الفواكه التي يسميها الناس بـ«السقط»، للبيع بأي مقابل تافه.

هذه الحدائق كانت ذات يوم تحت حراسة سليم الفرغاني، الشهير بـ«تراتيرو»، الذي تزوج عمي أبو السعود من ابنته، خالتي تفيدة، وذلك أيام كان جدي الأكبر، الذي يحمل عمي اسمه، ناظرًا على الوسية كلها، حتى بعد أن أهديت الحدائق للأميرة بنت محمد علي التي تزوجت من أحد النبلاء من نفس العائلة، وأصبح ريع الحدائق يحول إلى جيبه، ظلت الحدائق تحت نظارة جدي ذاك، فاستطاع أن يشكم تراتيرو ويحد من سرقاته للمحصول، ولم يكن كلاهما يدري أن الفرغاني الكهل سينجب طفلة في أواخر أيامه تكون زوجًا لحفيد جدي.

أما الآن فقد آلت ملكية الحدائق إلى وزارة الزراعة، وبعد أن كان مجرد وجود الحدائق في بلدتنا يصيب أهلها بالقناعة، ليقينهم بأن أطيب الفاكهة ستصل إلى بيوتهم لا محالة بثمن بخس من أحد صبيان الفرغاني تراتيرو، أو على سبيل الهدية منه إن كان أهل الدار من الناس المهمين، أصبحت البلدة اليوم تشتهي الفاكهة وهي بين ظهرانيهم منذورة للجوارح من الطير، ومن بني الإنسان القابض على ثروة لم يكن يملكها، فلما وضع يده عليها حرَّمها على من كانوا وراء زرعها وريها وتشذيبها وتلقيحها وإزهارها طوال عشرات من السنين، مما جعل الناس يترحمون بصدق على تراتيرو الكبير، على الرغم مما كانوا يرمونه به من شائعات وأوصاف تنال منه.

لأبي عبد العال عقل قول مأثور في صهرنا سليم الفرغاني الشهير بـ«تراتيرو»، يقول: «اللبن بخيره، شفطه تراتيرو»، لكنه يقوله بلهجة ملفوفة ليمنع الحرج عن زوج أخيه خالتي تفيدة، وهي ابنة سليم تراتيرو شخصيًّا، يقوله في سياق يشبه المدح، يعني أن الرجل شاف خيرًا وعزًّا كبيرًا، مع أن خالتي تفيدة صدرها أوسع من جرن العقالوة، وكم سمعت عن أبيها ذاك من أقوال يشيب من هولها الطفل، حتى بات أبوها في نظرها أسطورة عامة يحق لكل إنسان أن يخترع عنها ما يشاء. إنها كثيرًا بل كثيرًا جدًّا ما تنخرط في ضحك عميق من نكتة رسمت لأبيها صورة هزلية. إنها تكاد تكون مفصولة عنه عاطفيًّا، لأنها في الواقع لم ترَه، لقد خان مستقبلها، ضربها مقلبًا طلع من نافوخها، إذ إنه مات بعد ولادتها بستين اثنتين، يعني أنها ليست تذكر ملامحه على الإطلاق، ويقول لها من شافوه إن أخاها فرج سليم تراتيرو،

الذي يكبرها بثلاثة أعوام، هو الآن صورة طبق الأصل منه في كل شيء؛ من الطول إلى النحافة إلى اللماضة إلى الاندفاع في الغلط، باستثناء شيء واحد لم يكن في أبيه، ذاك هو مرض السل الذي يأكل في صدر فرج منذ سنوات طويلة، حتى أحاله إلى زعزوعة قصب.

جدتي معزوزة شرحت لي ذات يوم معنى كلمة أبي التي أصبح الناس يستعيرونها، للتعبير عن مواقف متعددة ينطبق عليها نفس التعبير: «اللبن بخيره، شفطه تراتيرو»، الواقع أنني كنت أريد أن أفهم معنى كلمة تراتيرو هذه. قالت جدتي معزوزة إن سليم الفرغاني من شدة فراغة عينيه وطمعه، كان إذا اشترى قمحًا أو شعيرًا أو تمرًا، طلب من الكيال أن يملأ القدح إلى طراطيره، يعني يملأه حتى يعلو الملاء، يصير كالطرطور، ويصيح في البائعين في الأسواق إنه لا يأخذ الكيل إلا مطرطرًا، وحتى إن طلب كوب ماء قال لامرأته: «امليه لحد طراطيره». ثم إن حرف الطاء تخفف على ألسنة الناس إلى التاء، فأصبح اللفظ «تراتيرو».

تخشى جدتي معزوزة أن تستاء زوجة ابنها، خالتي تفيدة، مما قالته عن أبيها تراتيرو، فتستدرك قائلة إن ثلاث عائلات قد أصبحت عائلة واحدة، فسليم تراتيرو كان خولي جناين الأمير، وجدي كان ناظرها، وعمرو عمرو كان شيخ خفراء الوسية، ثم تضيف بعد هنيهة:

ـ يشاء السميع العليم أن يمد حبل الوصال، فابن الناظر، جدكم حسن يعني، تزوجني، وعمرو عمرو تزوج من أختي الحاجة زهرة، وتزوج أخوه أمين من الحاجة ست عمره، لكنه مات وهي في عز شبابها، مع أنها خلفت منه ولدين هما الآن في

الإسكندرية، من حسن حظنا، طمع سليم تراتيرو في جمال ست عمره فكتب عليها على سنة الله ورسوله، ليخلف منها فرج والسنيورة تفيدة، ويشاء السميع العليم أن تكون السنيورة تفيدة من نصيب عمكم أبو السعود، الطيبات للطيبين.

عندئذٍ ترمقها خالتي تفيدة وقد انبسطت ملامحها على بساط من الحب المتألق في عينيها، تستطرد جدتي معزوزة:

ـ ربكم هو المدبر، يشاء السميع العليم أن أختي الحاجة زهرة تخلف من زوجها عمرو عمرو زربة عيال، خد عندك: عبد الرحمن وكان مزينًا، عرفات الأعمى وحاله مايل كما تعرفون، وسُنة التي كانت من نصيب ولدي عبد العال، البكري، كانت وش السعد عليه وعلينا، وخلفت توحيدة التي سترها الله وتزوجت في بلدة العجوزين.

تعرف أمي أن سُنة أن ذاكرة حماتها كثيرًا ما تفوت وتخلط الأزمنة ببعضها وتنسى أشياء مهمة، لكنها من فرط حبها لخالتها تصر على أن تداعبها:

ـ إنما أنتِ يا أمي نسيتِ محمد أفندي عمرو، ألم تخلفه ست عمره من ابن عمها أمين؟

ـ يوه! قُطع ولا كان! والنبي أشرف خليقة الله، إنه يستاهل إن الواحد ينساه.

أمي تعرف أن حماتها، خالتها، تعمدت النسيان في هذا الأمر بالذات، تعرف أن حماتها تكره كره العمى كل من يتطاول على ابنها أبو السعود ويعمل رأسه برأسه، ولأنها لا تملك إلغاءه من الوجود،

فإنها تشطبه من ذاكرتها كأن لم يكن. ها هي ذي توجه لأمي نظرة لوم حنونة مع ذلك:

ـ لماذا لم تتذكري شيئًا عدلًا؟! أعوذ بالله من... من... قومي يا بت غوري من وشي.

تغور من وشها بالفعل وهي تضحك بصوت مجلجل.

١٠

**الحاجة زهرة خالة العقالوة**

منذ أن تزوجت خالتي توحيدة، ومات خالي عبد الرحمن عمرو الذي كان أشهر حلاق في بلدتنا، والحاجة زهرة ـ خالة العقالوة ـ تقتعد رصيف الدكان ليل نهار، لا يشقر عليها بين ساعة وأخرى إلا أحد عيال ابنها عرفات، الذي اقتطع جزءًا من هذه الدار من خلف الدكان وعمله دارًا خاصة به، يفتح بابها على السرداب المجاور، لكن الحاجة ست عمره صاحبة الدار الملاصقة لدارها، وباب دارها ملاصق لباب دكان ابنها المرحوم عبد الرحمن، تقضي معظم وقتها مقعية في فتحة باب دارها، مريحة كوعها على رصيف الدكان، فهي الرفيقة الدائمة لسلفتها وقد باتتا معًا في مرحلة حرجة من العمر، وإن كانت ست عمره أقوى بدنيًا وصوتيًا وأصغر سنًا بقليل.

الحاجة زهرة ضخمة الجسد، تشبه في جلستها فرن الخبيز، عريضة، مدكوكة، سوداء فاحمة، دماغها الملفوف بالشاش الأسود يبدو كأنه برام، أو طاجن أسود مقلوب فوق سطح الفرن الطيني، إذ هي دائمًا منكسة الرأس في حجرها، لا أحد ممن يراها يعرف

٦٧

إن كانت مستيقظة، أم هي مستغرقة في سبات عميق وربما أزلي. إنها على هذا الوضع منذ سنوات طويلة، لدرجة أن هناك من يقول الواحد منهم إنه طلع على وش الدنيا فرآها على هذا النحو، متربعة على رصيف هذا الدكان الذي يحتل أهم وأخطر موقع في شارع داير الناحية، دائمًا أبدًا هناك قفص كبير أمامها، مطروح فوقه لوح خشبي من الألواح المعدة أصلًا لتقريص العجين، ترتص فوقه أشكال فاكهة من الحلوى كالموز، ونبوت الغفير، والعسلية، وبراغيت الست، واللبان، والمصاصات، وبجوارها مشنة تمتلئ بأي نوع من فاكهة حقيقية من سقط المواسم.

يظنها الناس نائمة أو ميتة، في حين هي تحملق في الرائح وفي الغادي من تحت جفونها المسدلة. لقد طمس الزمان ملامحها، وجه صحراوي صرف، داكن اللون كجبال الحجاز، تشي بوعورة من نوع ما. إذا ضحكت ظننتها تبكي، يصيبك الرعب لأول وهلة، ربما لأنك كنت على يقين من أنه وجه صخري صلد لا يلين، فإذا بك تراه قد دبت فيه الحياة فجأة، وصار عجينة مليئة بالتكورات والتضاريس، وصارت العينان، المسبلتان على الدوام، فتقين يرشحان بالدمع الغزير، فوق شفتيها الغليظتين اللتين بدتا كجلباب ضيق جدًّا على أسنانها الكبيرة، سرعان ما تثير الرغبة في الضحك.

بالنسبة لي كنت حين أتذكرها في الليل وحدي ينتفض جسدي من عنف الضحك المكتوم، لأن شكلها عندئذٍ، كان يتطابق تمامًا مع شكل عمي زكريا حين يضحك أو ينفعل، ومع شكل أبي حين يُظهر اشمئزازه من أي شيء.

# نظرية الثور: من أمجاد العائلة

الوداعة المستقرة على وجه عمي موسى تعكس شقاوة، وربما شيطنة إلى حد الجنون المؤجل أو المقموع، لكنه مع ذلك لا يؤجل فرضًا من فروض الصلاة عن وجوبه دقيقة واحدة، مغرم بالجماعية في كل صلاة، لا يتأخر عنها مهما حالت دونها ظروف قهرية، كما أنه ـ وهو أصغر أعمامي وعماتي ـ أوسع أفقًا من أبي وعمي زكريا وعمي جبريل.

عمي موسى هو المسؤول عن الماشية مع ذلك، الزريبة هي عالمه. تقتني العائلة ما تقتنيه إلا أنه بارع في تجديد شباب الزريبة باستمرار، إذ ما تكاد البقرة أو الجاموسة تشيخ قليلًا حتى يكون قد ربى من عيالها غيرها، فنان هو في شغل البرادع وترميمها ودندشتها بمنسوجات وكور من الحرير. أهم مقتنيات الزريبة في نظره هو الثور، فحل معلوف بعناية، قوي كالفيل، ذو مهابة إذا مشى في شوارع البلدة يسحبه عمي موسى بمقوده المتين، يخيل إلى من يراه كأنما الزعماء والأبطال المغاوير يقلدونه في هذه المشية الواثقة

الراسخة، الهازئة بكل ما على الأرض من مخلوقات ضعيفة، إنها مشية فاتنة، تجعل الإنسان ينبذ الضعف ويحتقره، ويقرر طرده من جوفه قدر ما يستطيع.

يقوم عمي موسى بتأجير الثور، أو بمعنى أدق تأجير إحليل الثور لتعشير البهائم مقابل عشرة قروش في المرة الواحدة، مبلغ باهظ أي نعم، إلا أن عمي موسى ليس يبالي بوقعه على وجه من يسمعه منه، بل يستدرك في التوِّ ليكمل نفس العبارة بقوله: «إن الثور محجوز طوال الأسبوع القادم والذي يليه». إنه واثق من أن المستأجر سوف يرجوه ويلاطفه لكي يبدِّيه على غيره، و«خذ ما تطلبه يا أبو هارون، ليس كثيرًا على ثوركم». وهذا صحيح، فثورنا مضروب به المثل على الصحة البدنية والحيوية، وبما يسميه عمي موسى بنشاط النطفة. قيل: «وما نشاط النطفة هذا يا موسى؟». يقول بفصاحة اشتهر بها العقالوة مع ميل إلى استخدام العبارات القرآنية في كلامهم بوجه عام: «ليست كل نطفة بقادرة على أن يصير منها ولد، النطفة الخاملة قد تندلق من صاحبها قبل وصولها إلى الرحم فتضيع هدرًا، وقد تصل بعد أن تكون قد ماتت أثناء سفرها من أصلاب صاحبها إلى المخدع الآمن بفعل التعب. أما النطفة النشطة فإنها بصحة جيدة، تحتمل السفر والانتقال، ولأنها تعرف طريقها جيدًا تظل تخبز نفسها على نار الشهوة الهادئة إلى أن ينفتح لها باب القبو، فتدخل راكبة مصونة لترمي بنفسها في الحضن الدافئ، تصير في الحال كائنًا حيًّا».

ما يؤيد نظرية عمي موسى عن النطفة النشطة أن ثورنا يمتاز

بخصيصة قلما تمتع بها ثور في نواحينا، تلك هي دقة النشان، هي نطة واحدة لا نزول عنها إلا بعد تمام المهمة وفي لمح البصر، على عكس ثيران أخرى تفرهد أصحابها وأصحاب الأنثى ما بين جري وراءه، ودفع لمؤخرته في صخب واضطراب ينتهي بأن تسقط نطفة الثور على نفسه، فيستحيل قيامه مرة ثانية في نفس اليوم. وقد يتكرر نفس المشهد عدة أيام، فتكون المهمة غاية في الصعوبة.

الفضل يرجع لعمي موسى في تدريبه للثور، يقول إن السر في نجاح ثوره وحسن سمعته في الأداء، ينحصر في أن الثور قد بات صديقًا له، يفهم كل منهما الآخر بالإشارة، ربما بالنظرة. إن عمي موسى، الذي ولدته جدتي معزوزة في قلب الزريبة تحت أقدام الجاموسة أثناء حلبها، إذ جاءها المخاض وطش الطلق في التوِّ واللحظة، قد أمضى صباه وشبابه في هذه الزريبة، من فرط عشقه للماشية والأنعام التي منَّ الله بها علينا في قرآنه الكريم كمصدر للخير، من ألبان ولحوم وجلود وصوف، بات يجيد لغة التعامل مع الماشية إجادة تامة، بل هو دائم التأكيد لنا في كل مناسبة على أن تفاهمه مع الماشية أفضل من تفاهمه مع البشر، يعرف ماذا تريد بكل دقة في هذه اللحظة أو تلك فيقدمه لها.

ما أجمل منظره أصيل كل يوم، إذ هو يسحب البهائم كلها في صف أو صفين، تمشي في تؤدة كأنها وفود إلى مهمة، تمشي في تؤدة كأنها من علية القوم في طريقها إلى مهمة جليلة. هو يرتدي جلبابه النظيف ذا اللون الزهري الرائق، من تحته الصديري القطني اللميع، ذو الخطوط الطوبية السوداء، على أرضية في لون الكهرمان،

من تحته الفانلة ذات الكم الطويل بأسورتين حابكتين. أصابع يمناه الممسكة بالمقود المتصل بها، جميعًا مزدانة بخاتم فضي كبير بفص بيضاوي الشكل من فيروز نقي، وفي يسراه دبلة الزواج وهي كذلك من الفضة، وفيها المسبحة التلت الآتية له من الحجاز هدية من الحاج عبد الحسيب الشربتلي الفرارجي، زوج عمتي خديجة، عبارة عن ثلاث وثلاثين حبة من الكهرمان الأصلي. في قدميه الشبشب العمولة، صنعة الأسطى خليل عبد الصمد، أشبه بنصف حذاء من الجلد.

هو الآن في طريقه إلى المسقى، أو ترعة خلاف القريبة من دارنا. ما إن يصل إلى المسقى حتى يفك المقود، ففي الحال تنكب البهائم على الماء باشتياق حار، تندفع نازلة بكامل هيئتها إلى قلب الترعة، تستكن تحت غمر الماء في انتشاء. عمي موسى يخلع الجلباب والصديري والفانلة والسروال، حيث يوجد تحته لباس يسميه أبناء البنادر بالمايوه، اشتراه له ابن عم لي طالب بحقوق الإسكندرية خصيصًا لهذا الغرض، يلقي بنفسه إلى الماء ممسكًا بالفرشاة الخشنة وبروة من صابونة غسيل المواعين، يغسل أجساد بهائمه برغوة الصابون والفرشاة في حنو واعتناء، كأنهم أبناؤه الأعزاء عليه، لا يترك البهيمة إلا وقد لمع جلدها فازداد الأشقر شقرة، واستضاء الرمادي بانعكاس شمس الأصيل في العمق السحيق للماء. بهائمه مؤدبة مثله، ذات كبرياء مثله، لعله هو الذي نماه فيها حتى أصبحت تكاد تتفوق عليه في السلوك الحضاري، ولربما رمقه الثور بنظرة عتاب إذا شتمه بغير مبرر، وقد يحرن الحمار ويزورّ بعيدًا، منكسًا رأسه

في زعل واضح، لأنه زغده في جنبه بقسوة، لكنه إذا قال للثور: «قف ها هنا»، ينفذ الثور أمره في الحال، وإن قال للحمار: «تعالَ هنا»، يجيء على الفور. تقف البهائم دون مقود في انتظاره حتى يجفف جسمه بلفح الهواء، ثم يلبس الفانلة، ثم الصديري فوقها، ثم الجلباب، ومن فتحتي الجلباب يمد يديه يخلع ذلك المسمى بـ«المايوه»، يتركه ينزل إلى قدميه فيخلصه، ثم يرتدي السروال دون أن يكشف عورته حتى للبهائم.

في كثير من العصريات الرائقة يطيب له أن يختلي بالبهائم ليراقبها ويتأملها: كيف تأكل، كيف تتعامل مع بعضها البعض، كيف تنام وكيف تصحو. أصبح لديه تفسير بكل ما تأتيه أو تؤتيه من حركات وإيماءات باعتبارها جملًا حوارية ـ ناهيك عن أصوات النعير والنهيق والصهيل والمأمأة، يتعين عليه الرد عليها بفعل يفعله لصالحها، يستخلص من كل ذلك العبرة والحكمة والموعظة من بديع صنعة الله، المتجلية في كائناته التي تجل عن الوصف.

يا يوم التعشير، يا لك من يوم منتظر ليس يفقد إثارته على طول الزمان، لا يستطيع أي مخلوق، مهما كان محترمًا وقورًا، أن يفوت عليه دون أن يتوقف أو على الأقل يتلكأ حتى يراه بالتفصيل. إنه لمهرجان من أعراس الطبيعة، يطرب له جميع البشر في بلدتنا، من صغيرهم لكبيرهم. ولسوف يتفرجون عليه بنفس الشغف والحميمية حتى وإن تكرر مئات المرات في كل دقيقة، فما بالك إذا كان نادر الحدوث مرتبطًا بمواسم الخصوبة عند الحيوان؟!

صباح إذ تجيء البقرة المراد تعشيرها في وفد من أهلها، يقفون

بها في وسط الجرن على مسافة تبعد قليلًا عن دارنا، لأن الثور يجب أن يُعطى مساحة واسعة يتحرك فيها على راحته.

من ممر جانبي تابع لدارنا لا يحق للجيران فتح أبواب أو نوافذ عليه، وعليه تفتح زريبتنا، يخرج الثور من هذا الممر الطولي ماشيًا يتبختر وراء مقود عمي موسى. من يراه يدرك في الحال، من سمت التأهب والحيوية والغندرة، أنه ذاهب إلى مهمة رسمية جليلة القدر، تلك حالة يستكشفها الأطفال بالغريزة، فيمشون وراء الثور وهم يجزون على أنيابهم لكتم الضحكات الجزلة النشوانة مقدمًا بما سوف يحدث بعد قليل، حتى الرجال لولا الحياء لغيروا اتجاه طرقاتهم والعودة وراء الثور بأي عذر مصطنع، كل ذلك وعمي موسى غير عابئ بأحد، مركزًا كل انتباهه على تدليل الثور وتدليك أعصابه وترييح نفسيته بكل وسيلة ممكنة، مانعًا، بقوة وحسم، كل الأطفال من الاقتراب الحثيث أو الإتيان بأي حركة تتوتر منها أعصاب الثور.

أهل طالبة العشار يحيطون بها من الجنبين، ومن أمام ومن خلف، في وضع استعداد لإحكام السيطرة عليها إلى أن ينهي الثور مهمته بنجاح ودون فرهدة. مؤخرة البقرة هي البارزة بكل وضوح كالمرفأ الدافئ. وإذ بدأت تشم رائحة الثور من على بُعد، دبت الرعشة في كفلها، انفرجت ساقاها وانعقص ذيلها، صار الصعود إلى القبة المأهولة مفتوحًا يطلب الحلال.

بخبرة عمي موسى يبطئ في الحركة عن عمد حتى يتيح لخياشيمه أن تمتلئ حتى النخاع برائحة الأنثى، ولعينيه أن تتمكنا من نقطة

الاقتحام والتسديد. يا ربي، ما إن يظهر شبح الثور زاحفًا من بعيد في اتجاه الميناء الرافع قوس النصر ترحيبًا وتفاؤلًا بنجاح المهمة، حتى يشمل الكون كله سكون مترقب مترع بالحميمية الإنسانية، أشد إثارة للشغف من ذلك السكون الذي يسبق العاصفة.

لكأن الكون كله واقف على قدم وساق، حابسًا الأنفاس في انتظار قيام هذا الفعل الإلهي العبقري، ذلك الذي يبدو في كل مرة كأنه اكتشاف جديد. النسوة فوق الأسطح يعملنها حلوانة في سلوانة بذريعة النداء على عيالهن. الصبايا يختلسن النظرات إلى شيء حرم عليهن الكلام فيه، أو النظر إليه، أو ممارسته إلا بعقود ومواثيق، وفي جنح الظلام، ها هن يخترقن حجب الخجل في جفول مصطنع. الصبيان يلهثون وقد يتحسسون أعضاءهم الجنسية في تلقائية. الرجال الممسكون بالبقرة في حال من الترقب والخفقان، يقرأون عدية يس والفاتحة، وربما بعض التعزيمات والتعاويذ. بضعة الأمتار المتبقية يكاد عضو الثور ـ الذي امتد نافرًا كنصل السكين أو كالسيف ـ أن يطاولها. هُب، هي نطة واحدة، يندك بها النصل في غمده دفعة واحدة، وأيدي بعض الرجال تدفع مؤخرة الثور برفق حتى يفرغ آخر قطرة من نطفته الثمينة، حتى إذا ما هبط الثور منتشيًا مد الرجال أيديهم إلى فرج البقرة، وأزاحوا بداخله ما تناثر حول الشفرين من مني الثور، إذ إنهم يعتقدون أن البركة كلها ربما تكون في هذه النقاط المهدرة، وأن إدراكها عن الهدر فأل حسن.

لست أهزل على الإطلاق، بل أقرر حقيقة إذ أؤكدها هنا على أن ثورنا ذاك، كان مما يضاف إلى العائلة من أمجاد، لدرجة أن صيته

لف البلاد، سمعته الطيبة طوت المسافات والآفاق، طائرة إلى وسايا فؤاد سراج الدين وعبد الفتاح باشا حسن وحافظ باشا حسن وباشوات آل عاشور، وكلهم بعثوا إلى عمي أبو السعود مراسيل تطلب عجلًا من سلالته لتحسين سلالة أبقارهم، فأحالهم على عمي موسى، فتبغدد عليهم إلى أن وافقوا على الإتيان بأبقارهم، لحد عنده، بأي شكل كان.

## ١٢
## مفاتيح العم جبريل

أسعد الناس قاطبة بفحولة ثورنا وعلو صيته كان عمي جبريل، لكأنه مُنح حقًّا إلهيًّا في الاستهزاء بكل غبي أو متخاذل أو عريس مربوط أو سيئ السمعة جنسيًّا، إذا جاءت سيرة واحد من هؤلاء أمامه سارع بالسخرية منه، لا يتورع عن السخرية من الشخص المدموغ بهذه الشائعة أو تلك، في وجهه، في حضوره أمام الجميع، ولكن بخفة ظل ولباقة يضحك الجميع منها بمرح كبير، مع أنه لم يقل شيئًا أكثر من أنه أتى بسيرة ثورنا على أي نحو من الأنحاء، فيفهم الحضور أنه بذكره لرمز الفحولة، يندد بمن أصبحوا رمزًا للفسولة، حتى إذا ما شاع المرح لكز المسخور منه في كتفه بعشم وأخوة هاتفًا: «يا أخي الناس لبعضها، تعالَ خُدلك فترة تدريب في زريبتنا على يد الثور».

ذلك أن عمي جبريل مهزار كبير جدًّا، برغم ما يرتسم على وجهه وهيئته من سمت الجدية المفرطة، بل قد يظن من يراه أول مرة أنه كئيب، مزمن في الكآبة، قد يظل على هذا الظن وقتًا طويلًا

حتى وإن رآه كل يوم. إن عمي جبريل قليل الكلام إلى حد الندرة، اللهم إلا لحظات قليلة يروق فيها مزاجه ساعة العصاري، بعد ما تكون حبة جوزة الطيب التي سف طحينها منذ ساعتين وراح يواليها بالشاي والسجائر قد اشتغلت، يهيب بأحد الولدين بأن يكنس أمام المخزن ويرش جردلين من الماء يخمد بهما التراب والعفار، يفرش الحصير على المصطبة الخارجية المحاذية للباب، يتكئ على المسند، يروح يفلي جريدة الأهرام، فإن لم يجد بها ما يستحق التفلية رماها على طول ذراعه، متهمًا عمي أبو السعود بأنه التَهم ما كان فيها من أخبار مهمة، تغيب المفارقة الضاحكة عن فطنة البعض، لكنها تصير واقعًا مثيرًا لدهشة الجميع حينما يتصادف مجيء عمي أبو السعود ليجلس معهم قليلًا من الوقت على سبيل المجاملة والمضايفة، فيذكر أن شيئًا خطيرًا قد وقع اليوم في فلسطين أو كوبا أو جنوب أفريقيا أو الهند، ويحكي الواقعة بالتفصيل، فإذا هي بالفعل شيء بالغ الخطورة، عندئذٍ يصيح عمي جبريل كاتمًا غيظه من فرط شعوره بالغفلة:

ـ الله، إنت جبت الخبر ده منين يا أبو السعود أفندي؟

ـ من الجرنان.

ـ عجايب! أنا فليت الجرنان كلمة كلمة!

ـ يخيل إليك.

ـ جرنان اليوم؟

ـ جرنان اليوم، هاته وأنا أُريك إياه!

ولكن ما أصعب استرداد الجرنال، بمجرد أن يرميه عمي

جبريل، وهو الوحيد المعني بتصفحه بعد عمي أبو السعود، يكون الجرنال قد سرح، تخاطفته عشرات الأيدي لتعيره بعضها بعضًا، ويبقى عمي جبريل على غيظه حتى عصر اليوم التالي. ويبدو أنه بالفعل ـ كما يقول عمي أبو السعود ـ غير مُلم بخريطة توزيع الأخبار على الصفحات، إنه يقرأ وحسب، تشده المانشتات الكبيرة فالصغيرة فالأصغر، سرعان ما ينتهي من الصفحة ليقلبها، أما عمي أبو السعود فإنه بعد التصفح العام، يتوقف بهدوء وروية عند المحليات والشؤون العربية والشؤون الدولية وصفحة الوفيات، قبل أن يفرغ لقراءة العواميد ومقالات الرأي التي يعرف أماكنها من الصفحات ومواعيدها من أيام الأسبوع.

قبل أن يهل الصحاب على مصطبة عمي جبريل المطلة على قناة تنطلق منها شجرة صفصاف وارفة واصلة إلى المصطبة، فيما بين صلاة العصر وأذان المغرب، ينتهز الفرصة ليقرأ في كتابه الأثير لديه على الدوام: «السيرة الهلالية». وإذ يتوافد الصحاب عليه واحدًا بعد الآخر، عقب خروجهم من صلاة العصر الذي صلاه فوق المصطبة وحده، يكون في عز اندماجه في القراءة، لا يترك الكتاب إلا أن ينتهي الفصل كله.

مخزن الحبوب جزء من الدار من الجهة البحرية الموصولة بجرن واسع متصل بشارع داير الناحية. المخزن عبارة عن حجرتين متصلتين بباب داخلي موارب دائمًا، لأنه مفتوح على حوش الدار من داخل الداخل، الحجرة الداخلية هي الخزنة، أما الحجرة الخارجية فإنها دكان البيع والشراء، والمصطبة لصق فتحة الباب

من الناحيتين، مساحته متران عرضًا في ثلاثة أمتار طولًا. في هذا الدكان تتجمع المحاصيل عند الحصاد حتى يتم تشوينها في أمطار أو مطامير داخلية، لا يتبقى فيه إلا بضع كيلات من هذا المحصول أو ذاك في كومات ركنية، بجوارها الكيلة المصنوعة من خشب مبطن بالزنك، وخشبها مطعم برؤوس معدنية تتيح لمن يمسك بالكيلة، ليعبئ أو يهز أو يدلق، أن يحكم السيطرة عليها فلا تتزفلط من بين يديه. بجوارها بعض أقداح للعيار من نصف كيلة فأقل. وفي ركن قصي ترتكن سيبة الميزان القباني، لوزن الأكياس الملآنة بأحمال ثقيلة توزن بالقناطير.

لا تنشط الحركة ها هنا إلا يوم سوق البلد، حيث ما يكاد الدكان يمتلئ إلا ويفرغ ليمتلئ من جديد، محفظة عمي جبريل الكبيرة تخرج من جيبه وتعود إليه عشرات المرات كل دقيقتين، إذ يفردها ويدب ساعده في جوفها، يهزها لتمتلئ كفه بالقروش وأنصاف الفرنكات والشلنات والبرايز الفضية، أو يعبث بفلوس ورقية مطوية في الجيوب الصغيرة المقفولة بألسنة مطوية فوقها بكبسولتين، تطرقعان بشدة طروبة عند الإغلاق وعند الفتح، ويبدو عمي جبريل حينئذٍ شاحب اللون، إلى لون الباكستانيين أقرب، حتى تجاعيد وجهه المخددة بما يربو على خمسة وأربعين عامًا من عمره تخدع من يراه، فيظنه على مشارف السبعين، ذلك من أثر إدمانه لمكيفات سرية تقوي الباه وتعدل المزاج، سيما وأنه كائن جنسي، يستحم صباح كل يوم في صقيع شهر طوبة، أنفه الطويل السرح يغلظ قليلًا عند المنخرين، فيبدوان كأنهما ثقلا على حنكه الواسع الشهواني المفوه بشفتين مكتنزتين،

دائمتي المصمصة والمزمزة عمال على بطال، تضفيان على الحنك تعبير الاشمئزاز أو القرف أو عدم الرغبة في أي انشراح، مع أنه يكون لحظتئذ، على وجه التحديد، في قمة الانشراح ولكن مع نفسه، لكن الانشراح ينط من عينيه إذا ما دخلت عليه امرأة مربربة تبيع أو تشتري، يأخذ ويعطي معها في الكلام فصالًا ومراوغة ومناهدة، كل ذلك في حدود الاحترام الشديد، إنما مجرد جريان هذا المشهد الأثير يثقب مزاج عمي جبريل، فيفيض منه الانشراح على كل شيء حوله، يصير بهجة معلنة بقدوم كل رفيق جديد، حتى وإن لم تكن من ورائه منفعة، فما بالك إذا كان الرفقاء رجالًا ذوي حميمية خاصة، يجالسونه على هذه المصطبة الخارجية الممتدة بطول الدكان على جانبي الباب؟! آخر نكتة تتوالد، تصير مائة نكتة. شائعات النميمة المثيرة للخيال عن علاقة جمال عبد الناصر بصديق عمره عبد الحكيم عامر، وعلاقة عبد الحكيم بالممثلة الفاتنة زوجته الثانية على أم العيال، آه ثم آه على برلنتي، هكذا يزأر عمي جبريل كحيوان جنسي مفترس عضه الإحباط في مألم، يلتمس الراحة في زفرة حارة يصيح في إثرها: «إن شا الله تطفحها!».

لا بأس من أن يضفي على وجعه الشخصي صبغة سياسية، يستدرك معلقًا في جدية مفاجئة: «بالله عليكم، كيف يتزوج قائد الجيش من ممثلة فاتنة كهذه، والبلد مسؤوليتها في رقبته؟! هل يسهر على حراسة البلد أم على طلوع جبل الشوق شاهق الارتفاع؟!».

من أطرف نوادر عمي جبريل نادرة ليس يعرفها أحد على الإطلاق سواي، حتى هو نفسه لم يعرف مطلقًا أنني كشفته بمحض الصدفة،

يومها أذهلتني المفاجأة، روعتني، ظللت مضطربًا لوقت طويل، شاعرًا بأنني قد حملت على صدري واحدًا من أخطر وأدق أسرار عمي جبريل. كنت أشك في قدرتي على الاحتفاظ به، لكن الله ألهمني النسيان فأغلق فمي نهائيًا عن ذكره، وإلا كان عمي جبريل قد تعرض للهزء والزراية من كل من أبي وعمي أبو السعود وعمي زكريا بوجه خاص.

الحكاية أن عمي جبريل كما نعرف مغرم بقراءة السير الشعبية، وبخاصة تغريبة بني هلال، وقد اعتاد صحابه أن يحترموا اندماجه في القراءة وهم جلوس معه، واعتاد هو أن يفقد الإحساس بوجودهم لوقت طويل أحيانًا، وبما أنه يحفظ هذه السيرة بالذات عن ظهر قلب، فإنه لحظة أن ينتبه إلى وجودهم ويليق به الحرج، يطوي الكتاب فوق أصابعه مؤقتًا حتى لا تتوه الصفحة، ثم وكأنه يلتمس العذر منهم على انشغاله إلى هذا الحد، يروح يردد تمهيدًا لعودته إلى القراءة: «يخرب بيتك يا زناتي يا ابن خليفة، والله لو كنت من أبو زيد ما كنت صبرت عليك، كنت قطعتك حتت ورميتك للكلاب». ثم ينصرف إلى القراءة، مكتفيًا بما أذاعه من بيان اعتذر فيه عن عدم قدرته على الخروج من هذه الموقعة الدرامية الصعبة. لكنه يكون واثقًا أنهم لن يلبثوا حتى يهملوه فيما هو فيه، ثم يشتبكون في منازعات كلامية حول أخبار الناس والزمان والحياة.

هذا الاندماج العميق إلى حد الذوبان فيما يقرأ هو الذي أثار فضولي وشغفي، حفزني على محاولة اكتشاف القراءة على هذا النحو المثير. لفت نظري أن عمي جبريل حينما يضطر إلى قطع

القراءة لسبب قهري، فإنه يطوي الصفحة من طرفها ويدس الكتاب تحت المسند الذي يريح فخذه عليه، قد يتركه ليدخل المخزن لبيع أو شراء، أو يدخل تقفيصة الكنيف يفك حصرة البول ويتوضأ بالمرة، في لحظة من هذه اللحظات انتهزت الفرصة، جلست مكانه على المصطبة، سحبت الكتاب، قرأت عنوانه على الغلاف: «تغريبة بني هلال»، رفعت الغلاف، غلاف داخلي عليه نفس العنوان، تصفحت بشكل عشوائي، إذا بعينيَّ تقعان على ألفاظ أرعشت بدني بعنف، وراح قلبي يدق كالطبل البلدي: ألفاظ تُسمي الأعضاء التناسلية بأسمائها الصريحة ثم تتحدث عن... عن... يا للعهر الفظيع! رحت أقلب بشكل محموم وقد اعتراني الشك في أن تكون هذه «تغريبة بني هلال»، بعد الغلاف الداخلي بحوالي ملزمة فوجئت بالعنوان الأصلي للكتاب: «رجوع الشيخ إلى صباه». طويت الكتاب بسرعة، دسسته تحت المسند كما كان، ابتعدت نهائيًا عن المكان، لكنني لم أبتعد قَطُّ عن عمي جبريل، قام في نفسي جاسوس فضولي عنيد، لكأنني اكتشفت عالمًا سريًّا ممنوعًا على الصغار، مباحًا للكبار الذين يمنعونه عنهم بكل قوة.

ما يدهشني أن شخصية عمي جبريل لم تتشوه في نظري، وإن اهتزت قليلًا لبعض الوقت. الأدهش من ذلك أنني ازددت قربًا منه، صرت أشعر كما لو كنا صديقين حميمين. الواقع أن شيئًا كهذا قد حدث طوال فترتي الصبا والشباب، كان عمي جبريل هو العم الوحيد الذي أمتلك مفاتيحه السحرية، أبوح له بكل ما يعتورني من مشاعر وأحزان، أوسطه في حل جميع مشاكلي، أقترض منه

ما يستحيل عليَّ رده. لقد أحببته جدًّا لاتساقه مع نفسه، سيما وأنه كان يشذ عن جميع أعمامي وعماتي في علاقتهم بأولاد خالتهم الحاجة زهرة وابن سلفتها ست عمره، محمد أفندي عمرو، حيث كان يعامل الجميع على الدوام بقدر كبير من الصفاء والأريحية وكبر الدماغ.

## ١٣

## زعابيب ست عمره

قرب أذان العصر يتحول رصيف دكان الحاجة زهرة إلى شبه مؤتمر نسائي، بتعبير عمي أبو السعود الذي اعتاد أن يمر من أمام الدكان عدة مرات كل يوم في طريقه إلى المسجد، كما اعتاد أن يسرع في خطوه بمجرد اقترابه منه، معومًا بصره في فضاء الشارع، يتجنب النظر إليهن لفرط شعوره بالحرج.

زعيمتا هذا المؤتمر النسائي اليومي هما: خالته الحاجة زهرة، وحماته ست عمره. المنظر ليس يعجبه على الإطلاق؛ إنهن طائفة من نساء عجوزات، جريئات، سليطات اللسان، يتحدثن بصوت عالٍ، وبغوغائية تشبه الردح والعراك بأخشن الألفاظ وأقبحها في معظم الأحيان، مع أن من يصبر قليلًا ليستمع سيكتشف أنها ـ ويا للعجب ـ محض مسامرة ودية من هتماوات خفيفات الظل، أصغرهن سنًّا فوق السبعين من عمرها.

حين يعلو صوت اللغط مصحوبًا بتشويح من الأذرع وحركات دفع وجذب، فمعنى ذلك أنهن قد أحطن بإحدى الدلالات اللائي يبعن

الأغراض النسائية، من أقمشة، وطرح، وملسات، وكحل، ومناديل رأس، وخرز، وترتر، وبكرات صوف ملون لشغل المناديل بأُوية، وصابون معطر، وكيزان الليف الخشن للاستحمام، إلخ. النساء يشترين هذه الأغراض، يدخرنها لبناتهن اللائي سيصبحن عرائس بعد حين. هن يوسطن كلًّا من الحاجة زهرة والحاجة ست عمره والحاجة تحفة في مهمة الشراء، لما يتمتع به ثلاثتهن من خبرة ونفَس طويل في الفصال والمساومة، والدلَّالة تتشدد في أسعارها لأن البيع سيتم بالتقسيط، حيث تمر هي عليهن كل جمعة أو جمعتين، حسب شروط الاتفاق، لتجد أن كل مشترية منهن قد باعت بيض الفراخ وادخرت لها القسط مربوطًا في عقدة في طرف طرحتها. على أن الفصال كثيرًا ما يتطور إلى عراك حقيقي، تتناطح فيه الشتائم والسباب بأقذع الألفاظ، يتحول شارع داير الناحية في هذه المنطقة إلى سامر، يصير عمي أبو السعود في نصف هدومه، إذ هو جالس بين الرجال على مصطبة بسطويسي، عقب خروجه من صلاة العصر يتصبب عرقًا، إذ اقتحمته الدلَّالة الصفيقة هاتفة: «حوش عني خالتك وحماتك يا أبو السعود أفندي». ينتفض واقفًا، العفاريت تتنطط على وجهه، يمشي في تؤدة، خطوة والثانية يصير في شارع داير الناحية، على مرمى حجر من دكان خالته وحماته. ما عليه إلا أن يريهما شبحه فحسب، يقف في مهب نظراتهما، ينظر إليهما في تحدٍّ وغضب، يبقى هكذا برهة وجيزة، تنكتم الأصوات على رصيف الدكان، يرتد عائدًا إلى مصطبة بسطويسي، يجلس مطرقًا إلى الأرض ليخفي شبح ابتسامة تتذبذب على شفتيه فيما بين السخرية والأسف.

في كعبه أنا وباستمرار تحت عينيه. إن تلفت حواليه أعرف أنه يبحث عني، أنط من حيث كنت، أصير في متناول يديه. يشير لي بيده أن أعطيه أذني، يهمس فيها بأن أذهب إلى كل من جدتي زهرة وجدتي ست عمره لأقول لأي منهما أو لكلتيهما معًا: «فضوها سيرة، يقول لكم عمي». إذ أفعل في الحال ما أمرني به أشعر بمتعة كبيرة، إذ أرى حماته ست عمره، القوية الجبارة التي لا يقدر عليها أحد، قد ضعفت فجأة بإرادتها ومزاجها. هكذا هي بارعة في التمثيل. يجيئني إحساس بأنها تريد أن تعطيني درسًا في كيفية الامتثال لأمر كبير العائلة دونما لجاجة، لكي أعرف أن هذا هو دستور العائلة الذي يتعين عليَّ أن ألتزم به من الآن، مقتديًا بها وهي الكبيرة، وفي نفس الوقت، بنفس القدرة على التمثيل، تبرهن للآخرين ـ مع أنهم جميعًا يعرفون البئر وغطاءها ـ عن مدى احترام عائلتها وعائلتنا للتقاليد، وبأنها ـ هي ست عمره بجلالة قدرها والتي هي في مقام الأم بالنسبة لأبو السعود أفندي ـ تحترم أمر زوج ابنتها كبير عائلته المحترمة.

المضحك ـ والجميع يدرك بادئ ذي بدء ـ أنها أول من سيخرق هذا الدستور عند أول بادرة للغضب. صحيح أن غضبتها الحقيقية دائمًا مؤجلة، ونفَسها طويل في الخصام وفي الزعل، وكذلك ـ ربما بنفس القدر ـ في التودد عند الفرح، إلا أنها إذا غضبت فقل يا سابل الستر على كل من أمامها، تعصف بكبرياء من تتوهم أنه قد داس لها على طرف أو حاول إهانتها. في مثل هذه الحالة باتت مؤخرًا لا تجد أمامها من تعصف به، بات الجميع يعرفون طبعها الحاد، فمثلما تشعر القطط والكلاب والعرش والثعابين بقرب حدوث الزلزال الأرضي

قبل حدوثه بثوانٍ، فيركبها الهياج وترحل بحثًا عن رقعة في الأرض آمنة، فكذلك جميع جيران ست عمره وأقاربها وأصهارها، باتوا يستشعرون قرب وقوع زلزالها، فيختفون تمامًا من أمامها، يغلقون أبواب دورهم عليهم وعيالهم، حتى الحاجة زهرة رفيقة عمرها، تزحزح نفسها داخل الدكان لتختفي حتى تهدأ العاصفة. يتركونها مقعية على طرف رصيف الدكان الملاصق لباب دارها، تروح تهدر بشتائم غامضة مبهمة، تعلو فوق جميع القامات العالية في البلد، لتطاول قامات مجهولة، تفضحها، تستنزل عليها اللعنات، بعبارات مسكوكة مسجوعة كخطباء المساجد، وبنفس الانفعال المتعفرت بغير موجب مرئي، نفس اللباقة في نطق المفردات الفصيحة بل العتيقة في فصاحتها، من قبيل: «تنحط حطيط وينقطع لك نيط»، والنيط هو مفرد نياط القلب، يعني الشرايين التاجية، تتنزل الشتائم من علٍ شيئًا فشيئًا، لتنهال على الذباب، والأطيار، والكلاب، والأبقار الفائتة وساحبيها الذين تركوها تتحكك في جدار دارها.

المؤسف أن مثل هذه الانفجارات المدوية المعبأة بالكآبة والزعابيب وزخات الوحل المتطاير، تلوث الأبرياء، تحدث دائمًا أبدًا في تلك الحصة التي يكون فيها عمي أبو السعود، وأحيانًا أبي وعمي زكريا، جالسين على مصطبة بسطويسي في انتظار أذان العصر أو عقب الصلاة، حيث تحلو القعدة ها هنا في مثل هذه الحصة تحت ملقف الهواء الطلق، يستمعون إلى راديو رضوان البقال المواجه للمصطبة مباشرة، ومن أجلهم يضع الراديو الفليبس ذا البطارية السائلة على رف خارج باب الدكان، رافعًا صوته قدر الإمكان ليسمع الجميع.

يأمرني عمي بأن أخطف رجلي إلى دكان الأسطى فرحات الخياط لكي أبلغه رجاء عمي بأن يرفع هو الآخر صوت الراديو، يا حبذا لو كانت التمثيلية المسلسلة شغالة، عندئذٍ يصير صوت المسلسل هو المسيطر، يملأ فضاء شارع داير الناحية، يضيع صوت ست عمره، يتوه، يصير تعيسًا، مهزولًا، ثم يضمحل تمامًا، تخلد هي إلى قعدتها الأبدية لصق رصيف الدكان، نصفها داخل باب دارها، نصفها الآخر ملتحق بالرصيف، تحملق في المارة كأنها تبحث بينهم عن شيء ثمين مجهول كانت تملكه ذات يوم ثم اختفى.

## ١٤

## حمادة الخريجي

كثيرًا ما يُخيل إليَّ أن الحظ يعابث عمي أبو السعود أفندي، كأنه يريد أن يهدم كبرياءه بتعريضه لمواقف سخيفة، متكررة ومتلاحقة وراء بعضها أحيانًا. أشعر أن مرارته تكاد تنفقع إذا تصادف أن فات أمامهم ـ إذ هم جلوس على مصطبة بسطويسي في انتظار المسلسل الإذاعي الذي يفقد متعته إذا استمع إليه الإنسان بمفرده ـ حمادة الخريجي. مجرد مرور حمادة الخريجي في لحظة كهذه يسبب الامتعاض الشديد، ليس لعمي أبو السعود وحده بل لجميع العقالوة. فما بالكم لو كان حمادة الخريجي لحظة ذاك في حالة عمل؟!

حمادة الخريجي له شغلتان، واحدة أصلية وإن كانت متقطعة، والأخرى دائمة. شغلته الأولى هي كسح الكنائف، أو «المراحيض» كما يسميها عمي أبو السعود، أو «محلات الأدب» كما يطلق عليها الناس المهذبون من أهل بلدتنا. نفسه حلوة كما يقولون عنه في نبرة احترام إلا عند بعض السفهاء، يشوبها ظل من السخرية الفجة. الواقع أنهم جميعًا ينافقونه بهذا الوصف: «نفسه حلوة»، يضحكون به عليه

حتى لا يضيق بمهنته القذرة وهم في أشد الاحتياج إليها وإليه، وإلا فمن سيقوم عنهم بمثل هذه المهمة التي لا بد من القيام بها؟!

أنت أو غيرك تتفق معه على كسح الكنيف الخاص بدارك، أو مراحيض المسجد بعد امتلاء آبارها بشكل طافح. الخاص بالدار يكلفك نصف فرنك، تلك القطعة المعدنية الفضية المضلعة من فئة قرشين، يعني عشرين مليمًا ويسميها العامة: «واحد بأربعة»، إضافة إلى صابونة نابلسي يغتسل بها بعد الفراغ من مهمته، ودائمًا أبدًا تكون هذه الصابونة موضع نزاع، ولهذا فإن حمادة الخريجي يضعها في مقدمة الاتفاق على الأجر، باعتبارها الأساس في عمله، يقول لك: «الصابونة النابلسي قبل أي كلام في الأجرة». ومهما طال الفصال إلى نزاع يقود إلى عركة أحيانًا، فإنك في النهاية سوف ترضخ لطلبه، ولو كنت على شيء من الأريحية وراجعت نفسك، ستقتنع بأنه يستحق أضعاف ما طلبه من أجرة.

يخلع كل ملابسه فيما عدا اللباس أبو دكة، يرفع غطاء المجرور بعد أن يفحت بالفأس ما تراكم فوقه وحوله من رديم تزلَّط من فرط ما شربه من ماء. أدواته في الكسح نير وجردلان، فأما النير فعبارة عن شومة كالنبوت، يتدلى من طرفيها جردلان مربوطان بحبال موثقة، مع إمكانية خلع الجردل من خيته وإعادة شبكه فيها بسهولة لا يقدر عليها سواه. يملأ الجردلين بالغائط واحدًا بعد الآخر، يقعي بينهما، يثبت عصا النير فوق قفاه، يقف، يخرج إلى الشارع في دربة ورشاقة ولياقة بدنية غريبة على من كان مثله في حوالي الستين من عمره، يتجنب الاحتكاك بأي حائط، بأي أحد، يمشي إلى أرض خلاء بعيدة

عن الدور، حبذا لو كانت من الأرض البور، سيجد من أصحابها ترحيبًا بهذا السباخ الذي يسميه عمي أبو السعود بـ«السماد العضوي الحيوي» كغائط الماشية والأغنام، يخصب الأرض الزراعية. يظل هكذا رائحًا جائيًا إلى أن ينتهي من كسح الطرنش وتنظيفه، يثبت فوقه الغطاء الأسمنتي، يهيل فوقه الرديم، صانعًا منه أرضًا مستوية. يأخذ الصابونة النابلسي وعدته فيتوجه من فوره إلى المسجد، حيث يدخل أحد مراحيضه، يفتح الصنبور على الحوض، يدعك جسده بالصابونة، يستحم، يغسل الجردلين، هو الوحيد الذي من حقه أن يستهلك ما يشاء من الماء دون أن يعترض عليه أحد، له كذلك أن يتلكأ داخل المرحاض إلى أن يوافيه ابنه الكبير، سيد الخريجي، بثيابه النظيفة فيرتديها، يعطي لسيد عدته: النير والجردلين، ونصف الفرنك ليعطيه لأمه، يعطي نفسه إجازة بقية اليوم، يمارس فيها حياته كرجل كبقية الرجال، يجلس في مجالسهم ويشارك بخمسة مليمات في زردة شاي. تلك هي شغلته الأصلية: «خريجي». أما شغلته اليومية التي يشاركه فيها ابناه سيد وبرهوم، فإنها مسح الأحذية، لكل واحد منهم صندوق يسرح به طول النهار. حمادة الأب يقعد على باب المدرسة الابتدائية يمسح أحذية المعلمين. سيد الكبير يقعد أمام المدرسة الإلزامية. برهوم يقعد أمام الوحدة الصحية في بقعة على الطريق الزراعي، ليكون تحت نظر المسافرين إلى محطة السكة الحديد أو العائدين منها، فهؤلاء وأولئك يحلو لهم تنفيض الغبار عن أحذيتهم.

كل الناس في بلدتنا يحبون حمادة الخريجي وولديه لخفة ظلهم النادرة، وطيبة قلوبهم، وطريقتهم الغريبة في الكلام. الرجل أصله

من الصعيد من مدينة سوهاج، مولود فيها، جده من أصل يمني كان جنديًا جيء به بين أسرى إبراهيم باشا البطل، فلما أطلق سراحه استمرأ العيش في مصر، فاستقر فيها وأنجب، وكان حمادة ـ وهذا هو اسمه في شهادة الميلاد وليس من قبيل الدلع ـ واحدًا من أحفاد ذاك الرجل الذي ذاق أولاده وأحفاده الفقر المدقع، فتفرقوا في كل البلاد بحثًا عن عمل يرتزقون منه، أي عمل، وقد لعبت الصدفة دورًا كبيرًا في أن يكون حمادة من أهالي بلدة الضبعة، كان أبوه نفرًا من أنفار الزراعة، أتى به مقاول الأنفار للعمل في وسية محمد علي فأعجبته بلدتنا فاستقر فيها، وعمل خفيرًا دائمًا في الوسية، والطريف أنه أنجب زربة عيال ماتوا كلهم إلا حمادة السيد صالح، وحين مات أبوه السيد صالح سعى حمادة للعمل خفيرًا بدلًا منه، فلم يقبلوه لصغر سنه، وكان لا بد أن يقلب عيشه بأي شكل، فتخصص في عمل الكسح، ثم استنظف شغلة مسح الأحذية فامتهنها وعلمها لولديه، لكنه استمر في العملين معًا، إذ إن كلًّا منهما باب رزق لا يليق بالمرء المؤمن حقًّا أن يقفله بنفسه، ثم لماذا يقفله أصلًا ما دام يؤدي إلى رزق؟ وساخته؟ وهل هناك شغلة لا وساخة فيها؟ بل هل هناك أوسخ من البني آدم نفسه؟ أليست هذه هي فضلاته التي هو معمول منها؟ إلى آخر هذه الآراء الحكيمة التي جعلت الناس يقدرونه ويزوجونه من إحدى بناتهم دونما تردد، أو كما قال والد العروس، وقوله مأثور ضمن أدبيات بلدتنا، قال والد العروس: «إني أزوج ابنتي من عريس مثله وأنا مطمئن أكثر مما لو زوجتها من رجل وجيه من الأعيان، لأنني أضمن أن ابنتي لن تجوع ولن تهان، طالما أنها زوجة رجل لا يتكبر

على العمل، سيفعل كل ما في وسعه، وهذا هو الرجل». وقد أثبتت الأيام عمق هذه المقولة وبُعد نظر قائلها، فمعظم الناس في بلدتنا حتى الذين يتقاضون مرتبات شهرية ثابتة، كثيرًا ما يتعرضون للعوز والحاجة في بعض الأوقات، أما حمادة الخريجي فلم يشعر بأي من الأزمات على الإطلاق، القرش دائمًا في يده وإن ضؤلت قيمته، كشكار دايم ـ يعني دقيق السن ـ ولا علامة مقطوعة ـ يعني الدقيق القمح الفاخر، وما دام المدد موصولًا فليوفق هو أوضاعه تبعًا لقيمة المدد. من هنا فنفسية حمادة الخريجي وكذلك ولديه في صفاء مطلق، يتقبلون سخرية بعض الناس بمرح يمتص سموم السخرية، يجعل الساخرين يبادرون بالتلطف والاعتذار، ذلك أن لهجتهم في الكلام ترغم العيال على تقليدها بشكل يفجر الضحكات في صدور الناس، هي لهجة صعيدية على يمنية على فلاحية مخلوطة في بعضها، إضافة إلى أنهم يتكلمون بسرعة فائقة، فكأنهم لا يتكلمون بل يلوكون أصواتًا متلولبة متلوية متكورة، إلا أن الناس يفهمونها بالويم، ومن طول العشرة ربطوا بين الأصوات ومدلولاتها. وإذ أصبح مباحًا لكل مخلوق تافه أن يسخر منهم لله في لله، فإن الساخر منهم مهما تفه شأنه لا يقابل من ثلاثتهم إلا بابتسامة طيبة متسامحة، يشوبها قدر كبير من البلاهة وعدم الاكتراث.

فليكن حمادة الخريجي ما يكون فهذا شأنه، ولله في خلقه شؤون، لكن النايبة الكبرى أن حمادة الخريجي هذا ابن خالة العقالوة، ابن خالة أبي وعمي زكريا وعمي أبو السعود وعمي جبريل وعمي موسى، وبالضرورة عماتي الثلاث، يعني أن أم حمادة الخريجي

هي شقيقة كل من جدتي معزوزة وجدتي الحاجة زهرة. غير أن عمي أبو السعود أفندي الذي لا تخفى عني مرارته كلما رأى حمادة الخريجي ابن خالته ـ أو أحد ولديه ـ حاملًا النير على كتفيه بجردلين مملوءين بالغائط الأزرق الداكن في لون السم الزعاف، هو الذي أشاع بين الناس الاحترام لهذه المهنة، مستشهدًا بمقولة: «خيركم خولكم»، يعني بالبلدي: أفضلكم هو خادمكم المخول بتنظيف مخادعكم ومسح قاذوراتكم. من ثم فإن عمل حمادة الخريجي عمل شريف، يجب أن نقدره، ونحترمه، ونسخو عليه في دفع الأجرة قدر ما نستطيع.

هذا ما كان على مستوى عموم الناس، أما بالنسبة لأعمامي الذين أصبح لهم عيال في الجامعة أفندية وهوانم، فقد كان الأمر صعبًا، يكاد يشكل عقدة نفسية اجتماعية في الأعمام وفي عيالهم، لكن عمي أبو السعود تكفل ـ بجهد جهيد وتركيز ـ بغسل نفسيات العائلة كلها من الشعور بالاشمئزاز من ابن خالتهم حمادة الخريجي. كيف كان ذلك؟ لقد بالغ في احترامه والعطف عليه كأنه أحد زملائه المعلمين الكبار، بل ربما باعتزاز إضافي. كان يقف في استقباله، يصافحه بحرارة، يخاطبه بلقب «أبو سيد». بل كثيرًا ما كان يتحدى الناس وهم جلوس على مصطبة بسطويسي حينما يرى حمادة الخريجي مقبلًا نحوه، إذ يزيح من بجواره في لطف ليوسع لحمادة مكانًا يجلس فيه لصقه، يكلمه بود وحميمية، لا يأنف من أن يقول له أمامهم: «يا حمادة يا ابن خالتي الموضوع وما فيه...». مثلًا مثلًا.

معظم الجلابيب النظيفة التي أصبح جسد حمادة مزدانًا بها

هي جلابيب أعمامي، أصبحوا عن قناعة وطيب خاطر يتركونها في منتصف عمرها، أو ربما نصف جديدة، أو جديدة تمامًا لكنها لم تدخل مزاج صاحبها، يرسلونها في سلة تحوي قدرًا من اللبن والجبنة والأرز الأبيض والملوخية والبامية وفواكه من جنينة الدار، تحملها بدر اليمن الملَّاية إلى دار ابن خالتهم حمادة الخريجي، هدية من معزوزة لأختها الصغيرة مسعدة. هذا غير الهبات غير العلنية التي أعرف منذ وقت مبكر أن جدتي معزوزة ترسلها سرًّا مع بدر اليمن إبان دخول المحاصيل الزراعية، وأعرف أن جدتي معزوزة تحمل هم أختها الصغرى مسعدة، لأنها يا قلب أختها، مريضة بشلل الأطفال في ذراعها اليسرى التي توقفت عن النمو قبل أن تخطو على الأرض، فباتت أشبه بزعنفة سمكة كبيرة، وكثيرًا ما كنت أضبط جدتي معزوزة وهي منحنية على السلة المغطاة بهدمة ودموعها تفرفط قبل أن تعاون بدر اليمن على رفعها إلى رأسها، وإذ ترى أنني رأيت بكاءها تقول كأنها تكلم الحظ أو القدر: «مسكينة طول عمرها صاحبة مرض وسيئة الحظ أيضًا، ألم يكفها مرضها؟ لا، يفتقر أبوها لأجل بختها الأسود».

لن أرى ما حييت صبرًا كصبر عمي أبو السعود وطولة باله وهو يعلم ابن خالته حمادة الخريجي فك الخط، في بحر أشهر قليلة أصبح مزاجًا عند حمادة الخريجي أن يلتقي أبو حواس كل يوم في طلب الجرنان مثل علية القوم، حتى وإن كان جرنان الأمس بنصف أجر. ولداه سيد وبرهوم سيقا إلى المدرسة الإلزامية بقوة الخفراء النظاميين، بأمر الحكومة بأن يكون التعليم إلزاميًّا، لا يفلت منه أي

طفل له شهادة ميلاد مسجلة في دفاترها. وكان حمادة يمتعض لوقف حاله فيرد عليه عمي أبو السعود بلطف وحسم:

ـ يا حمادة يا ابن خالتي التعليم أصبح كالماء والهواء من حق جميع الناس.

ـ أهلًا بيه، يا تلتميت مرحبا، بس يا أبو السعود أفندي أنا باسترزق من ورا الولدين.

يلكزه عمي بيده الثقيلة:

ـ عيب عليك هذا الكلام، لا تحمل للدنيا همًّا، كل أمور حياتك ستكون على ما يرام بإذن الله.

بالفعل ترك الولدين ست سنوات، حتى صار بإمكانهما القراءة والكتابة والحسابة، بل أصبحا يفهمان ما يسمعانه في الراديو من كلام في السياسة.

١٥
## نار الجلة تأكل العاشقين

إنما الذي كان مجلبة للعار حقًّا ابن خالة آخر، هو عرفات عمرو الذي ألصق به لقب الشيخ من باب العمى، فبما أن معظم العميان في بلدتنا شيوخ بشكل أو بآخر على مستوى أو آخر، ربما لأن القرآن الكريم هو المشترك الأعظم بينهم، إذ إنهم يحترفون قراءة القرآن للتكسب من ورائه بحسنات يدفعها الناس إكرامية للقرآن فحسب، بصرف النظر عمن يقرأ وعن رداءة صوته وسوء قراءته. ولعل الشيخ عرفات عمرو قد حفظ القرآن بالفعل على يدي جدي حسن في كُتَّاب العقالوة، ولعله كان يحلم بأن يكون شيخًا جليلًا محترمًا، لولا أنه تركيبة إنسانية مفكوكة الصواميل كما وصفته أمه، جدتي الحاجة زهرة. إنه ابنها الثاني بعد عبد الرحمن الحلاق الذي تُوفِّي منذ وقت قصير دون أن يدخل الدنيا، كان حاد الطبع أكثر من بنت عمه الحاجة ست عمره، وموسى الحلاقة بين أطراف أصابعه يصيبه الاضطراب، فيعجز عن التحكم فيه إلا بعد أن ينفض ما تراكم فوق رئتيه بالأمس من بلغم سميك،

نتيجة تحشيش متواصل من بعد صلاة العشاء حتى مطلع الفجر، في غرفة معزولة فوق سطح دارهم، سهراته الليلية تضم أشكالًا وألوانًا من البشر، يجلبهم مختار الشربتلي من معارفه الذين لا حصر لهم، معظمهم تجار حشيش وأفيون من أجاويد بلدة مجاورة لبلدتنا، تمتاز بأنها مدفونة في سهل سحيق، تحيطها برك ومستنقعات من جميع الجهات، تعجز حملات الشرطة عن اقتحامها فتلجأ إلى قطع الطريق في أكمنة ليلية شهرية، حيث تفتش من تشتبه فيهم من الداخلين والخارجين على السواء، فلا تتمكن من ضبط أي شيء بالطبع، لأنه ما أسهل التفاهم مع ممثلي الحكومة في طريق زراعي بعد منتصف الليل. في الغالب كان عبد الرحمن عمرو يجمع صفوة الحشاشين في هذه الغرفة السرية التي تأخذ من الخارج شكل أحمال قش وحطب، فيبيع لهم التجار حشيشًا وأفيونًا طازجين بأوزان مستريحة وأثمان قليلة، يدفعون لعبد الرحمن عمولة، قد يأخذ حقه ناشفًا، يعني حشيشًا وأفيونًا، وقد يأخذه قروشًا إضافة إلى أنه شاف مزاجه وحشش وأفين وانفصل عن الأرض تمامًا.

رحمه الله كان ذيله نجسًا، يتواعد مع البنت سبيلة الصباغ، المشهورة بالسلوك البطال، يزنقها في الغرفة بعد انصراف الرجال، يراها البعض متسللة من باب الدار الخلفي خارجة تهرول في السرداب فيما الصبح يرفع آخر طرحة سوداء عن وجهه الصبوح، كانت كما يقال مصابة بمرض السودا، حيث المصابة به تبقى هائجة على طول الخط، لا تشبع ولا ترتوي، ولم تكن تطلب من

عبد الرحمن إلا عافيته، إذ إنه من طراز الفيلة، هو كذلك لم يكن يبخل بها على الإطلاق، قيل إنها لجمالها وشهوانيتها أشعلت حميته، فصار يفعل كل شيء في سبيل إشباعها والتمتع بمنظرها لحظة الإشباع.

مختار الشربتلي علمه كنكة الحشيش، قطعة حشيش مقدارها نصف قرش، أي في حجم نصف قالب سكر، تفرك في كنكة القهوة، يضاف إليها نصف قالب سكر، ونصف فنجان من الماء، توضع الكنكة فوق نار السبرتاية مع مواصلة التقليب بالملعقة، بعد غلوة أو غلوتين ترفع عن النار وتدلق في فنجان وتترك حتى تبرد وتجف، تتحول إلى قطعة شوكولاتة، كل حسب قوة جسمه، هناك من يأكلها على عدة أيام، إذ إن أقل شيء منها يحقق سلطةً عميقة مكثفة تطيل عمر الجماع وتمنح الذكر قوة حديدية خارقة.

عبد الرحمن طماع في كل ما يقال إنه يخدم الجماع ويحسنه، لم يكفه ما أكله من أفيون طوال النهار، ولا ما شربه من حشيش في مدخل الليل، أكل الفنجان كله ولحسه، ثم صار يقرب الشاي الساخن إلى أن تهاوى على صدر سبيلة الصباغ كحيوان مفترس فاقد الوعي، استخفه الطرب للعنف، صارت البنت في يده كالكرة، من فرط الهبد والرزع واصطدام الأذرع والأرجل والسيقان لا يعي أيهما بما حدث، في غيبوبة النشوة لم يدركا أن منقد النار قد وقع، وسرحت النار فيما حولها من قش وحطب وأقراص جلة، سرحت على مهلها، إلا أن الريح فوق السطح خطبت ودها فتأبطتها. لحظتئذ كان الذهول قد سكن عينَي سبيلة العارية تمامًا، ذلك أن عبد الرحمن

قد انزلق من فوقها جثة هامدة محملقة العينين لا نبض، لا تنفس، لقد مات.

حارت التعيسة كيف تخرج من مأزقها، بل من جهنم الحمراء التي ارتفعت ألسنتها بالفعل وأحاطت بهما من كل الاتجاهات. إنها لا تقوى حتى على الصوات، رائحة احتراق ملابسهما واحتراق قطن المساند والشلت والمخدات أدخلتها في غيبوبة. سبحان الله، لم ينقذها سوى غريمتها ست عمره التي دأبت على مراقبتهما كل ليلة، وتدبر لكيفية قطع رجلها وأرجل هؤلاء جميعًا عن دار ابن عمها، كانت ست عمره أول من صوت بعد أذان الفجر بقليل، النار شبطت في سطح دارها، فزع المصلون في المسجد بل في جميع المساجد، سيما وأن بعض المؤذنين قد رأى من فوق المئذنة ألسنة اللهب في أول قيامها قبل أن تمتلئ السماء بسحب كثيفة من الدخان.

تلك كانت أخبث وأوسخ حريقة شبت في بلدتنا، في وقت من أعمق فترات نوم النائمين، وما لم تكن نسوان البلدة كلهن في حالة يقظة، فالعوض على الله، إنهن الجيش الحقيقي في إطفاء الحرائق، يصرن كأسراب النمل، رائحات جائيات بالبلاليص، من الترعة إلى بيت الحريق ومنه إلى الترعة، يلتقين بعضهن بعضًا في منتصف الطريق، يسلمن الملآن ويتسلمن الفارغ، يعُدن به جريًا إلى الترعة، فيما يقف الرجال فوق الأسطح يتلقفون البلاليص لدلقها فوق ألسنة اللهب، وآخرون يخلصون الأشياء والمفروشات والأطفال من النار المشتبكة، يخلعون الشبابيك والأبواب إذا لزم الأمر بالدخول لإنقاذ من احتجزته النار في مزنق.

من حسن الحظ ليلتها أن جميع نسوان الرجال المحترمين ينتهزن وقت دغبشة الفجر للتسلل إلى حنفية المكرر على تخوم جرن العقالوة، لملء البلاليص والبستيلات، إلى أن يطلع النهار تكون الواحدة منهن قد أنجزت عدة أدوار، ملأت دارها وأزيارها بماء الشرب النقي. هاتيك النسوة هن اللائي رأين الدخان متصاعدًا قبل صوات الحاجة ست عمره، فقوي الشك في نفوسهن فتحفزن، فما إن طلع عليهن صوات ست عمره حتى كن قد اقتحمن دارها بالبلاليص، وصعدن السلم الطيني ورحن يدلقن الماء من على بُعد بحذر، إلى أن أدركهن الرجال عقب الصلاة قادمين من جميع أسطح الدور المجاورة خالعين ثيابهم، مجرد حضورهم بهذه الكثافة كتم أنفاس النار وأخمدها، وإن هدم سقف الدار في جزئها الخلفي، لكنهم أنقذوا سبيلة التي لم تعد تصلح بعد ذلك لأي شيء على الإطلاق، إلا لفائدة واحدة استشفها عمي زكريا: أن تكون تشخيصًا ماثلًا للخطيئة يتعظ منه الخلق إن كانوا مؤمنين. أما عبد الرحمن فقد أثبت الطبيب الشرعي أن عجينة الحشيش بالسكر مع الأفيون فتكت بشرايين القلب وسدت الرئة في آنٍ واحد، رغم أن صحته كانت أقوى من صحة الفيل، لدرجة أن الطبيب لم يستطع منع نفسه من أن يحسده على جثته الهرقلية. تلك أيضًا كانت الموعظة الثانية التي التقطها عمي زكريا كوسيلة إيضاح مدرسية، يطبق عليها شرحه لعدالة العقاب الإلهي، على كل من يفتري على نفسه، على صحته، على دينه، على ما يغضب الله، إنا نعوذ به من شر كل شيطان رجيم.

كان موت عبد الرحمن عمرو على هذا النحو أسطورة من أشهر

حواديت بلدتنا في أواخر أربعينيات القرن العشرين، والعجيب أنها كانت من النوع الحميم لدى الناس؛ يحبون إعادة حكيها باستمرار، ربما لأنها لا تزال موجودة في الواقع بناس آخرين على أشكال متعددة، حتى أصبحت قصة موت عبد الرحمن سبة في جبين كل من يسلك سلوكًا معوجًا، وكل من تلعب بذيلها من البنات والنسوان: «إياها والمشي في سكة أبو جلة!»، ذلك أن عبد الرحمن عمرو وسبيلة الصباغ أضيف إليهما لقب «الجلة»، لأن وقودها هو الذي أصاب النار بالفتونة.

الشيء الوحيد الذي عجز عمي زكريا عن استشفاف الحكمة الإلهية من ورائه، هو ما ترتب على موت ابن خالته عبد الرحمن عمرو من أوضاع لصالح أخيه عرفات الذي لا يستحق، في نظر الناس كلها وليس عمي زكريا وحده، ما سيرثه ـ وقد ورثه بالفعل ـ من دار كبيرة جدًّا تطل على شارع داير الناحية، بدكان وباب وسط ممتد إلى مدخل السرداب، وتطل على شارع خلفي يتفرع إلى أحشاء البلدة، فهي إذن دار تليق بالعمدة أو بأكبر عائلة في البلاد كلها حتى بعد اقتسامها مع ست عمره، لم يكلف عرفات نفسه أكثر من بناء جدار فاصل بينه وبين أمه وأخته توحيدة التي تزوجت، استقل بميراثه تاركًا ميراث أمه وأمي سُنة وخالتي توحيدة مخلوطًا، يتصرفن فيه بمعرفتهن بعيدًا عنه، وفتح لداره بابًا على السرداب. أصبح كل من يراه يدخلها أو يخرج منها يصفق كفًّا على كف مرددًا: «حكم! حظوظ!». دار يجري فيها الحصان، بها فرن وزريبة وإسطبل ومندرة، وعديد من الحجرات مبنية في زمن الرخص، حيث الأرض بتراب

الفلوس، وعمال الوسية جاهزون للعمل في البناء بغدوة، أو بكتَّر خيرك يا فلان نخدمك في الأفراح، وفي النهاية يسكنها رجل أعمى العين لا يحتاج منها أكثر من مصطبة تلمه. «جاتك مصيبة تلمك»، هكذا لا بد أن يرميه الحاقدون عليه من الفلاحين المزنوقين في أخنان وعشش بعيال كثار.

## ١٦

## بغل، وفرسة سائبة

الشيخ عرفات عمرو ـ قُطع ولا كان ـ ضرير، مغلق العينين تمامًا، كأنهما مجرد شرخين في بؤرتين عميقتين، تحت جبهة عريضة ممتدة كجرف صخري أملس. أصلع الرأس من قرع مزمن ملأ فروة رأسه ببقع ميتة، شكلها ملتهب داكن اللون معًا، كرغيف خبز لسعته العرصة فأحرقته وبقعته باللهب، يضع على رأسه طربوشًا مغربيًّا شكل غطاء الحلة، حال لونه الأحمر إلى لون الدم المتجلط المسود. ضخم الجسد، عريض كالبوابة. لباسه سروال بحِجر ودكة بشراشيب، لكنه مفتوق الخياطة في منطقة الحِجر كلها، فوق اللباس قميص قصير إلى ما تحت الركبتين بقليل، بطوق دائري وكمين أضيق قليلًا من كمي الجلباب، من قماش اسمه «البيسة»، لم يكن مسموحًا لفقراء الفلاحين بغيره من الأقمشة. أزرق كالح كقمصان السجن، ولعله من نفس القماشة بنفس التفصيلة، وهو نفس القميص الذي قرأت عنه مقالة تاريخية في مجلة لعلها مجلة الهلال التي يواظب عمي أبو السعود على شرائها كل شهر، من أن هذا هو القميص الذي قرره

الرومان للفلاحين المصريين، تمييزًا لهم عن النبلاء والطبقة الحاكمة، أو شيء من هذا القبيل، لكني بعد أن دخلت قسم التاريخ في كلية الآداب، بإذن الله، سأتعلم كيف أبحث في مثل هذا الموضوع: «قميص الفلاحين المصريين أصله وفصله».

لا أحد في بلدتنا يعرف لماذا ميز الناس الشيخ عرفات، دون غيره من العميان، بأنه الأعمى. لم أسمع في حياتي من يقول: «عرفات عمرو»، فلا أحد يعرفه إلا باسم: «عرفات الأعمى»، مع أن في البلدة عددًا هائلًا من العميان! أما لقب الشيخ فمربوط بالعميان تلقائيًا. إلا أن الشيخ عرفات الأعمى قد شذ عن كافة العميان في بلدتنا، أصبح هو الأعمى الوحيد الذي يحمل لقب الشيخ ولا يتكسب بالقرآن بل قد لا يقرأه حتى عند الصلاة، ولا أظن أن أحدًا في بلدتنا يصدق صلاته. وهو رجل هزأة بمعنى الكلمة، لا حياء، لا أدب، لا خلق، لا حسن معاملة. ليس يخضع لأي شروط، فيرغم الناس على قبوله كما هو، كشخص نسيج وحده، طرفة من طرائف الحياة، بلوى من بلاوي الزمن التي لا مفر من وقوعها ولا إعفاء من احتمالها.

يشتغل مناديًا، له في النداء حضور قوي، ناتج عن قدرة كبيرة على الابتكار في الصيغ بشكل يلفت الأنظار، ويوصل نداءه إلى أبعد الآذان وأشدها صممًا. الميت إذا لم يُعلن خبر موته بصوت الشيخ عرفات الأعمى لا يعتبر ميتًا، يكون مشهد جنازة هزيلًا، والمعزى خاويًا. بارع هو في جعل صوته يقتحم الناس بحيث لا يكون نذير شؤم ينقبض منه الناس، سيما وأنه ينادي على كل شيء: عيال تائهة، بضائع مسروقة، سلع رخيصة تباع في مكان ما من البلدة. فلا بد إذن

أن يكون صوته محبوبًا عند عموم الناس لكي يرحبوا بالاستماع إليه بتركيز حتى النهاية. بقوته يخترق القاعات الجوانية البعيدة، ببحته التي باتت حميمة، ففي الحال يكفون عن الحركة، يصيح نفر منهم: «اسمعوا، الشيخ عرفات ينادي». يصيخون السمع بإمعان. يقترب صوته الجهوري العريض مالئ الحلق والحنجرة: لا إله إلا الله، سيدنا محمد رسول الله. أنعم الله اليوم على فلان الفلاني ابن عم فلان وفلان وخال فلان وفلان ونسيب العائلة الفلانية، اختاره الله للصعود إلى جوار ربه، فلبى النداء عليه رحمة الله، الدفنة بعد صلاة العصر، الملك والدوام لله.

تسحبه طفلة صغيرة لعلها حفيدته، فإن لم تكن متوفرة عند احتياجه لها يتكفل واحد من أهل الميت، أو أصحاب السلعة بسحبه. كل بضعة أمتار يقف، يطلق عقيرته بالصياح: «بستة صاغ يا سمك عند مخلوف الطنباري في الرحبة القبلية». يصيح: «يا أنفار يا شغيلة، بشرى للعاطلين القاعدين جنب النسوان لا شغلة ولا مشغلة، ولا حتى قادرين على المسألة. في شغل بكرة في الوسية اليومية سبعة صاغ، واللي راغب يقوم دلوقت حالًا يروح للمقاول علي منصور». يصيح: «يا أهالي بلدة الضبعة الكرام وغير الكرام أيضًا، كل فرد فيكم يروح يقيد اسمه واسم عياله في دفتر محمد أفندي إبراهيم في دوار العمدة، لزوم التعداد السكاني، اللي مش حيروح هو الجاني على نفسه، سوف لا يكون مثبوتًا في أي دفتر من دفاتر الحكومة، يعني لا تعترف بوجوده ولا بموته ولا بأولاده ولا مواريثه، كل هذا يضيع عليه في الكازوزة. حكم القوي على الضعيف يا خلق، وما دام القوي

حكم يبقى ما على الضعيف إلا التنفيذ والسمع والطاعة، أطيعوا الله والرسول وأولي الأمر منكم».

وجوده حيوي في حياة بلدتنا، حضوره أيضًا قوي، ويقوى أحيانًا إلى حد يستوجب الضرب بالرصاص للخلاص منه ومن وجع دماغه، خاصة أنه بات غير قادر على تخفيض طبقة صوته التي يستعملها في النداء، انصبت حنجرته فيها وتصلبت، فاستحال عليه الكلام بغيرها في الحديث الودي العادي، في المناقشة، وحتى في الفراش إن طرأت عليه ملاحظة على زوجه أثناء الجماع اليومي، قالها كأنه ينادي على وضع من الأوضاع.

هو متزوج من امرأة اسمها رباح، مع أنها أتعس خلق الله قاطبة. طويلة كعرق الخشب، نحيفة، صدئة الوجه والقدمين، رثة الثياب إلا في حالات نادرة. مقطوعة من شجرة، لا أب، لا أم، لا عائلة من أساسه. تمت ولادتها بعد رحيل أبيها بشهرين اثنين. أمها وأبوها نفران من الغرابوة الذين يجلبهم مقاول الأنفار للعمل في حدائق سمو الأمير على طول المواسم، ولأن بلدة الغرابوة دائمًا هي مكان رزقهم حيثما حلوا، وهي بالضرورة مدفنهم حينما توافيهم المنية، فقد كان طبيعيًّا أن تدفن الأم زوجها في مدافن الصدقة وما أكثرها في بلدتنا! وأن تقضي بقية عمرها قرب جثمانه تؤنس وحشته من حين لحين بزيارته، وقراءة القرآن على قبره. استمرت تشتغل باليومية، تخدم في بيوت الأعيان، إلى أن ربت ابنتها رباح، وكانت تأوي وإياها في عشة مبنية بالبوص المجدول بخشب وأجولة قديمة، سمح لها صاحب ماكينة الطحين بإقامتها خلف جدار المطحنة، إذ إنها عصر كل يوم تفرش

أمام الماكينة بقصعة الترمس والحلبة المزرعة، تبيع لزبونات الماكينة لقاء حفنة من دقيق، أو من الأرز الأبيض. قيل إن رباح كانت دميمة لكنها كانت جدعة، وفيها أنوثة. أيام ذاك كان الشيخ عرفات يقلب عيشه بقراءة آخر ما تبقى في ذاكرته من قصار السور، على أرواح الموتى في المقابر، أيام الخميس من كل أسبوع وأيام الأعياد، أما بقية أيام الأسبوع فيقضيها على فيض الكريم في انتظار من يطلبه للنداء. في المقابر التقى رباح وأمها، تطوعت رباح بتوصيله إلى الدار عدة مرات، قامت بينهما مناوشات، اشتهته، فعلمته تلقائيًا كيف يشتهيها، لكن نفسها أطول من نفسه، استدرجته حتى تزوجها على سُنة الله ورسوله، تشهد الأجيال السابقة على جيلنا أن الخناقات بدأت عقب الزفاف مباشرة، وبشكل مجهول الأسباب، فجأة تدب نار الخناقة من أعلى نقطة، نقطة الاشتعال، ما أسرع ما يرتفع الصوات، ينفتح الباب المطل على السرداب، وهو يجري وراءها. العجيب أنه دائمًا يفلح في الإمساك بها من طرف جلبابها، تقع على الأرض صارخة في قلب شارع داير الناحية، يبرك فوقها بكل ثقله، ينزل فيها تلطيشًا باللكمية حتى يكاد يكتم أنفاسها، لولا أن يفلح الرجال في رفعه عنها بالقوة وإعطائها الفرصة للهرب، فيبقى هو مقعيًا على رصيف الدكان الشاذ يشتم ويسب، متفننًا في ابتكار صيغ طريفة للشتم والسب، لا يهمد ولا تنقطع حبال صوته ربما طوال عصرية بأكملها، إنه لأسخم وأضل سبيلًا من عمته ست عمره.

قعدة الإقعاء جزء لا يتجزأ من شخصيتَي: قارئ القرآن على المقابر، وماسح الأحذية. فإذا أقعى الشيخ عرفات على الأرض،

أو على رصيف الدكان، ينشلح القميص والسروال عن فخذيه، لا ينتبه هو، أو لعله في الغالب لا يبالي، بأن عضوه التخين، الطويل في طول المسطرة، قد انحسر عنه اللباس مفتوق الخياطة في حجره، كقط أسود متكور يتلمظ، يتأهب لاصطياد فأر، يصير مضحكة صاخبة.

العيال الأشقياء، وأحيانًا بعض الكبار الخبثاء، يختبئون في دروة، بحفنات من الحصى أو زبل المعيز أو البلح الرامخ، ينشنون على دماغ العضو بإحكام شديد، ينتفض الشيخ عرفات انتفاضة رمزية، موحوحًا، صائحًا:

ـ مالك وماله يا ابن الرفضي؟! غايظك في إيه ده؟! يا أخي إن كنت تعوزه خذه حلال عليك بالهناء والشفاء مطرح ما يسري يمري! و...

تعاجله تنشينة أشد قسوة، تنفضه نفضة حقيقية هذه المرة، يصعر خده نحو مصدر الضربة:

ـ يا ابن اللبؤة، إن كنت شفتني في سرير أمك ذات يوم فما ذنبه هو؟ لا تكن جاحدًا يا هذا.

تعاجله الضربة من جهة أخرى، لا يتورع هذه المرة عن مد ذراعه تحت حجر السروال، فيطبطب ويملس على عضوه في حنو بمزاج رائق كما يفعل بعضنا مع القطة الأليفة:

ـ لا عليك، لا عليك. ربنا خلقك تليق بحصان، كان المفروض أن تولف على فرسة لا على سفروتة تحيلك على المعاش ناقص عمر.

تجيئه ضربة موجعة، يجعر بانفعال مسرحي، فشكل وجهه عند الغضب مثل شكله عند المرح، نفس التقاطيع المتهدلة في امتلاء يبُك منه الدم، توحي بأنها في حالة إنصات، كأن تركيزها على استلاب كل ما حولها من صوتيات لا يعطيها الفرصة لفرز واستيعاب ما تسمع، فلا يبدو عليها أي انفعال جديد، قد لا يستوعب الشتمة أو القرص بالسباب إلا بعد حين، إذ لا شيء مما يسمعه يضيع مطلقًا، إنما يتم تخزينه في جوانياته، ولقد يعاتبك اليوم على غلطة في حقه غلطتها من سنين مضت، بأمارة كذا وكذا، وأنت يستحيل أن تتذكر، أما هو فالمسموعات المتعلقة بشخصه تنحفر جواه فلا يمكن طمسها، فإن رأيته ذات لحظة يتخانق مع أحد، أو يدب خناقة مع شخص لم يلمسه على الإطلاق، فاعلم أنه يتعارك ثأرًا لجرح حدث سنة كذا.

التنشين على عضوه بالحصى يتم وزوجه رباح جالسة القرفصاء جوار مدخل السرداب، تسمع وتشاهد وتشارك المشاهدين الضحك، إلا أنها تضحك في عبها حتى لا يسمعها. لقد سئمت كل شيء في حياتها معه، وأفنت عمرها في خدمته، أنجبت له ولدًا وبنتين: عبد العزيز وسعدية وأنيسة. أما عبد العزيز، فقد ضاق بالعيشة في البلد، وفي يوم دخلت البلدة سيارة بضائع بصندوق كبير، يركبها مع السائق مندوب يلف على محلات البقالة، يعرض عليها بضائع من خردوات وعبوات شاي وزهرة وسجاير، الولد ولف على المندوب والسائق في لمح البصر فاستلطفاه، فمشى معهما، يرشدهما إلى دكاكين البلد، فلما انتهت مهمتهما طلب أن يأخذاه في طريقهما

إلى حيث يذهبان، كانا مسافرين إلى مقر الشركة في دمنهور، فسافر معهما، اشتغل في الشركة في تعبئة الشاي والتبغ والحلوى لمدة شهرين، ادخر أجرة السفر إلى الإسكندرية ليلحق بولدَي ابن عمه، ابنَي ست عمره، استطاع الوصول إليهما بالفعل، وأن يشتغل معهما، فاستقر فيها وطلق البلدة بالثلاثة على رأي أبيه.

أما البنت الكبيرة سعدية، فتزوجت من فلاح على قد حاله، وكانت عاقلة، ميالة إلى الاستقرار، فابتعدت بزوجها وعيالها إلى مكان بعيد، قرب المدرسة الإلزامية. أما أنيسة ـ المهرة السائبة ـ فقد تزوجت هي الأخرى ولكنها لم تبتعد، إنها تعشق هذه المنطقة من شارع داير الناحية، تبرطع في الشارع كيفما اتفق، ورثت عن أبيها لا مبالاته وبلادته، وورثت أيضًا فحولته الجنسية، فبرغم طولها الفارع كانت جسدًا أنثويًا، لعله أجمل جسد في تاريخ بلدتنا، لا بد أن يخر أمام سطوته أعتى الرجال، سيما وأنها مهملة في ملبسها، لا يعنيها في شيء أن يكون نصف صدرها العلوي عاريًا، أو أن ينحسر طرف الجلباب عن فخذها السمهري، قرطاسي الشكل، ببشرته خمرية اللون تلمع بالشبق والجاذبية المسكرة، كأنها الحجر الكريم، لا يخفي الغبار والوسخ لمعانه وأصالته، أما حين تمشي في الشارع فإنها تصير مهرجانًا للإثارة يموت فيه الناس عشقًا، حتى النساء يتأملنها في دهشة وغبطة، لعلهن يغبطنها على هذه المؤخرة الدائرية المشقوقة شقًا يبتلع الجلباب مهما اتسع، المحمولة على ساقين سامقتين، تتمنى كل واحدة منهن أن يهبها الله شيئًا من اتساقهما، يغبطنها على الخصر الرفيع المتطاول، كأن ما بين المؤخرة والسرة رقبة أخرى،

كرقبتها الطويلة ذات النحر المفروش على الكتفين بعروق وشرايين بارزة كجذر الشجرة، يعلوها وجه مستطيل قمحي اللون، تحت بشرته بقاع ضوء أحمر، يتسع في الخدين، يفصل بينهما أنف واقف طويل ناعم الطرف عند المنخرين، أكثر نعومة وتواضعًا عند نقطة التحامه بالعينين الواسعتين كعينَي البقر الوحشي، فوقهما جبهة مستوية السطح تشبه مسن الحلاق. الحاجبان الثقيلان الطويلان ومنابت شعرها فوق الجبين تكمل صورة المسن مؤطرًا بجرابه الجلدي. أما الشعر فلا بد أن يكون شعر جنية نداهة، حزم من ليل أسود حالك تنطرح على ظهرها في ضفيرتين هابطتين إلى ما تحت المؤخرة.

كثيرًا ما يطق دماغها فتخرج إلى الشارع من غير تضفير، فكأنها غطت ظهرها كله بالملس الأسود، تصير فرجة، وإذ هي على وعي تام بما تفعله ويفعله جسدها من بث الهياج والسخط، فإنها أثناء مشيها في تؤدة متبخترة تنظر إلى من ينظر إليها مسبلة جفنيها قليلًا، بما يعني أنها تقصد الإثارة والتحدي، ربما لأنها على ثقة من أن أحدًا لن يستطيع أن يقول في شرفها تلت التلاتة كام، وهذا صحيح، فبصرف النظر عن كونها تمت إلى عائلتي بصلة قربى، فإن الواقع في بلدتنا ليس سائبًا، وإن طغت على سطحه بعض الظواهر الفاقعة، فالمرأة التي تقع في الغواية لا بد وحتمًا أن ينكشف سرها في زمن قياسي، ومن تحبل في مكة يأتي بأخبارها المجاورون، وأنيسة بنت عرفات الأعمى وإن أثارت البلدة كلها وهيجتها عن بكرة أبيها، إلا أن أحدًا لم يطَلها على الإطلاق، ليس لعفتها فحسب، وإنما لأن جسدها نفسه ـ سبحان الله ـ على قدر ما هو جنسي صرف، كان مخيفًا وطاردًا.

ولعل هذا هو سرها العجيب، فلقد حكى الكثيرون من الشبان الأشقياء أن ظروفًا خاصة وطارئة جمعت بينها وبين البعض منهم في حالة انفراد آمنة بشكل أو بآخر، دونما أي ترتيب من جانب أي من الطرفين، وأن من كان يظن نفسه حصانًا أو ثورًا عفيًا هائجًا، ويظنها بقرة شرقانة، فوجئ بأنه لوح من الثلج لا يستطيع حراكًا، فيما هي كذلك بلا ردود فعل، كأن شيئًا لم يحدث، إنما هي قد سلطت فيه نظرتها فخيل إليه أن عينيها جورتا نار تبتلعانه حالًا، فغادر المكان مضطربًا.

مثل هذه الحكاية شائعة بين الشباب والرجال بأشكال مختلفة وتفاصيل متعددة، لعل أكثرها شهرة حكاية ذلك الذي دخل دارها ينادي أباها، ففوجئ بها عارية تمامًا في قلب الطشت، تستحم في ركن من حوش دارهم الواسعة، فراح يقترب منها واجف القلب، يريد إشباع عينيه من كل تفصيلة في جسدها، فتنته تحت الثوب فكيف بها بدونه؟! قال إنها بقيت على حالها مقعية فوق ما يسمى بكرسي الحمام، وهو كرسي من الخشب لا يزيد ارتفاعه على خمسة عشر سنتيمترًا، وطوله ثلاثون في عشرين عرضًا، ظلت مقعية فوقه ساندة ذقنها فوق ركبتيها المثنيتين على الفخذين، والشعر من ورائها عباءة من الجوخ تلف ظهرها، تركته يقترب حتى ظن أن المزاج موافق في ترحيب ودعوة، فما إن صار محاذيًا للطشت حتى فوجئ بأن الدنيا قد أظلمت في عينيه، فراحت الأرض تدور به، كل ما فعلته أنيسة ـ وبمنتهى الهدوء ـ أنها طست وجهه بحفنة ماء دخلت طراطيشه في عينيه، من فرط خوفه من الفضيحة ارتد يتخبط في حوش الدار، فإذا بحظه النكد يوقعه في قبضة الشيخ عرفات الأعمى، وكان لحظتها

آتيًا من المسجد، كلاهما لحظة ذاك أعمى ولكن عماء الشيخ عرفات كان مبصرًا، وحدسه كان يقظًا دائمًا تجاه حركة أي لص يقتحم داره التي يعرف أن الجميع يحسدونه عليها، وأنها نظرًا لاتساعها قد تغري بالسطو عليها، عفق الشيخ عرفات رقبة صاحبنا ذاك من طوق جلبابه ولم يتركه إلا في دوار العمدة. عند العمدة أراد أن يكحلها فأعماها، قال إنه دخل ينادي على الشيخ عرفات. «فكيف دخلت إذن ما دام أصحاب الدار لم يردوا عليك ويأذنوا لك؟!». ثم قال إنه يطلب تحويله الآن إلى الطبيب الشرعي، لأن ابنته أنيسة التي كانت تستحم في ركن الحوش، رشته بشيء كماء النار، حجب الضوء عن عينيه وأشعل فيهما النار. «ودخلت على الحريم وهي تستحم؟! أنت إذن سافل وسيء القصد والنية، ولا بد من تحويلك إلى المركز (لم تكن نقطة الشرطة قد أنشئت بعد في بلدتنا) حتى يرتدع أمثالك من الأشقياء السفلة، مالكم وما أنيسة يا غجر يا أوباش؟». هكذا راح الشيخ عرفات الأعمى يكيل له السباب. الولد التعيس راح المركز بالفعل، بل وراح المحكمة وتلطم شهورًا وسنوات فيها، إلى أن حكمت عليه بالسجن ستة أشهر مع إيقاف التنفيذ، لكنه كان قد فقد البصر، ذلك أن المياه التي قذفته بها أنيسة لم تكن ماء النار، إنما كانت مياه الطمث. كانت أنيسة تتطهر من الحيض، وكان الحفاض المصبوغ بالدم الأسود المتصلب ساقطًا منها تحتها، فصبغ المياه في قعر الطشت بلون البلبلة، لون السم الزعاف، محمر، مسود، مزرق، داكن. ولم تكن أنيسة قد شرعت بعد في الاستحمام، بالكاد خلعت ثيابها، ودلقت كوزين من الماء الساخن من تحتها، لم تكن كذلك

تعرف أن باب الدار غير مسنكر من الداخل بالترباس، فأبوها حين خرج لصلاة العصر اكتفى بإغلاقه صوريًّا، على أساس أن المسجد على بُعد خطوات من الدار، وسوف يخطف الأربع الركعات ويرجع لينام. هكذا قال وقالت أنيسة في تحقيقات الشرطة والنيابة، وكانا من وجهة نظر القانون على حق تمامًا.

تلك الحكاية الشهيرة جدًّا في بلدتنا، الموثقة بوجود بطلها على قيد الحياة قعيد الدار من فرط شعوره بالكسوف والعار، فرَّغت إعجاب الرجال بجسد أنيسة من كل طموح جنسي شخصي، يحبون رؤيته والفرجة عليه بشغف عظيم ولكن... فحسب. وحتى الذين يحبون الدخول إلى البيوت من أبوابها الشرعية على سنة الله ورسوله قد أحجموا، وتنازلوا عن فكرة الزواج من أنيسة، ليس فحسب للشعور العام الشائع عنها كالعقيدة القائلة بأن جسدها ذاك يحتاج لفارس عفي، كعنترة بن شداد مثلًا، ليقوى على إشباعها وإلا استغفلته وراحت لمن يشبعها، وإنما لسبب آخر أشد وأقوى، هو شعور عام آخر كالعقيدة أيضًا بأن السيطرة على شخصيتها وإخضاعها لنظام الزوجية والعائلية وما إلى ذلك أمر مستحيل تمامًا، إنها كائن وحشي ضد الأنظمة بجميع أصعدتها، ولولا بقية من عقل وحياء لتمردت على أنظمة الملابس والاستحمام، وكل ما يتطلب نظامًا معينًا بشكل ما، وليس يوجد في بلدتنا ولا في أي بلدة من حوالينا عائلة ـ أيًّا كان وضعها الاجتماعي والاقتصادي ـ تقبل بأن تنضم إليها أنيسة على وجه التحديد، بأي شكل من أشكال العلاقات.

أما الذين كانوا مستعدين لبيع عائلاتهم وبيع الدنيا كلها في سبيل

الاستحواذ على أنيسة بعقد شرعي، وما أكثرهم في بلدتنا، برغم اشتهارها بأنها بلد محافظ أو متحفظ لكثرة عدد المتعلمين فيه، فإن عددًا كبيرًا من هؤلاء تقدموا لخطبتها تسبقهم القرابين، ولكنها ـ وهذا مما أدهشنا جميعًا ـ كانت تتصيد كل من يتقدم لخطبتها على انفراد، ثم تريه ما لا يمكن قبوله من زوجة ولا خطيبة، بل ولا امرأة على الإطلاق، كأن ترفع إليتها وتضرط بصوت عالٍ مزعج، مذهل فوق قبحه ونتنه، ثم لا تعتذر، بل لا يبدو عليها أنها فعلت شيئًا ممجوجًا، فيخرج الخطيب ولا يعود مطلقًا.

الوحيد الذي رضيت به وأحبته وشجعته بنفسها على التقدم للزواج منها، كان الولد فرهود حواس، ولد قصير القامة، إذا وقف بجوار أنيسة تكون منهما رقم عشرة، هي الواحد وهو الصفر، يسمونه بـ«الولد» لأنه من النوع الذي لا يبدو عليه التقدم في السن أبدًا، كان على مشارف الأربعين من عمره، ولكنه يبدو أصغر بعشر سنوات على الأقل، إذ إنه لا يحمل للدنيا همًّا على الإطلاق، لا شيء في الحياة يؤرقه أو يقض مضجعه، بل ليس ثمة من مضجع من الأساس، أبوه كان طربيًّا، يعيش على ما يجمعه خميس كل أسبوع مما يوزعه الناس في المقابر، من أرغفة، وأقراص، وتمور، وقروش أحيانًا، رحمة ونورًا على موتاهم، قيل إنه كان صعيديًّا، لجأ إلى بلدتنا منذ خمسين عامًا، هاربًا من ثأر، وكشأن الغرباء الصعايدة احتمل المبيت في أي مكان إلى أن تواتيه قوته بانفراج، وجد في مدخل البلدة الشرقي مستنقعًا يبدو عريقًا في هذا المكان، وقد صدق حدسه بأن ماء النيل عند الفيضان يغرق هذه المساحات الشاسعة شهورًا طويلة، ثم ما تلبث الشمس حتى تجففها،

والفلاحون يلقون بالأتربة فيها فتعلو بقع منها لا يطالها الماء، فحط حواس على واحدة من هذه البقاع المرتفعة، وأقام فوقها عشة من الطين، مسقوفة بالبوص. والتقى في بلدتنا من يرضيها أن تكون رفيقته في الحياة، فتزوجها. راحت تكافح معه في تطليع الزرائب وشغل البنائين وضرب الطوب وحراسة المحاصيل في الأجران، وفي كل ما يصادفهما من عمل، إلى أن تقدم بهما العمر معًا، وباتا غير قادرين على مواصلة الشقاء بما يقتضيه من صحة وعافية. ولم يكن الله قد رزقهما من خلفة سوى فرهود، هما غير مرحبين أصلًا بالخلفة، لأن المرأة شقيانة طوال النهار والليل أكثر من زوجها، فلما أعطاهما الله فرهود تركاه يرعى نفسه بنفسه في الشارع كيفما اتفق، يأكل أو لا يأكل، لا يجعله الله يأكل. يلبس، يتعرى، يغور في كشحة. ينام، يتشرد، هو حر، من قال له يأتي؟ هكذا كانت تقول له أمه إذا طالبها بشيء، هو أيضًا ألغى وجودهما من حياته، وكان يجد من يعطيه كسرة خبز، وجلبابًا قديمًا، ومن يكسوه في العيد أحيانًا، ومن يغمزه بمليم.

حادث واحد مرير في حياته، كان ذلك يوم عيد، وسويقة العيد تلتف حول ربوة المقابر، المراجيح وباعة الهريسة والخروب والعرقسوس والشربات والطراطير والصفافير والشخاليل، كأي طفل راح فرهود ليركب المرجيحة، من فرحته بالجلباب الجديد والمليم العيدية، اندفع نحو المرجيحة في البرهة التي كانت فيها الأرجوحة قد ارتفعت في الفضاء، وشرعت في الارتداد بنفس القوة. والأرجوحة لوح من الخشب موثوق بالجنازير، يقف فوقه العيال والشبان ممسكين بالجنازير، ولوح الخشب يعلو بهم ذات

اليمين ويرتد عائدًا، يعلو بهم ذات اليسار، في ارتداده ذاك اندك بوز لوح الخشب في عين فرهود، فرمى به على امتداد ما يقرب من مائة متر غارقًا في دمه، مات، لكنهم نقلوه إلى مستشفى المركز فوجدوه حيًّا، غائبًا عن الوعي. مكث في المستشفى أكثر من شهرين، وعاد إلى البلدة بعين واحدة، وجبهة مشقوقة من الجنب الأيسر، ولكن ملامح وجهه الطفولية لم تتغير، وبقيت لا تتغير، متشبثة بطفولة غاربة. بات يساعد أباه في حرفته الجديدة: الشحاذة على روح الموتى. بعد قليل مات أبوه، ثم ماتت أمه، وبقي هو في العشة نفسها، إلا أنه كان قد تعرف على الشيخ عرفات الأعمى في سرحاته في المقابر، استلطفه عرفات فصار يدعوه للسهر عنده في داره، واثقًا في أمانته وطيبة قلبه، عاصر سعدية وأنيسة وهي في مرحلة الصبا، ولم يكن يدور بخلده أن أنيسة بالذات يمكن أن تشجعه على الزواج منها، من شدة فرحته قرر أن يبحث لنفسه عن شغلة محترمة، والطريف أنه جاء يستشير عمي أبو السعود لعله يشير عليه بما يفيده، أو يتوسط له في أي شغلة، ولتكن فراشًا في المدرسة مثلًا. الأكثر طرافة أن عمي أبو السعود قد أحس أن فرهود حواس يكلمه بروح معنوية مرتفعة، على اعتبار أنه وعمي أصبحا نسايب، أليس سيتزوج من بنت ابن خالته لزم؟ وعمي أبو السعود يفهم ذلك ويقدره تمامًا، ويتعمد أن يُشعر فرهود بذلك بل لا يتورع عن أن يقول له:

ـ شوف يا ابو نسب.

هكذا بكل وضوح، جعل فرهود يضحك في بلاهة بصوت جهوري، فاشخًا حنكه عن آخره، يضيف عمي أبو السعود:

١٢١

ـ سأعطيك فكرة بمليون جنيه، أنت تصحو كل يوم عقب صلاة الفجر مباشرة، تطلع على محطة السكة الحديد، تركب محطة واحدة لتقابل متعهد الجرانين، فله مكتب في المحطة التالية على محطتنا مباشرة، تتفق معه على مائة جرنان كل يوم، أو خمسين نسخة من كل جرنان: أهرام، أخبار، جمهورية، مع بعض نسخ من مجلات: روز اليوسف، وآخر ساعة، والمصور. يبعثها لك في القطار كل يوم، وأنت تستلمها من محطة بلدتنا، تدفع حساب الأمس وتأخذ جرانين اليوم، وتلف على المدرستين والوحدة الصحية وفي الشوارع، يومًا بعد يوم ستبيع أكثر وتقلب عيشك.

تردد فرهود أبو حواس في أول الأمر، لكن عمي أبو السعود كان منذ وقت طويل يفكر في حل لمشكلة الجرائد التي لا تدخل البلدة إلا مع من كان مسافرًا، فما صدق أن انتبه لأبو حواس، أخذه من يده وسافر معه إلى محطة نشرت، ضمنه عند المتعهد، فبات يبعث له ربطة خاصة باسمه في القطار إلى محطة بلدتنا، ويوم الخميس من كل أسبوع يذهب أبو حواس بنفسه إلى المتعهد ليحاسبه بالورقة والقلم، يخصم المرتجع الذي يتركه صباح كل يوم لدى خفير المزلقان، ثم يدفع حساب الأسبوع ويعود إلى البلدة بجرائد الخميس، وكان يجنح إلى التكاسل يوم الجمعة، لكن عمي أبو السعود قاد حملة من زملائه ضغطوا عليه بضرورة الإتيان بأهرام الجمعة، على الأقل لقراءة مقال «بصراحة» لمحمد حسنين هيكل، حيث يقيسون اتجاهات الريح السياسية بناء على ما يفهمونه من بين سطورها.

صلحت حال أبو حواس واستطاع أن يسكن بالإيجار في بيت

محترم، وأين؟ لصق مصطبة بسطويسي مباشرة، عبارة عن باب ضيق يفضي إلى ما يشبه الكهف، مكون من حجرتين متقابلتين، ومن خلفهما حوش لا بأس به مفتوح على السماء، وكان لا بد لأنيسة أن تساعد زوجها على المعايش، فاختارت مدخل السرداب المطل على شارع داير الناحية، خاصة أن دار أبيها على رأسه، أسندت على جدار دارهم عدة أقفاص بشكل استعراضي، وراحت تبيع الخضراوات والفاكهة، غير عابئة ولا مبالية بأن الجدار المقابل لجدار دارهم ويشكل رأس السرداب من الناحية المقابلة، هو جدار دكان مطل على شارع داير الناحية متخصص في بيع الخضراوات والفاكهة، وإن كان الفرق بين بضاعتها وبضاعته، يوازي فرق السماء عن الأرض، فبضاعتها من سقط الفواكه وخضراواتها من نفاية الخضراوات، أما بضاعة الدكان فكانت بحكم الاحتراف المهني من الدرجة الأولى، ومع ذلك فلكل من هذه وتلك زبون يتقصدها عند الشراء.

## ١٧
## مهرجان الهزل

دكان غريب الشكل حقًّا، مجرد بناء قائم بذاته، أربعة جدران من الطوب اللبن مسقوفة بعروق وألواح من الخشب، له باب بدرفتين ودرفيل، واقف وحده في العراء ليحيطه الفراغ من جميع الجهات، وإن كانت الجهة اليمنى مجرد شريحة من الفراغ تفصل بينه والدار المجاورة، يقوم فوق مصطبة طينية ترتفع عن الأرض ما يقرب من متر أو نصف المتر، في منتصفها درجتان للصعود إلى بابه، وقد امتد طول المصطبة فجار على الشريحة الفراغية الفاصلة فسدها من شارع داير الناحية، هذا الدكان يستأجره فكهاني خضرجي محترف، ومحبوب من الدنيا كلها، هو المعلم مختار الشربتلي، بضاعته طازجة باستمرار، يتسوقها من الجناين ومن الحقول رأسًا، وأحيانًا من الأسواق يومًا بعد يوم، تاركًا لزوجه خضرة مهمة البيع في الدكان.

لا يمر يوم واحد بدون عراك تصل ضوضاؤه إلى تخوم حدائق الأمير، يشارك فيها كل من هب ودب، بالتعليق الساخر، بصب الزيت على النار، بتحريض الأطراف كلما خمدت نار المعركة،

ذلك أن هذه المنطقة من شارع داير الناحية طول عمرها مصدر حركة وتجمع، بحكم متاخمتها لحدائق الأمير وتفتيش الوسية، اليوم فيها دكان الحاجة زهرة الذي كان للحلاقة في حياة ابنها عبد الرحمن، ودكان الحاج علي الوزان القمامشي، الحافل بلفات الأقمشة من الأرض للسقف، من جميع الأنواع والألوان، من قماش الجلابيب والفساتين والألبسة، إلى كسوات المراتب والمخدات والألحفة، يعني هو وحده سويقة لا تنفض، ثم دكان رضوان البقال، ودكان المعلم فرحات الترزي البلدي على بُعد خطوات، وعلى يسار مصطبة بسطويسي يوجد المسجد المُسمى باسم عائلة الشرابنة الذين بنوه منذ عصر الخديو إسماعيل، أمامه باحة عريضة تتسع لانتشار المصلين، واستيعاب فيضانهم في صلاة الجمعة والعيدين، على جنبها كُتَّاب الشيخ جمعة، بجواره دكان محمود الجمال الحلاق، وعلى يسارها دكان فتحي الحلاق أيضًا، وفي مواجهة هذه الباحة، على شارع داير الناحية، دكان الأسطى خليل العتقي مرتق الأحذية وصانع النعال الكاوتشوك، وهو دكان مظلم رطب، فلا يطيب للأسطى خليل شغل إلا أمامه، حيث ينقل السندان وقصاصات الجلد، وينكب خرزًا وتخييطًا ومسمرة، من صبيحة ربنا إلى ما بعد منتصف الليل تحت ضوء لمبة الجاز نمرة عشرة، وعلى مقربة منه على الصف نفسه، يعني في مواجهة دكان مختار الشربتلي، تعريشة زنوبة عمراية، تحتل مساحة من الشارع، يسهر عندها الرجال والشبان يمصون القصب الذي يجلسون فوق لبشاته المتراكمة، أو يقزقزون الفول السوداني الذي تقليه على الصفيحة فينشر في البلدة نكهة شهية يسيل لها اللعاب،

لدرجة أن جميع من يأتي لمص القصب يبدأ سهرته بقزقزة حفنتين ثلاثة من الفول السوداني المقرمش، ثم يستروي بمص القصب.

أسباب العراك تبدأ دائمًا من عند ناصية السرداب، إنها أنيسة، دائمًا أبدًا منكادة من حركة البيع والرواج عند خضرة زوج مختار الشربتلي، فيما هي تنش الذباب طول النهار عن بضاعتها العفنة، لا أحد، حتى القريبين منهما أثناء ذاك يعرف كيف نمت التفاصيل وأدت إلى الانفجار، إنما هي كالنار تشب دفعة واحدة، فجأة يرتفع فاصل من الردح، بالصوت الحياني المتبادل بينهما، قد نفهم منه بالويم أن خضرة تحتج على أنيسة التي تهش ذبابها على بضاعتها النظيفة، وأن هذه الحرباء ـ أنيسة ـ تحسدها على رزقها، وتسمم لقمة عيشها، لكننا نفهم بكل وضوح أن أنيسة تشخر ـ نعم تشخر كالإسكندرانية ـ ساخرة من البضاعة: «إن سر هذا الرواج ليس في جودة البضاعة يا عوومر»، وأنها ـ أنيسة ـ لو اشتغلت في المياصة شوية، فسوف تحرمها من كافة الزبائن حتى النساء، عندئذٍ تبكي خضرة، تُشهد الناس عليها، ثم تلزم السكات، الكارثة عندما يجيء مختار الشربتلي، سيفرج على أنيسة أمة لا إله إلا الله، ولكن بظرف ولباقة وخفة ظل نادرة المثال، كل شتمة وجهتها أنيسة إلى زوجه يردها عليها بنكتة حراقة، مؤلمة وقارصة إلى حد إسالة الدم أحيانًا، دون أن يمسك عليه الناس غلطة واحدة.

هو الوحيد القادر على إسكات أنيسة في ظرف دقائق تُعد على أصابع اليد الواحدة، تقفل حنكها بالضبة والمفتاح قبل أن يفتق لها الجديد والقديم مما سيزعم ـ بخياله الشرير ـ أنه يعرفه من خباياها

السرية، وأي خبايا يزعمها أي أحد عن أنيسة، هي قبل غيرها على يقين من أن الناس سيصدقونها في الحال، لأنهم إن لم يسمعوها، خلقوها من خيالهم، هي شافت ذلك بعينيها قبل أن تتزوج من أبو حواس، ولهذا سرعان ما تلزم السكات ولكن إلى حين.

ما تكاد عركة أنيسة وآل الشربتلي تسكت، حتى تهب مقدم الأصيل خناقة الشيخ عرفات الأعمى وزوجه رباح، هي خناقة من حيث الشكل فحسب، أما من حيث الموضوع فلا موضوع سوى الهزل الماسخ الذي دأب عليه وأدمنه الشيخ عرفات، انتقلت عدواه إلى زوجه رباح، بطول العشرة أصبحت تشتري دماغها وتبادله هزلًا بهزل، وطالما أن وجهه مكشوف ولسانه طويل يعوصه الخراء، فليكن وجهها كالشارع ولسانها كالفرقلة، في الهزل كل الأساليب مباحة، وهنا مكمن الخطورة، فاستمرار الإباحة في الهزل، فتحٌ في سكة الشر لا محالة من دخولها شاء الهازل أم أبى، ستر الله أن رباح أكثر تعقلًا؛ في النهاية تعرف كيف تظل ممسكة بميزان الهزل إلى حد لا بد أن تتوقف عنده، تختفي من المنطقة تاركة إياه يضرب في سكك الشر نفسه بنفسه.

أصل السبب أنه في السنوات الأخيرة ـ الرجل عقله خف ـ أمسى يتهمها على ملأ من الناس، على قارعة الطريق، بأنها أحالت عضوه إلى المعاش على غير أوان، لا يحلو له فتح هذه السيرة إلا حين تؤكد له أذنه اليسرى أن شلة نسوان يجلسن مع زوجه رباح تحت جدار دارهم في مدخل السرداب، بعد إنصات طويل إلى ودودة يتقطعها الضحك المكتوم العابث، يحدس أنهن يتهامسن حول عضوه الذي

لم يعد يخجله أن يبرز من فتق اللباس، بل لعله يريد ذلك ويتعمده، ميز بين أصواتهن صوت محروسة امرأة عبد الله أبو زعير أسطى ماكينة الطحين، هي جارية سوداء من أصل سوداني، وإن كانت مولودة في بلدتنا، لأب وأم كانا من محاسيب عائلة خلاف إحدى أكبر العائلات، تحتكر العمودية طوال ما يقرب من مائة عام، وكانت محروسة، برغم بشرتها السوداء، جميلة، رشيقة جدًا وعالية الجاذبية، إلا أنها كائن هزلي بالسليقة، خفيفة الظل، هي الوحيدة بين نساء بلدتنا يحق لها ممازحة أعتى الرجال وأشدهم هيبة مزاحًا مفتوحًا، لا تتحرج من الحديث عن كل ما يتعلق بالجنس، تذكر الأعضاء التناسلية بأسمائها الصريحة، وتتحدث عن الموافقات الجنسية التي ترى آثارها في الصباح على وجوه النساء، وحركة الرجال الذين يجرجرون ركبهم في إعياء والنهار لم يطلع بعد، كأن الحياة عبارة عن هذا الأمر وحده، وكل ما عداه لا لزوم له، حضورها القوي يحفز النساء على تقليدها في شيء مهم جدًا: النظافة الدائمة، الهدوم الشرحة المشرقة بألوان سخنة زاهية. في غير ذلك يمسكن بل يعجزن عن تقليدها، فلو أن واحدة منهن تلفظت بمفردة واحدة مما يجري على لسان محروسة طول النهار، للقيت مصرعها في الحال ضربًا بالسكين من أخيها، أو بالنبوت من أبيها، أما محروسة فالناس يتقبلون منها كل شيء دونما حرج أو استنكار أو تحفظ، لأنها هكذا خلقت، ولأنها برغم كل هزلها، امرأة محترمة شريفة العرض، استطاعت أن تكسر تابوت الحرملك، وأن تتحدث بجرأة مطلقة فيما لا يجرؤ الناس على التحدث فيه، رغم أنه جوهري في حياتهم، ويبدو أن رجال بلدتنا استشعروا سلامة قلبها

وصفاء نفسها ومسلكها القويم، فأحبوها ولم يجرؤ واحد منهم على إهانتها أو تجريحها بأي قول أو فعل. ثم إنها أكبر ند للشيخ عرفات الأعمى، في علو الصوت، في الاستهبال، في قاموس المفردات المكشوفة، بل تتفوق عليه في كل هذا، يضاف إلى ذلك خفة ظلها الخارقة للمألوف من النساء المرحات، على أرضية من حب الناس لها ومساندتها بالتشجيع عندما يحمى وطيس المعركة، وتتبادل مع الشيخ عرفات الأعمى قذائف النيران الهزلية.

طرقة أذنه اليسرى، الشبيهة بالنفير، التقطت عبارة قالتها محروسة امرأة الأسطى عبد الله أبو زعير:

ـ قومي يا رباح امسكي هذا الأرنب وبيتيه.

وسمع صوت رباح يشوح قائلة:

ـ خليه يبرطع في الهواء، كفاه نومًا طول الليل.

إنها نفس الصورة المتكررة يوميًّا، يسمعها الشيخ عرفات ويدرك أن الأرنب المقصود هو عضوه، وليس الأرنب الذي تربيه زوجه ضمن ما تربيه من أرانب ودجاج. ودائمًا يرد الرد نفسه بالهتاف بالنفسه، كأنه ليس جالسًا على قارعة الطريق:

ـ اتقي الله في... في... أقول في إيه؟! طب طلاق تلاتة منها يا محروسة، هذه التي تقول كفاه نومًا طول الليل، جعلتها فجر اليوم تصرخ لله ما يغيثها. إنما هي التي نشفت خلاص، كالأرض الشراقي.

تستجيب رباح لغمزة محروسة وتحريضها المؤيد بإيماءات ممن يجلسون على لبشات القصب، وعند الأسطى خليل العتقي، وعلى

مصطبة فرحات الخياط، ورصيف دكان الحاجة زهرة. تقول رباح مشوحة بذراعيها في حركة مسرحية تقلد بها نسوان البندر الرداحات:

ـ مهواش شرط يا عنية! حد عارف أنا باصرخ من إيه؟ من ضربك فيَّ طبعًا!

ـ صح، مظبوط يا مرة، بس باضربك في أنهي حتة بالظبط؟ ما هو ضرب عن ضرب يفرق ولَّا إيه يا محروسسسسة؟!

ـ روح اتجوز لك بنت صغيرة.

ـ إنتِ بتقولي فيها؟ طلاق تلاتة منك مسيرها تحصل، عن قريب إن شاء الله.

لا ينفض السامر إلا بمجيء مختار الشربتلي من رحلة التسوق اليومية، دائمًا معه أكثر من ركوبة، بعضها مستأجر لحمل البضائع، ما إن يقترب من الدكان حتى ينط بجسده الرشيق من فوق الأقفاص المتدلية بحبال من تحته، هدومه غرقانة بمياه العرق. يتوقع الناس أن ضيق خلقه في هذه الزنقة سيؤدي إلى انفجاره في الشيخ عرفات الذي يجلس هذه الجلسة الخليعة على رصيف دكانه، وبحذاء زوجه خضرة الطيبة المنهمكة في العناية بالسبوبة. من نظرة الغيظ في عين مختار يتوقع الجميع أنه سيضربه هذه المرة، لكن مختار يفاجئ الجميع بنوع آخر من الضرب أشد إيلامًا وهوانًا، بكل هدوء يسحب العصا من جوار الشيخ عرفات دون أن يشعر به، يمدها نحو رقبته، يحيط عنقفته بعوجاية العصا، يشدها بقوة وقسوة، يجعر عرفات مأخوذًا بالمفاجأة رغم تكرارها عشرات المرات، يتشبث بيديه في العصا يصيح محتجًّا على هذا المزاح الثقيل، لكن قوة مختار الفتية تنجح

في جرجرته ثم إلقائه على الأرض في مدخل السرداب، منطرحًا على بوزه كالبهيمة الفطسى.

ـ خذ عصاك.

ويزرعها في مؤخرته بعنف.

ـ ما ينفع معك إلا هذا يا بغل، يا أعمى العين. هذا محل أكل عيش، وفيه امرأة بتبيع سبوبة، تجيء أنت وتتلقح جوارها كقرد قطع، وقلة أدبك وسفالتك فوق البيعة؟! ألا تعلم أن شكلك يقطع الرزق يا نجس؟ يا أخي هات لك لباس، ما معك فلوس؟ إنت أغنى واحد فينا ولكنك نتن.

ـ احفظ لسانك يا ابن الشربتلي.

ـ احفظ بتاعك إنت، وإلا طلاق تلاتة إن ما قمت من هنا الآن لقطعته لك بالفأس.

ذلك أن الثياب انشلحت كلها، وبانت عورة الشيخ فرحات كاملة بشكلها القبيح المنفر، ومحروسة امرأة عبد الله أبو زعير تصيح في رباح مولولة:

ـ لِمِّي النعمة يا رباح، بوسيها وحطيها جنب الحيط.

ولكن رباح تداري وجهها بيديها في ولولة هازلة. مختار يغمز بعينيه وشفتيه للعيال، يجري كل منهم ليقذف عضو الشيخ عرفات بحفنات من التراب والبصاق والحصى. تمد محروسة يدها السوداء العفية إلى ذراع الشيخ عرفات، ترفعه واقفًا على حيله:

ـ قم يا مفش، وجعتك العصا!

ـ وبعدها لك يا محروسة؟ سيبيني دلوقت.

تتنحى له عن السكة، يمضي كالمبصر طريقه إلى باب الدار، يدفعه بالعصا، يدخل، يرزع الباب وراءه.

لا مناص أمام عمي أبو السعود أفندي من أن يشهد هاتيك المساخر عصر كل يوم طوال أشهر الإجازة الصيفية. كان مثل الجميع، يضحك مما يرى ويسمع كواحد من جمهور المشاهدين، فأشعر أنه يغطي بالضحك شعورًا بالحرج والاشمئزاز، ألمحه في عينيه المليئتين بحزن كثيف، وذلك الشحوب الذي ما إن يكف عن الضحك، حتى يزحف على بشرته كأنه انعكاس لهب من تحتها، سرعان ما يختفي الشحوب مخلفًا اسودادًا كالحًا كلون الملح، فأدرك أنه رماد الدم الذي احترق. يخيل إليَّ حينئذٍ أن وجه عمي أبو السعود قد صار أنقاضًا، غير أن الوجه ما يلبث حتى يسترد حيويته، إذ ينفجر ضاحكًا من مفارقة داهمته من مهرجان الهزل؛ ذلك أن عمي أبو السعود من المتذوقين للفكاهة، بل إنه مليء بالرغبة في المرح كما يلوح لي بغير حدود، لولا أن مركزه كمعلم تربوي، وموقعه كعميد لعائلة كبيرة، يفوتان عليه الكثير من فرص المرح، لكنه من أبرع رواة النكتة في بلدتنا، ونكته دائمًا مركبة، وتحتاج إلى فطنة وذكاء وسرعة بديهة لتذوقها، مما يعطي لعمي جبريل الحق في التريقة عليها بشكل مهذب جدًّا: «نكت أخي أبو السعود أفندي مجمدة مثل الفلوس الكبيرة، أصله لا يتعامل مع النكت الفكة كالفقراء أمثالنا. على كل حال أنا آخذ النكتة منه وأفكها لكم عشرين ثلاثين نكتة».

ما يكاد عمي أبو السعود يضحك مستردًّا حيوية دمه المحروق حتى تصيبه طرطشة عفوية، كأنه رشق بماء النار من غير قصد جنائي: امرأة

عجوز من محبيه كانت مارة في الطريق من أمام مصطبة بسطويسي ـ مثلًا مثلًا ـ فلمحته فاقتربت منه لتسلم عليه، تشكره وتثني على أفضاله وأفضال أبيه وأخيه في تعليم عيالها، تلف يدها في طرف الملس وتصافحه، بعفوية وبكل براءة تسأله: «هو ابن خالتك الشيخ عرفات ماله طايح في الخلق؟»، وأشياء من هذا القبيل، يقابلها كلها بالضحك والسخرية، وفي أحيان كثيرة يصم أذنيه ويشرد عينيه منخرطًا مع نفسه في قراءة سور من القرآن الكريم.

# مزاج العايق

مختار الشربتلي الفكهاني الخضرجي الذي هو في أصله فرارجي، من عائلة كلها فرارجية وتجار بيض، لولا أنه كره هذه المهنة لصعوبة نقل البيض واتجه إلى الفاكهة والخضراوات، ولد عايق، فنجري كلام، لا يعترف بأي مشاكل على الإطلاق، يدخل بصدره المفتوح على أي صفقة، أي عركة، وهو على باب الله، لكنه بشغل الأونطة وخفة الظل ومظهر الجدعنة، إن لم يفُز بالصفقة كلها استفاد من حواليها، إن لم ينتصر في العركة فإنه يخرج منها سالمًا بغير جراح. حين وقع بصره على ذلك الدكان الشبيه بالكوخ الطيني على ناصية سرداب الشيخ عرفات الأعمى، القائم فوق هذه المصطبة العالية التي تحتل جزءًا من شارع داير الناحية، وتعطي للدكان شخصية لافتة للنظر كأنه دكان من عصور ما قبل التاريخ، يتماهى في شذوذه وغرابته وصدئه ورثاثة منظره مع جميع سكان السرداب فردًا فردًا: عرفات ورباح وأنيسة وأم العز وزينب حكاشية، حتى قطط السرداب وكلابه ومعيزه وبطه وإوزه وأرانبه جميعها تختلف بشكل أو بآخر عن

مثيلاتها من المخلوقات، جميعها مخلوقات لافتة للنظر كهذا الدكان الكوخ الواقف بمفرده في أهم مكان في شارع داير الناحية، من يمر عليه لا بد أن يتوقف ويلف حوله يتأمله، فلو أن بضاعة عرضت للبيع في هذا الدكان ستجد الزبائن على قفا من يشيل، هكذا فكر مختار الشربتلي، ولما انتبه إلى أن دكان صديق عمره الصدوق غازي داود في الصف المقابل على الناصية التالية، قال: «إني قتيل هذا الدكان ولن أدعه يفلت من يدي». من فوره راح يجمع بيانات عنه. عرف من صديقه غازي داود ـ صاحب أقدم الدكاكين في بلدتنا ـ أن هذا الدكان الكوخ كان بالفعل مجرد كوخ، وأن لمصطبته العالية حكمة وضرورة، ذلك أنه قد بُني هكذا على هذه المصطبة، ليقيم فيه خفير سراية أبو رحاب التي كانت قائمة مطرح دكان الأسطى خليل وتعريشة زنوبة عمراية، حيث كانت عائلة أبو رحاب تقضي عدة أشهر كل عام في فرنسا وإستانبول، فكان الخفير يقضي الليل بطوله مقعيًا على هذه المصطبة العالية في ضوء أربعة فوانيس تحيط بالسراية، يعمرها الخفير بالجاز كلما فرغت، فكان يستطيع كشف أي حركة تقصد بالسراية شرًّا. في النهار ينام وتتولى زوجه الحراسة. وكان غازي داود لديه دفتر يسجل فيه حساب ما يجره الخفير من دكانه، من جاز وشاي وسكر ودخان وحبوب للطحين، في حدود معينة متفق عليها، لكن كبار العائلة ماتوا، والسراية آلت للسقوط فبيعت أنقاضًا، ثم بيعت الأرض إلا قليلًا منها لا يزال مطروحًا للبيع لا يجد من يشتريه، فاحتلته زنوبة عمراية. قال مختار: «فلأحتل الدكان أنا الآخر»، فنصحه صديقه بأن يذهب إلى ابنة ابن الخفير، لأن الدكان

ملك لجدها الخفير فرحات الخشت الذي مات ومن بعده ابنه، فبقيت ابنة الابن المتزوجة في عزبة نصيف.

سافر إليها مختار، استأجر منها الدكان مقابل عشرة قروش في الشهر، اتفق معها على أن يكون الحساب كل ستة أشهر، ونفحها إيجار ستة أشهر مقدمًا، وأتى بالمفتاح. فرشة الخضار والفاكهة تحتل جزءًا كبيرًا من المصطبة طوال النهار وشطرًا كبيرًا من الليل، زوجه خضرة خنفاء قليلًا، لكنها نتاية بمعنى الكلمة؛ مهما عمدت إلى إهمال كل ما يتعلق بالزينة تبقى مثيرة إلى حد الفتنة الكامنة في عينيها الوديعتين كعيني قطة أليفة، يتمنى الرجال لو طارحوها الغرام، لكنهم كلما نظروا في عينيها شاهدوا في عمقهما شخصية مختار القوي الباجس حامل السكين والخنجر، يلعب بهما أثناء الرقص في الأفراح وفي المعارك. إنما هي لطيفة جدًّا، جدعة جدًّا، مكافحة، طيبة القلب، صافية النفس، لا تعرف اللوع.

تجلس خضرة وراء الفرش، جزء منها على المصطبة، وبقيتها داخل الدكان، تعلق على الطبيخ وابور الجاز، تغسل الثياب في طشت صغير، تمسح للطفل مخلفاته وتغسله بالمرة، تؤدب الولد الشقي بعصا الغلية فيطلق صراخًا مزعجًا. ربما تفعل كل ذلك في آنٍ واحد، وفيه أيضًا تبيع للزبائن، تتركهم ينتقون ما يشاءون من طماطم، بطاطس، باذنجان، خيار، جرجير، جوافة، برتقال، عنب فرط، بلح أسمر. تأخذ كفة الميزان بما عليه من بضاعة منتقاة، تزنها، تدلق الكفة في الوعاء الذي أتت به الزبونة معها، بعض الزبونات تتلقى البضاعة في طرف طرحتها السوداء.

أما مختار العايق فمن حقل إلى سوق، لا يرجع إلا آخر النهار ومعه بضاعة من نوع ما.

في آخر الليل يزحزحون الفرش إلى داخل الدكان، يأويان والعيال الأربعة، مساحة الدكان ثلاثة أمتار طولًا في داخل السرداب، في مترين ونصف المتر عرضًا. تصير المصطبة عند فراغها في الهزيع الأخير من الليل مغرية للمتسكعين من خفافيش الليل، أو المؤرقين، أو الباحثين عن نسمة هواء في ملقف كهذا، أو حتى المنتظرين لأذان الفجر.

يعجب الجميع كيف أن الحياة قد خمدت هكذا داخل الدكان الكوخ بمجرد سحب درفتي الباب إلى الداخل، يتساءلون ـ في العلن أحيانًا ـ كيف أنجبا عيالهما ومتى في ظل هذا الخمود الذي لا ينبئ عن أي حركة؟! هم لا يدركون أن مختار ابن السوق المتودك يستغفلهم، ينتهز فرصة لغطهم على المصطبة، ويرقع الولية ـ كما يقول بالحرف ـ في الكتم الذي هو عنده ألذ وأمتع من الصويت الكاذب، هو الآخر لا يتورع عن امتداح الجماع مكتوم الصوت أمام زوجه، فلا تعبأ به بل أقصى ما تفعله أن تلكزه بود ونعومة تهتز لها أبدان الرجال.

## ١٩

## ساعة نحس

اندلع الصوات عابرًا فضاء الجرن مقتحمًا علينا دارنا عقب صلاة الجمعة، والدار ساعتها تتأهب لتناول وجبة الغداء، وذاك أمر لا يحدث إلا في يوم الجمعة من كل أسبوع حيث الرجال كلهم موجودون في الدار. ثلاث طبليات كبيرات رصت بحذاء بعضها فوق الحصير على أرضية المندرة، لاستيعاب الرجال والشبان والصبيان والأطفال الذكور. هذه الطبليات نفسها سوف تنتقل بما تبقى فوقها إلى حوش الدار، حيث يتم تزويدها بطعام جديد يكفي لنسوان الدار وبناتها من جميع الأعمار. كان الغداء زفرًا: أربعًا من الإوز المزغط المحمر، مع أناجر الفتة بالخل والثوم والصلصة، مع سلطانيات الشوربة الساخنة، وأطباق اللفت والسلطة والفجل والجرجير والخس. دائمًا أبدًا تكون الأعصاب متوجسة بصورة قد تصل إلى حد التوتر عند إعداد الطعام، ذلك أن ثمة اعتقادًا راسخًا لدى أهل بلدتنا بأن يوم الجمعة فيه ساعة نحس، قد تحدث فيها مصائب ومكاره تصيب سيئ الحظ إذ يلتقيها أو تلتقيه. نساء بلدتنا أكثر حساسية من الرجال تجاه ساعة النحس

١٣٩

هذه وتوقعًا لها؛ نجد جدتي معزوزة دائمة التنبيه على نسوان الدار بالتزام جانب الحذر في شغلهن أمام الفرن والكانون وابور الجاز، واستخدام السكاكين في تخريط أو تقطيع، تجنبًا لحدوث مكروه في ساعة النحس هذه التي يطل شبحها عادة من أول اليوم حتى أذان المغرب، مع أن نسوان الدار كلهن غير محتاجات للتحذير من أن تندلق سلطانية الشوربة المغلية على أحد من العيال أو الرجال أو النساء، أو يتعارك أحد من عيالنا مع أحد من أي عائلة، أو يطلع من يرمي بلاءه علينا بأي تهمة باطلة.

تحلقنا الطبليات بربطة المعلم. أقعت جدتي معزوزة على قرافيصها بجانب أبي منكفئة على اللحوقي الكبير، قد راحت تفسخ الإوز المحمر موحوحة من لسع الدخان المتصاعد، تقتطع الأنصبة وتوزعها بالعدل والقسطاس: خذ يا فلان. أعطِ لفلان. حتى الكبدة على ضآلة حجمها توزعها على الجميع. وإذ داهمنا الصوات آتيًا من مكان قريب تجمدت أصابعنا، توقف زحف الملاعق، رحنا نتبادل النظرات المتوجسة. رغم الشعور بالراحة الذي ظهر في عيني جدتي معزوزة لأن ساعة النحس قد غادرت حدودنا وأخذت الشر معها وراحت، فإن شيئًا من التوجس سرعان ما احتل عينيها الفزعتين خوفًا من أن تكون ساعة النحس قد أصابت أحدًا من أهالينا.

كانت قعدة عمي أبو السعود في مواجهتها، أدرك ما في عينيها، أراد تخفيف الأمر عليها وعلينا ريثما تأكل اللقمة، مازحها:

ـ تلاقيهم الغجر ولاد أختك، يا إما الشيخ عرفات عمرو وعياله، تلاقيهم نصبوا السيرك بدري بدري.

واندفع يأكل بحماسة ليفتح شهيتنا، وقد لاح لي أنه يريد الإسراع بالانتهاء من الأكل لينهض من فوره يبحث عن معنى هذا الصوات الذي استمر أكثر مما كنا نتوقع. عندئذٍ طرق باب المندرة، فكأن الطرق نبوت هوى فوق رؤوسنا على حين غرة، فكدنا ننكفئ من الخضة فوق أناجر الفتة. وضح في أعيننا جميعًا يقين بأن ساعة النحس قد هبت علينا. بالفعل صدق حدسنا. ووربِّ الباب، ظهر فرج تراتيرو بكامل هيئته مقبلًا نحونا كزعزوعة القصب تترنح تحت الريح. لم يعبأ بشواظ اللهب الذي صبته فوقه نظراتنا الحانقة، ولا بالعفاريت التي ركبت جدتي معزوزة فهمَّت بأن ترفع اللحوقي النحاس لتهشم به رأسه، إلا أنها استغفرت واستعاذت بالله من الشيطان الرجيم ثم حزمته بنظرة تطفح بالكراهية. انحشر بين ولدين عند آخر طبلية، سحب ملعقة، راح يأكل الفتة مع اللفت. جمعت جدتي بقايا الأرجل والأجنحة، قامت باللحوقي، وضعت اللحوقي جنب تراتيرو:

ـ قزقز دول على ما قسم.

سأله أبي:

ـ صوات من هذا الذي كان يا تراتيرو؟

قال وهو يمصمص أحد الأجنحة:

ـ توحيدة بنت خالتك.

ـ مالها؟!

ـ زوجها قتل في بلدتهم، هي الآن في النيابة، بعثت تطلب ناسًا من أهلها للوقوف معها.

انتفضنا جميعًا واقفين مذعورين. صوتت جدتي معزوزة:

ـ وأقول ساعة النحس راحت! إذا بها جاءت!

نسوان الدار وبناتها اندلعن جميعًا على باب المندرة وقد شحبت وجوههن واختفت منها الدماء. صرخ عمي أبو السعود في تراتيرو:

ـ يا برودك يا أخي! توحيدة بنت خالتك؟! يعني لو لم نسألك ما تكلمت! ما هي جبلتك بالضبط إن كانت لك جبلة؟!

شوح تراتيرو باستهانة واستنكار معًا:

ـ وماذا أفعل لها؟ كلنا سنموت، وهي بعد كم شهر ستتزوج من غيره، فما المشكلة؟

جدتي معزوزة فقدت السيطرة على أعصابها، شدت اللحوقي من تحت فخذه، قلبته فوق دماغه، راحت تنهال به فوقه كالمجنونة فيما هو يضحك هاتفًا:

ـ عيب يا خالتي، دماغي، كفى.

تركناه وحده في المندرة مع أناجر الفتة والقطط. صرخت به جدتي:

ـ يوه يوه يوه، حوشي يا مقصوفة الرقبة منك لها.

أوقفت تراتيرو من قفاه، دفعته نحو باب المندرة، ألقت به في الخلاء:

ـ لا أرى خلقتك هنا أبدًا، أنت معدوم الحس، ما عندك ريحة الضمير، أنت قليل التربية، أنت عاقد النية على موت أولادي، أنت تريد أن تنقل إلينا مرض السل! يا عالم إن كنا لا نزال بصحتنا! اتفوه!

أغلقت الباب بالترباس، استدارت فاصطدمت بخالتي تفيدة واقفة

وراءها تتابع ما حدث وهي من فرط الذهول اصفر لونها، وهطلت الدموع على خديها. لأول مرة أرى جدتي معزوزة على هذا النحو من الشراسة والعنف، كذئبة تدافع عن مخدع عيالها. صوتها ذاك شديد الأنثوية في قديم الزمن كأنه عورة يجب سترها عن الرجال، قد اغلظَّ وانشرخ، صار لذبذباته وقع كصوت الكرابيج تنهال على جسد خالتي تفيدة:

ـ إذا ما كان يعجبكِ ما قلته الآن فاتركي الدار لو أردتِ، خذي زوجك معك إن طلبتِ. واحد يروح بدلًا من أن أفقد الكل، لأن أخاكِ بسلامته مصمم على تسميم عيشتنا ورمي بلائه علينا. طول عمري أخاف على شعور زوجك وشعورك لكني فاض بي. يجب أن تعرفي أن المريض بالسل شرير بطبعه، يتعمد إصابة الجميع بالعدوى. وأنا في حياتي لم أرَ مريضًا بالسل في بلادة أخيكِ وبروده وسواد قلبه.

مشت، تاركة خالتي تفيدة مسمرة في وقفتها، انعطفت على الدهاليز، بعد برهة ظهرت مرتدية الملس الأسود وتبشنقت بالطرحة السوداء. ما إن دلفت إلى الجرن حتى راحت تلوح بذراعيها تطلق صواتًا ملتاعًا. كان أعمامي جميعًا وكبار أبنائهم قد هرولوا إلى دكان جدتي الحاجة زهرة. بعد قليل خرجت خالتي تفيدة بنفس المشهد ومن ورائها أمي التي جعلت تلطم خديها. صار مشهد نسوان العقالوة صفًّا من أشباح سود تخترق الجرن في حداد مروع.

١٤٣

## ٢٠
## بؤرة الصديد

معظم أهالي الناحية، وربما البلدة كلها، يعرفون أن العلاقة بين ست عمره والعقالوة متوترة طول عمرها، بسبب غطرسة ست عمره وتسلطها وغلظة شخصيتها التي لا تطاق. كانت تخطط لانتزاع عمي أبو السعود أفندي من إخوته ليعيش معها في دارها الواسعة التي أصبحت تصفر عليها وحدها، فالدار ملكها من ميراث أبيها. أما ولداها اللذان يعيشان في الإسكندرية، فلكل منهما مطرح يخصه في العمق الخلفي للدار، ومفصول بين هذه وتلك بجدر سميكة، ولكل من المطرحين باب مغلق بمفتاح في جيب صاحبه مدخر لطوارئ الزمن. وأما ابنها فرج تراتيرو وأخته تفيدة تراتيرو، فلهما ميراث في دار أبيهما سليم الفرغاني الشهير بـ«تراتيرو»، وهي دار كبيرة يرتع فيها فرج بطوله، إذ هو أعزب، لم يفلح في أي زيجة من زيجاته الأربع الفاشلة، إما بسبب عقمه أو بسبب مرضه.

في إغرائها لعمي أبو السعود أثناء فترة خطوبته لخالتي تفيدة كانت تتمسكن حتى تتمكن، تزعم أنها محتاجة لمن يملأ عليها الدار، وأنها

مستعدة لأن تكتبها باسم ابنتها وباسمه قبل موتها، كثيرًا ما قالت له بالمفتشر: «داركم كبيرة أي نعم، لكنها أكوام لحم فوق بعضه، العيشة فيها تكتم الأنفاس، فكيف تطيق أنت وابنتي؟ وإلى متى تبقى ماهيتك الشهرية ليست ملكًا لك؟! يا رجل فكها على نفسك وعلى البنت وتعالَ اقعد عندي أريك نسمة الدنيا».

لم تتورع عن الدس بينه وإخوته بالوقيعة عشرات المرات، وعمي أبو السعود ينهرها المرة بعد المرة، ذات مرة بلغ به الضيق من سخريتها من عائلته فكاد أن يصفعها بعنف، لولا أن حماه ربه من التهور فاكتفى بالضغط بأصابعه على معصم يدها، كاد يكسرها. كان واثقًا من شرورها، من أنها تريد الإيقاع به في مصيدة جهنمية، إذ إنها تشتاق لوجود ناس تحت إمرتها، تمارس فيهم الأمر والنهي، وربما البصق في الوجوه كما كانت تفعل مع عيالها. كان فاهمًا لجوانب شخصيتها الوعرة، فطن منذ البداية إلى أنها كانت في الواقع تكن له كراهية شديدة العمق، وتعتبر أنه قد غرر بها وانتزع البنت من حضنها وطار بها كالغراب. علاقتها بابنتها تفيدة ـ كما قد أصبح معروفًا للكافة ـ كانت أشبه بعلاقة القطة بعيالها، إذا استشعرت خطرًا عليهم فقد تأكلهم لتعيدهم إلى جوفها، هكذا كان عمي يفسر علاقة حماته بزوجه.

ذلك أن ست عمره منذ أن خدمتها الظروف بأن تكون مرضعة للأميرة بنت الأمير، ركبها شيطان الغرور، فتصورت أنها صارت من أمهات الأمراء. ومنذ أن قامت علاقة الصداقة والمودة بين خالتي تفيدة وأختها في الرضاعة الأميرة بنت الأمير، خططت ست عمره لحياة ذات أبهة عالية عن طريق ابنتها تفيدة، بأن تزوجها من رجل

عليه القيمة، تنتقيه على مزاجها وتنتزعه من أهله، ليعيش في عبها وتحت سيطرتها، بحيث تلغي شخصيته كما فعلت من قبل مع ابنها الكبير محمد أفندي الذي طفش منها، ولولا الملامة لأنكر أنها أمه أو تمت إليه بأي صلة. فلما تقدم عمي أبو السعود أفندي لخطبة خالتي تفيدة، وهو مدرس قد الدنيا وأفندي معتبر لا فرق بين شكله وشكل أفندينا الخديو نفسه، إضافة إلى أنه ابن ناس طيبين محترمين مستورين، لمست فيه رقة وعذوبة وحلاوة طبع، فضلًا عن أنه ابن أخت سلفتها، فتعشمت أن يكون على مرامها. بدأت تطرح عليه شباك خطتها، وهو فاهم لكن لا يعطيها آخره. وإذ رأت أن الأميرة قد خاوت ابنتها بالفعل طوال فترات وجودها في منتجعها ذاك الشتوي داخل الحدائق، وجعلت تغدق عليها هداياها الملوكية الثمينة، ومصروفات يد سخية، استشعر عمي أبو السعود أن الحقد قد راح يأكل قلب ست عمره من هذا الخير الوفير الذي سيفوز هو به في النهاية. فيما هي الأحق بكل ما يصيب ابنتها من خير، إذ إنها هي السبب فيه بما أرضعته للأميرة من لبن صدرها. بل إن ست عمره عجزت عن كتمان حقدها الأسود، حدثت عمي بالمفتشر فيما هم يستعدون ليوم الزفاف:

ـ شوف يا ابن الناس، ابنتي الآن تعتبر أميرة مثل أختها في الرضاعة الأميرة، يعني سيأتي من ورائها خير كثير. وليس يرضي ربنا أن تأخذ أنت الجمل بما حمل، تفوز بالغنيمة وحدك مثل الباشا وأنا قاعدة هنا مثل قرد قطع.

ـ يا ستي ربنا يغنيني عن أي خير يجيء من وراء ابنتك. أنا أحب

ابنتك لا ما يجيء من ورائها. أريدها لوحدها، بطولها، حتى بهدومها التي عليها.

شخطت فيه دون أن تتمالك نفسها:

ـ ولماذا لا تجيء تعيش معي ملكًا متوجًا على داري وابنتي؟ إنني أفتح لك باب الجنة ونعيمها وليس يعجبك؟! هذا بطر!

ـ يا حماتي العزيزة، أنا لا بد أن تفهمي أنني لا أستطيع التخلي عن أهلي، وقد سلمني أبي دفة السفينة فصارت أمانة في رقبتي. أنا لست حرًّا في هذا الأمر بالذات. والجنة التي تبعدني عن إخوتي، وهم رجال أفخر بهم كما يفخر الناس، يكون الجحيم عندي أريح منها. من خرج من داره يقل مقداره.

ـ يعني أنت مصمم على أن تخطف البنت وتطير، تحرمني منها ومن خيرها؟!

ـ خذي أنتِ خيرها واتركيها لي. اتركينا في حالنا لعل ربنا يسهل لنا ولكِ.

ـ واللـــــــهِ لكل واحد نبي يصلي عليه، هذا شرطي لكي يتم الزفاف.

ـ خلاص يا ستي. ابنتك لا تزال عندك، والمأذون لم يفتح دفتره، كل واحد يروح لحاله، ويا دار ما دخلك شر على الإطلاق. أفوتك بعافية.

مشى وهو على نية صادقة بأن الأمر قد انتهى عند هذا الحد، بل وبدأ ذهنه يستعرض العرائس اللائي حدثته جدتي معزوزة عنهن من قبل. من حسن الحظ أن الأميرة كانت في المنتجع منذ أسبوع مضى،

وهي من عادتها أن تبعث في استدعاء أختها تفيدة لتسليتها. وحينما عادت من عندها مساء ذلك اليوم وأحاطتها أمها علمًا بما حدث، صوتت، قفلت إلى السراية، ارتمت في حضن الأميرة باكية. وكانت الأميرة قد التقت عمي أبو السعود عدة مرات عابرات لكنها اقتنعت بشخصيته، قدَّرته أيما تقدير، سيما وأن عمتها الأميرة التي أنشأت المدرسة الابتدائية كانت تعرفه وتحترمه جدًّا، وقالت الأميرة الصغيرة لأختها تفيدة إنها تحسدها على هذا العريس، وتعتبره هدية لها من الله جزاء طيبة قلبها.

هالها ما سمعت من خبر، طرحت العباءة فوق كتفيها، استدعت سائق الكارتة، نقلهما إلى دار أمها في الرضاعة ست عمره، بمجرد أن قالت لها الأميرة: «يا مامي»، ارتخت أعصاب ست عمره كأنها أخذت حمامًا دافئًا بماء الورد والعطور، تنازلت في الحال عن رأيها. صحيح أنها أظهرت الفرح والسرور بل وزغردت في الزفة، إلا أن قلبها الأسود كان يضمر ضغينة سوداء. فبعد الزفاف كانت كلما زارت ابنتها أو زارتها ابنتها تقوم فتنة في دار العقالوة، تظل حامية الوطيس أيامًا عدة. لا بد لست عمره أن تغلط والسلام، بكلمة غبية تمن بها على العقالوة وهي في دارهم، بتعليق مسموم على شيء رأته، بكذبة تكذبها أو فرية تدعيها لبث الفرقة بين عمي وأهله، إلى أن زهقت منها ابنتها فقالت لها بالفم المليان: «ارحميني، لا تخربي عليَّ سايقة عليكِ النبي».

فانقطعت رجلها عن دار العقالوة، كل شهر تزورها خالتي تفيدة في دارها فتعود باكية مهانة. فلما قامت الثورة وانتزع ملك الأمراء

وانفض سامرهم، بل انقطع دابرهم من البلاد، كرهت خالتي تفيدة أمها، اعتبرتها نذير شؤم على الجميع، قللت من زياراتها، ثم آبت العلاقة بينهما إلى قطيعة كاملة، سنوات طويلة طويلة طويلة مضت دون أن تلتقي تفيدة أمها ولو في رؤية عابرة، لا مواسم، لا أعياد، لا مناسبات بينهما. الوحيد الذي كان يود خالتي تفيدة هو أخوها فرج تراتيرو، ذلك المريض بالسل وهو غير مرغوب فيه.

## ٢١
## جسارة الخالة توحيدة

امتلأ دكان جدتي زهرة عن آخره بنساء معظمهن من نسوان العقالوة النشيطات، البارعات في الصوات وفي جميع طقوس الحزن براعتهن في مراسيم الأفراح إلى حد يورث البهجة. أما الشارع فقد تناثرت فيه جموع من الرجال والشبان والصبيان والأطفال، كلهم يتكلمون في آنٍ واحد في موضوع واحد: خالتي توحيدة الجسورة الشجاعة التي أمسكت بقاتل زوجها وسلمته للشرطة يدًا بيد. وكيف أنها تقف الآن في سراي النيابة العامة وهي أرجل من الرجال في انتظار أن يلحقها نفر من أهلها، للوقوف بجوارها وعمل اللازم.

في ظرف دقائق معدودة كانت الركائب العفية ذات البرادع المنجدة بالقطيفة قد انطلقت تهرول بالرجال، على شاطئ ترعة السلمونية نحو محطة السكة الحديد: أبي وعمي أبو السعود ومحمد أفندي عمرو وغازي داود ومختار الشربتلي وحمادة الخريجي. ظلت البلدة كلها ساهرة طوال الليل، يتناقل الرجال الحكاية من مصطبة إلى مصطبة إلى جرن إلى دكان إلى تعريشة لمص القصب، والحكاية تنمو وتكبر،

تضاف إليها تفاصيل ومعلومات. وكان ثَم مجتمع طلابي قد نشأ في بلدتنا منذ قيام الثورة، فأمست مثل هذه المناسبات فرصة يتلاقى فيها الطلاب من شوارع مختلفة، ينتبذون من الجموع أركانًا قصية، يتسامرون فيها على هواهم، يتركون العنان لأخيلتهم تصول وتجول في هذه الحادثة أو تلك، حول هذه الفتاة أو تلك، ليلتئذ كنت أشعر بكثير من الزهو والافتخار بخالتي توحيدة التي شغلت بلدتنا بأكملها في الحديث عن جسارتها، كما لو كانت قد أضافت إلى تراث عائلتنا مجدًا تليدًا طازجًا.

حتى بزوغ ضوء النهار لم يكن نسوان العقالوة قد عدن إلى الدار بعد، ولكن الصبايا كن نشطات في خدمة الدار على النحو الأكمل، فعمي زكريا وعمي جبريل وعمي موسى كل منهم وجد فطوره جاهزًا في صينية نحاسية فوق الترابيزة ذات الرخامة البيضاوية المجاورة لسريره، ووجد من يصب عليه ماء الإبريق ليغسل وجهه أو يتوضأ، ومن يطبخ له الشاي البروك بوند ملء براد كامل. كذلك الصبيان تناولوا فطورهم بغير صراخ أو ضجيج. ذهب كل إلى حال سبيله. قرب أذان عصر اليوم التالي فوجئت بفريد عمرو، أكبر الولدين المقيمين في الإسكندرية، ابنَي ست عمره، يلتقيني عند مصطبة البسطويسي، أفنديًا بقميص إفرنجي وبنطلون وسترة من الجلد في غاية من الأناقة، شعره لامع مصفف بعناية، ذو سوالف طويلة كثيفة، لسانه معووج بلكنة بندرية لكنها خشنة مستعارة، كان رجلًا فتيًا يتضوع بالعطر، ويشعل السيجارة من علبة مبططة في جيب الصدر. عانقني بحرارة، قال إنه قد وصل مساء أمس الأول،

يعني الأربعاء، ومعه خطيبته السكندرية وأخوها الصبي، قد جاء بهما للتعرف على أمه ست عمره. جعل يندب حظه ذاك العكر، إذ ما كاد يصل حتى دهمه خبر ذلك الحادث المشؤوم الذي نكد عليه، لدرجة أنه من شدة التشاؤم رفض السفر مع الذين سافروا لابنة عمه، مفضلًا البقاء مع ضيفيه وإلا فإنها تكون قلة ذوق. راح يتفجع:

ـ أنا لقيت الدنيا كلها بايظة هنا. تصور أن أختي تفيدة رفضت دخول دارنا على أمها؟! تصور أن أمي لا تطيق سماع اسم تفيدة؟! تصور أن أخي محمد أفندي عمرو تجاهلني حتى لا يضطر للسلام على أمه؟! أنا بقيت في ربع هدومي يا جدع قدام خطيبتي وأخيها. أيووه يا جدع، أنا عريان ملط. ليتني ما جئت. كان يجب أن أتذكر أن من يخرج من دارنا لا يجب أن يعود إليها ثانية ليشتري دماغه، لكن الفلاح منا غبي، ليس سهلًا عليه نسيان جلده. على كل حال آهي مرة، الواحد لا يتعلم ببلاش، كلها ساعتين تلاتة ونتكل على الله. أيووووه يا جدعان. ملعون أبوكي بلاد، لا أقصد البلد والله، إنما، الإنسان أمه بلده وبلده أمه بكل أسف.

مع المساء عاد المسافرون ومعهم خالتي توحيدة، على صدرها رضيع وفي يدها طفلة تحبو. قوبلت بضجة زلزلت الأرض، أفزعت الطفلين، اختلط الصراخ بالصوات، بنهيق الحمير، بجعير الرجال، بأذان العصر. بعد لأي انسلخ الرجال، بعضهم إلى داره وبعضهم إلى المسجد لصلاة العصر.

كنت تواقًا لمعرفة ما حدث بالتفصيل، ذلك أن خالتي توحيدة

كانت تستلطفني وهي فتاة، تهزر معي على المكشوف هزارًا جنسيًّا دونما حرج برغم فارق السن الكبير بيننا، أمي شقيقتها تكبرها بعشر سنوات. كنت أحبها جدًّا كما لو كانت أمي قد باتت صديقتي في شخصها. عمي جبريل كاد يموت بحسرتها، ولولا خشيته من أعمامي لتزوج منها فوق زوجته، فهي في نظره جذابة، وإنه ليعشق نحافتها، ورشاقتها، ووجهها البشوش دائمًا، وروحها المرحة، وثقتها في نفسها. قد دار عليها الكثيرون من شبان بلدتنا متجاوزين كونها شقيقة المنادي الهزأة الشيخ عرفات الأعمى، إلا أنها تملصت منهم جميعًا لأن أحوالهم المعيشية كانت لا تكاد تزيد في شيء عن حالتها مع أمها، إلى أن رآها في سوق بلدتنا تاجر ماشية غني، يملك قطعانًا من الأبقار والأغنام والخيول، له في كل سوق مربط بارز، كما أنه محسوب بين أشقياء بلدته المسماة بـ«العجوزين»، وإذا كان اسم بلدته غريبًا فاسمه هو أغرب، اسمه: «زقلة أبو زربة»، يضع يده على مزرعة مساحتها ثلاثة أفدنة، ترتع فيها مواشيه وكلابه. وقع في غرام توحيدة من أول نظرة، بفضل عينيها القويتين الجريئتين الرادعتين الكاشفتين عن شخصية قوية باجسة. كلاهما كان سعيدًا بالآخر فنجح الزواج وعاشت خالتي توحيدة في رغد، في دار بالطوب الأحمر بفراندات في قلب المزرعة، فيها عفش إفرنجي.

ولم يكن لزقلة أبو زربة ثمة من أعداء.

بنفسها حكت تفاصيل مقتل زوجها: كان قد دأب طول حياته على الصحو مبكرًا لكي يذهب إلى سوق، أو يشحن السبوبة في قطار البضائع إلى سوق سيقام بعد يومين، إذ إنه لا يذهب إلا إلى

سوقين اثنين فحسب، إضافة إلى سوق بلدته كل أسبوع. وقد عودته توحيدة على البدء بصلاة الفجر في موعده، ثم المواظبة على أداء بقية الفروض في مواعيدها طوال النهار. بالفعل ـ تقول ـ حسن صلاحه. لم تكن تدري أن الغدر يمكن أن يلاحقه في عقر داره. كان قد لبس الحزام بخريطة الذخيرة، والمسدس المرخص تحت الجلباب، في جيب الصديري محفظته المتخمة بتاع الناس. بعد أن شرب الشاي خرج مسرعًا ليلحق بقطار البضائع في محطة شباس الشهداء، وكان الصبي الذي سيوصله بالركوبة واقفًا في انتظاره على باب الزريبة على الطريق الزراعي. كعادتها كل يوم خرجت إلى الشرفة المطلة على باب الشارع، لتشاهد زوجها وهو ماضٍ في طريقه إلى الباب، كي تودعه بنظراتها، وتقرأ على حساده ومنافسيه آية الكرسي، وبعض آيات تجلب الرزق والبركة. بحدسها شعرت بحركة أشباح مكتومة الصوت تتخفى في تعريشة السور ذي الأسلاك الشائكة من داخل المزرعة، ببصرها الحاد حددت الركن الذي ازداد ظله قتامة بما أضيف إليه من ظل الشبح الذي وضح لها أنه متكور على نفسه، وماسورة مدفع رشاش تطرح ظلها على الأرض كأنها طرطور فوق رأس الشبح المتكور، جاءها الإلهام بأنها لو لفت إلى الشرفة المتصلة بالمطبخ يصير بينها والشبح المتكور نطة واحدة، لحظتئذ ـ لأجل النصيب ـ تعطل زوجها عند نزوله من شرفة الباب، فانحنى يربط الحذاء، عندما صارت هي في شرفة المطبخ كان هو قد اقترب من باب المزرعة، رأت ظله زاحفًا على أرض الممر قادمًا من الداخل، استدار ليفتح باب السور، دوت طلقات الرصاص مخترقة ظهره

وجنبه وكتفه. لم تدرِ بنفسها إلا وهي طائرة في الهواء كالحدأة، لتهبط فوق جسد القاتل، هبطت به إلى الأرض راكبة فوق ظهره، تحيط رقبته بيديها، الرصاصة الأخيرة جرفت الأرض من تحت أنفه وكادت تصيب الصبي الذي جاء يجري. راحت هي تشيل رأس القاتل وتهبده في الأرض بكل قوتها وغلها حتى أغمي عليه ونزف دمًا غزيرًا، وهي لا تني تصوت والصبي يصرخ حتى التم الناس وحضر العمدة وأمسكوا بالفاعل وبمدفعه، إلى أن جاءت النيابة في الضحى والقتيل مرمي على الأرض في مطرحه مغطى بملاءة، عاينت وأعطى الطبيب تصريحًا بدفن الجثة، ثم حملتهم عربة الشرطة، البوكس فورد، إلى المركز.

٢٢

## الدخول في سكك وعرة

في مركز الشرطة وفي مقر النيابة لاحظ أبي أشياء، ولاحظ عمي أبو السعود أشياء، وكلها أشياء غريبة تثير البلبلة. فقد لاحظ أبي أن قاتل زقلة أبو زربة يبدو شخصية محترمة، ولولا أن توحيدة أمسكته متلبسًا وبيده المدفع الرشاش ما صدق أحد أن هذا الرجل الوديع يمكن أن يكون قاتلًا، لكن الملاحظة التي تكاد تفلق رأس أبي نصفين كما يقول، هي ما حدث لحظة وقوفهم على باب وكيل النيابة، في انتظار الأستاذ حامد عبد العزيز المحامي الذي شدوه على عجل ليحضر التحقيق مع خالتي توحيدة. يقول أبي إن الباب انفتح وخرج منه المتهم مقبوضًا عليه لإعادته إلى الحجز، فإذا بغازي داود وصديقه مختار الشربتلي يشهقان في فزع، إذ من الواضح الجلي أنهما يعرفانه حق المعرفة، بل المؤكد أن ثلاثتهم على صداقة متينة قوية، الدليل على ذلك، ما دار بين أعينهم من حوار صامت رصده أبي باهتمام وتركيز، ثم إن المتهم وهو مساق إلى الحجز لوى رقبته في اتجاه غازي داود وفتح فمه ليقول شيئًا وفي عينيه ضراعة، إلا أن غازي داود

غمز له غمزة تحذير مفضوحة، إذ ضغط بأسنانه على شفته السفلى بحركة ذات معنى صار واضحًا بوضعه إصبعه السبابة فوق شفتيه آمرًا إياه بألا يفتح فمه بأي كلمة، ثم إن غازي داود تبادل نظرات جانبية مع صديقه مختار الشربتلي الذي اعتراه ارتباك مفاجئ، فمشى وراء المتهم، وبصنعة لطافة أخذ يتكلم همسًا مع الشرطي ثم ارتد عائدًا بنظرة موجهة إلى غازي داود، تعني بوضوح أن الرسالة وصلت.

حين استمع عمي أبو السعود إلى ملاحظة أبي بكل هدوء وتدقيق وإمعان، تفكر لبرهة ثم قال إنها بالفعل ملاحظة جديرة بأن توضع في الاعتبار، ومن واجبهم أن يدرسوها على رواقة، لعلهم يعرفون ما نوع هذه العلاقة التي تربط بين غازي داود وقاتل زوج بنت خالتهم، زقلة أبو زربة. إلا أنه ــ عمي أبو السعود ــ قد لاحظ ما هو أهم من ذلك في نظره، فلقد أطلعه الأستاذ حامد عبد العزيز المحامي على أقوال المتهم الذي لم يجد أمامه مفرًا من الاعتراف بالجريمة، فلقد برر قتله لزقلة أبو زربة بأنه ــ القاتل ــ قد ترك لدى زقلة كنزًا على سبيل الأمانة ليحفظه في مكان مأمون، إلى أن تجيء الفرصة الملائمة للتصرف فيه بالبيع لمن يفهم قيمته، إلا أن زقلة أبو زربة الذي أوهمه بأنه تاب إلى الله عن أمور الشقاوة وقطع الطريق وسرقة المواشي منذ أن تزوج بامرأة صالحة، اتضح أنه لا يزال ضلاليًا خرب الذمة، لأن ذيل الكلب ما ينعدل لو علقوا فيه قالب طوب، لقد طرمخ زقلة أبو زربة على الكنز سنوات عدة، وحينما ألح عليه في طلبه زعم أنه كان قد دفنه في ركن خفي في مزرعته، اكتشفه اللصوص فتسللوا إليه في غيته وسرقوه. القاتل لم يأكل من هذا الكلام، فاللص لا يسرق من اللص مطلقًا.

لجأ إلى تهديده بإبلاغ الشرطة، لكن لأن زقلة أبو زربة يعلم أن إبلاغ الشرطة مستحيل تمامًا، فقد قابل التهديد باستخفاف، فلم يقوَ القاتل على إطفاء النار المشتعلة في قلبه جراء الخيانة والبلطجة، إلا بقتله واقتحام بيته للتفتيش عن كنزه، فلم يدرِ إلا وتوحيدة تسقط من السماء فوق رأسه وتمسكه متلبسًا، فغاب عن الوعي، لم يفِق إلى نفسه ويعلم بأنه قتل زقلة أبو زربة إلا والنيابة تواجهه بالاتهام.

ولما سأله وكيل النيابة عن طبيعة هذا الكنز تردد وتلجلج طويلًا، لكنه تحت الضغط الثقيل قال إن الكنز عبارة عن مائتي فص من الأحجار الكريمة نادرة المثال، وعدة شرائح من الذهب البندقي الأحمر، تزن حوالي نصف كيلو جرام. سأله وكيل النيابة: «ومن أين لك هذا؟». قال إن صديقًا له عثر عليه في متروكات جده الذي كان في الأصل تاجرًا كبيرًا متخصصًا في مثل هذه الجواهر، ولأن صديقه غشيم وخواف فقد لجأ إليه يستشيره في كيفية التربح من هذا الكنز، وما إذا كان يعرف أحدًا من كبار تجار الجواهر. فقال له: «أشوف». فجاءه صديقه ذاك ذات ليلة وهو بين الحياة والموت، كان مضروبًا برصاصة، وقال إن لصًّا كان يطارده ليسرق الكنز منه لكنه تمكن من الزوغان وجاءه، سلمه الكنز ليبيعه بمعرفته على راحته، وإلا فإن اللصوص لن يكفوا عن مهاجمته في عقر داره طالما الكنز عنده. قال القاتل إنه ساعد صديقه في الذهاب إلى مستشفى المركز، حيث تركه فيها للعلاج وعاد من فوره إلى صديقه الأقدم زقلة أبو زربة، وفاتحه في أمر هذا الكنز، فأبدى زقلة استعداده لتصريفه ولكن بالحكمة والصبر والنفس الطويل، وكان مقنعًا في قوله ذاك فسلمه

الكنز على بركة الله وقراءة الفاتحة لتوثيق عقد الاتفاق على الذمة والأمانة، لكن الكلب كلب، وهذا ما كان يجب أن يتأكد منه القاتل، وتلك هي غلطته، لكن بعد إيه؟!

رفت على شفتي عمي أبو السعود بسمة موتورة شفطت بقايا الدم من خديه المتكورين. أشعل السيجارة التي انطفأت، ثم فركها في الأرض قرفًا من طعمها، ثم أشعل غيرها طازجة، ثم اعتدل بحركة مسرحية، أعلن في سخرية أن القضية تبدو هزلية كحكايات ألف ليلة وليلة، تنسلخ من بعضها. فانبرى عمي جبريل مازحًا:

ـ ولماذا لا تكون ألف ليلة وليلة بكل حكاياتها هي التي تشبه حياتنا؟ اسمح لي يا أخي، فأنا شخصيًا أؤمن بأن حكايات ألف ليلة وليلة تقليد لما يدور في حياتنا من حولنا وبعيدًا عنا، وما هو معبأ في أمخاخ الفقراء أمثالنا من أحلام خنفشارية!

بعد شرود عميق استمر لبرهة طويلة، نطق أبي عبد العال:

ـ أبو السعود يا خوي... إ... إ...

وارتعش صوته رعبًا ورهبًا كأنه يوشك أن يغلط في حق الذات الإلهية والعياذ بالله، صارت الكلمات على شفتيه أشبه بأقدام وجلة تلمس الأرض وترتد في الحال خوفًا من الخوض في أرض رخوة موحلة، أخيرًا أمسك جيدًا بمقود العبارات:

ـ هذا الرجل، معلهش بقى، عدم المؤاخذة يعني، سامحني يا رب، سامحوني يا جماعة. الرجل غازي داود هذا، نحن لم نكرهه من قليل، نحن ياما تبرأنا منه، إنه مثلما قال أبوكم يرحمه الله: «وصمة عار، لا ذمة، لا دين»، لهذا قاطعناه كما تعلمون منذ

وقت طويل مضى، بترناه كما أوصى الشيخ المرحوم لننجو من طرطشاته ومصائبه. واليوم، صدقوني ولا تلوموني، أصبحت أتمنى أن يقصف الله عمره. دمي يغلي منه الآن والسبب في نفسي لا يزال غامضًا، لكنه سوف يتضح عن قريب بإذن الله. أطرقوا جميعهم إلى الأرض إلا عمي أبو السعود، ظل رافعًا رأسه مسلطًا عينيه على حنك أبي، على أمل أن يسمع منه جملة جديدة تكون محددة ومفيدة. وإذ يئس من المط في اللجاجة صاح في أبي بنفاد صبر ليس ينسى أنه يكلم أخاه الأكبر:

ـ ماذا تريد قوله بالضبط؟ قل وخلصنا! ما معنى أن يوقفك الحياء عن القول وأنت قد خرقته بادئ ذي بدء؟!

رفع أبي ذراعه المشعرانية الطويلة في الهواء صائحًا بلهجة تقريرية حازمة:

ـ أقطع ذراعي هذه وأرميها للكلاب إن ما كان غازي داود هو صاحب الكنز الذي تكلم عنه القاتل في التحقيق!

صار للصمت رنين جواني مرعب. عيون الجميع كلهم صارت كعيون برج الحمام في بِنيَّة دائرية، خروم تجمدت فوقها الحمائم مذعورة لبرهة وجيزة، ثم ما لبثت حتى تطايرت في نظرات شغوفة فضولية ذات مناقير، وحبوب القمح على شفتي أبي وهي تتدافع نحوهما تنقره، تود لو تثقب رأسه ليخر منه الكلام.

عمي أبو السعود كان أول من اهتز لدى سماعه قسم أبي، صار يردد كأنما لنفسه:

ـ والله ــــــــــــِ ممكن يا عبد العال! لماذا لا؟ كل شيء ممكن

في الزمن الأعوج. يظهر والله أعلم أن العوج في أضلاعنا في أصلابنا والعرق دساس كما تعلمون، فمن نلوم يا ربي؟!

قال أبي لمزيد من التأكيد:

ـ غدًا أذكركم عندما تبين الحقيقة. ما شفته بعيني في النيابة يقول ما قلته الآن بالصوت العالي: غازي داود هو صاحب الكنز الذي فضحه القاتل.

بعد طول صمت وتأفف من انحراف الحديث إلى أرض الأشواك والذنوب قال أخيرًا عمي زكريا:

ـ كفى يا عبد العال كفى. يا أخي، سممتم خواطر الولاد بما فيه الكفاية.

وهو يغمز لنا، نحن المقصودون بالولاد، علامة على أنه يمازحنا هتف عمي موسى:

ـ والأولاد كيف يقعدون مع الرجالة أصلًا؟! فليؤمروا بالقيام إلى النوم حتى نستطيع أن نتفاهم على راحتنا.

بجدية من لم يلحظ الغمزة قال عمي جبريل:

ـ لا يوجد أولاد هنا يا موسى. القاعدون معنا الآن كلهم رجال محترمون.

قال أبي:

ـ طبعًا رجال ونصف ومصيرهم يعرفوا.

بنظرة استهجان غاضبة فزعة رفع عمي زكريا ذراعه فاردًا كفه في وجه أبي كأنه يقول: «عندك إلى هنا والزم حدودك». الواضح أن أبي استوعب خطورة التحذير فاكتفى بالتشويح المهذب معلقًا:

ـ على كل حال للزمن قانون وللأيام أحكام.

علق عمي موسى:

ـ حيث كده، يبقى رجال الغد ينورون القعدة، ونتكلم براحتنا.

هتف عمي جبريل:

ـ ويشاركوننا في الكلام، من المصلحة أن يكونوا ملمين بكل شيء.

رمقه عمي زكريا بنظرة قاتمة:

ـ لا تكن كالقطار السريع يا جبريل، هناك شيء اسمه محطات، افهم يا جبريل.

كان عمي أبو السعود يبحث عن علبة السجائر حواليه في توتر، كأن الأرض انشقت وابتلعتها، جعل يردد:

ـ الله يجازيك يا عبد العال يا أخي، بعترت دماغي، مخي يودي ويجيب، دخل في سكك وعرة. على كل حال ليس وقته، أنا مع عمكم زكريا في تأجيل الكلام الآن.

وعدل المسند وراء ظهره فسقطت علبة السجائر أمامه، بفرحة كبيرة أشعل سيجارة ثم شوح في وجوهنا:

ـ من وراءه حاجة يقوم لها.

انفضت جلسة المندرة، خرج الجميع إلى الخلاء، خرجت أنا إلى مصطبة عمي جبريل وفي نيتي أن أستدرجه قدر الإمكان، لعلني أفهم منه لغز غازي داود هذا ونوع العلاقة التي تربطنا أو لا تربطنا به.

# حضور الزمن المغدور

جاءت خالتي توحيدة لزيارة أمي. تحلقتها نسوان الدار كضيفة ازدادت معزة بعد أن شرفت بلدتنا بما فعلت. لم تكن القعدة نسائية لنعتزل في دروة، إنما كانت قعدة مفتوحة حول مصطبة الجنينة، انضم إليها الصبيان والشبان الذين تصادف وجودهم في الدار لحظة ذاك. وباعتباري صديقها القديم وابن أختها الكبيرة والمدلل عندها، فقد اصطفتني لأجلس لصقها على المصطبة، وتغمرني بعطفها ودعواتها بالنجاح في كل الشهادات العالية، ثم قالت إنها ـ عدم المؤاخذة يا أختي ـ جاءتنا اليوم خصيصًا لتوجيه الشكر والدعوات بطول العمر ودوام الصحة على ابن خالتها أبو السعود أفندي عقل على سن ورمح، لأنه قال لها إنه سيكتب التماسًا لوزير البوليس يطلب فيه مكافأة لها جزاء شجاعتها في القبض على قاتل زوجها وتسليمه للحكام يدًا بيد، وبالفعل كتب الالتماس مساء أمس وأرسله بالبريد المسجل المستعجل باسم الوزير، ودفع من جيبه أجرة البريد، وقال لها يا توحيدة يا بنت خالتي إذا نفع هذا الالتماس وجاء بنتيجة، فإنه

سيقيم لها حفل تكريم في المدرسة الابتدائية استنادًا على مكافأة الوزير، لكي تكون قدوة للبنات ومثلًا على الشجاعة.

انسحبت من لساني وسألتها:

ـ هل كان يوجد كنز يا خالتي، وزوجك المرحوم دفنه في المزرعة؟

زفرت، شوحت بيديها في ولولة واستهزاء ووجع:

ـ كنز! ما كنز إلا بني آدم، كنز ماذا وزفت ماذا؟ المجنون ابن المجنونة مكري على زوجي من ناس كانوا طمعانين في المزرعة ولم يقدروا على طرده منها لأنه أخذها بالشفعة بحكم المحكمة، يقول كنز! نعم الكنز هو المزرعة نفسها. صحابها منكادين منه لأنه حرمهم من فرصة بيعها بالشيء الفلاني. أنا كنت متخوفة وقلبي يحدثني بأنهم لن يتركوه في حاله، وكنت أقف في البلكونة أحرسه بعيني وهو خارج صباح كل يوم، يقول كنز! يجيء الآن ويتفرج على حالي وحال عياله، عائلته حطت يدها على كل شيء في المزرعة واتضح أنه مديون لطوب الأرض، ويعلم الله إن كنا سنلاقي اللقمة غدًا أو سنعيش على باب الله.

بدا كلامها مقنعًا لي ولكل من استمع، في المساء أعدت على عمي أبو السعود ما سمعته من خالتي توحيدة، فقذفني في عيني بنظرة تأنيب أرجحتني على ألسنة اللهب، وأشعرتني بالاحتقار، وبأنني صغير تافه.

يبدو أنه أشفق على منظري مما اعتراني من رعب ورعدة، بإصبعيه أمسك شحمة أذني وغرز ظفر إبهامه فيها، كاد يقطعها محذرًا إياي بسبابة يمناه إن صرخت سيقطعها بالفعل، سألني:

ـ لماذا سألتها هذا السؤال يا غبي؟ من الذي أذن لك أن تفشي سرًّا من أسرار العائلة؟!

ثم ضغط غير عابئ بصرخاتي المكتومة ودموعي المنهمرة:

ـ هذه أول وآخر مرة. إياك أن تفشي كلمة واحدة مما تسمعه في قعدة الرجال، سواء من عائلتنا أو من أي عائلة، وإلا فأنت عيل، تظل مدى الحياة صغيرًا حقيرًا، لا يأمن جانبك أحد. مفهوم يا ولد؟

ثم صفعني بغيظ حقيقي، وأطلق سراحي، وظلت نظراته نحوي غير صافية لعدة أيام.

عقب ذلك بقليل بدأت ألاحظ أن لونه ينخطف باستمرار، تنفتح سمرته الغامقة، تصير في لون الخشب المثقف. ثم إنه كان يخلد إلى الصمت فترات طويلة، يضطجع خلالها فوق مصطبة الجنينة، ممسكًا بطرف خيزرانة ينقر بها فوق أطراف أصابع قدميه، في حركة توقيعية عصبية صبيانية، فيما هو مسبل الجفنين. كان من الواضح أن همًّا ثقيل الوطء يدوس فوق صدره.

في نفس الوقت كانت خالتي تفيدة هي الأخرى قد شحب لونها وازرقت مآقيها وذبلت جفونها من بكاء طال أمده في الخفاء.

بدأ قلبي ينقبض ثم ينتفض من شك قاتل بدأ يساورني في أن تكون عدوى السل قد ضربت دارنا في عمي وزوجه، لكنني سرعان ما عزوت ذلك إلى انفجارة جدتي معزوزة يوم ركبتها العفاريت بسبب بلادة صهرنا فرج تراتيرو، سيما وأن حالة الانكسار هذه لم تطرأ على خالتي تفيدة إلا بعد عودتها من دكان جدتي الحاجة زهرة في ذلك اليوم المشؤوم.

حدست أن تكون حدثت بينها وعمي معارك ليلية طاحنة، أدت إلى ما يكاد يكون خصامًا بينهما، أدى بدوره إلى هذا الكدر الواضح على كل منهما، لدرجة أن أحدهما لم يعد ينظر في عيني الآخر وهو يكلمه إذا اضطر إلى أن يكلمه!

إلا أن الشيخة تيسير بنت عمي زكريا كان يبدو عليها أنها مثلي، مهمومة بحالة عمها وزوجه. كانت تقضي وقتًا طويلًا في حجرة زوج عمها، تقوم نيابة عنها بالأعمال التي من المفترض أن تقوم هي بها حسب ترتيب نظام العمل بين نسوان الدار.

كثيرًا ما أراها خارجة داخلة بكوبايات من الينسون أو عصير الليمون مع حبتي أسبرين، أو طبق شوربة خضار.

دبرت للانفراد بالشيخة تيسير على مصطبة الجنينة حوالي قرب أذان العصر. في شعور بالتوتر والخوف سألتها عن حالة خالتي تفيدة وما الذي يجري لها. طمأنتني إلى أن الأمر لا يعدو أن يكون شوية زعل، لكنها حكت لي مشهدًا أذهلني، بلبل خواطري وأفكاري.

ذلك أن خالتي تفيدة حينما وصلت مع نسوان الدار إلى دكان جدتي زهرة في ذلك اليوم المشؤوم، وأخذت مجلسها بحذاء جدتي زهرة وراحت تواسيها وتبكي لها، فوجئت بأفندي كفلق الخشب يدخل عليهن ومعه سنيورة بندرية شقراء بملابس الفرنكة، تقدم الأفندي من خالتي تفيدة فاتحًا ذراعيه هاتفًا:

ـ إزيك يا تفيدة يا أختي؟

حملقت في وجهه مأخوذة، تبينت أنه أخوها من أمها فريد عمرو المقيم في الإسكندرية عاملًا في مصانع الهلباوي للغزل والنسيج،

تلقفته في حضنها فرحة به كأنه ابنها. ثم إن فريد وضع يده على كتف السنيورة ونظر لأخته في غبطة:

ـ أعرفك بخطيبتي سهير، جئت بها لكي تتعرف على أمي وتتعرف عليها أمي قبلما نكتب الكتاب.

أخذتها في حضنها، أجلستها بجوارها تحت إبطها. تقول الشيخة تيسير إن خالتي تفيدة انخطف لونها في تلك اللحظة فلم يعد إليها. تقول إن خالتي تفيدة نظرت في رقبة سهير خطيبة أخيها فريد فابيضَّ وجهها كورقة الرسم وقد عبث بها طفل غشيم، فرسم ما يشبه العينين والحنك والأنف معالم منفصلة مستقلة لا علاقة لها ببعضها. شهقت دون أن تدري شهقة فزع، كانت نظرتها قد وقعت على بانتانتيف ملفوف حول رقبة سهير، ومفروش على صدرها، يخطف الأبصار، يملأ العيون، إنه عبارة عن شبكة منسوجة من خيوط سميكة من الذهب الطلياني، مرسوم على شكل خريطة الدلتا بفرعيها دمياط ورشيد، يلتقيان حول رقبة العروس. تقول الشيخة تيسير إن خالتي تفيدة ركبتها الرعشة، مدت يدها، قبضت على البانتانتيف ثم خففت قبضتها، راحت تتحسسه بإعجاب:

ـ الله على جماله! من أين جاءك هذا البانتانتيف يا سهير؟! إنه ثمين، ومعمول خصوصي، يعني ثمنه الشيء الفلاني.

انخضت سهير وارتجت، لاذت بقارب الصراحة، تبسمت، قالت:

ـ البركة في نيتي ربنا يخليها.

ـ نينتك من؟!

ـ أم فريد، ست عمره على سن ورمح.

ـ وهي التي أعطته لك؟!

ـ حتى اسألي فريد، فريد وأنا كنا زعلانين من الخبر الشؤم وعزمنا على السفر، صالحتني به، وقالت: «عشان تعرفي حتناسبي مين وحماتك تبقى مين».

ـ من أين أتت به يا ترى؟!

ـ من صندوق هدومها.

ـ كان عندها من الأساس يعني؟!

ـ قالت إنه كان شبكتها وهي عروس.

ـ مبروك يا حبيبتي.

ربتت على كتفها في حنان. عينها ظلت تحوم حول رقبة سهير في انبهار. سرعان ما ضجرت سهير من القعدة النائحة فوقفت:

ـ عن إذنك يا طنط.

مشت تتقصع برغمها حيث تعين عليها أن تمرق بين كتل من الأجساد تسد كل المنافذ. زحفت الشيخة تيسير فلاصقت زوج عمها، همست في أذنها:

ـ بانتانتيف يشبه بانتانتيفك يا امرأة عمي الخالق الناطق!

ـ يخلق سن الشبه أربعين.

تقول الشيخة تيسير إن زوج عمها لاذت بالصمت من لحظتها. ثم إنها لا تني تذرف الدمع ليل نهار، والرأي عند الشيخة تيسير أن زوج عمها قد صعبت عليها نفسها، وأفاقت على أمها التي حرمتها من حنانها وعطفها، وأعطته بسخاء لخطيبة ابنها.

## ٢٤
## الصاعقة

أصفى أصفياء مختار الشربتلي في بلدتنا كلها ـ على الرغم من أنه ليس يصفو تمامًا لأي أحد ـ هو المعلم غازي داود، صاحب أفخم دكان في بلدتنا، من حيث طرازه العصري الذي صممه البناء بحيث يكون سوقًا ذا أبواب متعددة، كل باب يختص بركن يبيع صنفًا من أصناف العطارة، أو المحاصيل الزراعية والخضراوات والفواكه.

وفي زمنه الأول في ثلاثينيات القرن العشرين كان الدكان هكذا بالفعل، يشغي بالزبائن والحركة، يبيع بالجملة لتجار صغار من بلدان مجاورة.

وكان المعلم غازي داود ثريًّا بمعنى الكلمة، بصورة كانت مثيرة للريبة بين الناس، على الرغم من أنهم يفهمون شخصيته ويعرفون أنه مغامر جسور، ميت القلب، يضرب ضربته على طريقة: «يا أصابت يا خابت»، إلا أنها كانت كثيرًا ما تصيب، فإذا هو قد انتقل نقلة أكبر في لمح البصر.

وقد وقر في أذهان الناس، من فرط متانة العلاقة بينه ومختار الشربتلي على امتداد ما يزيد على ربع قرن من الزمان، أن مختار هو الذي يملك أسرار غازي داود التي لا يعرفها حتى عياله وأقاربه.

ونظرًا لأصالة وجدعنة مختار الشربتلي، كما يشاع بين الشبان والصبيان في قعدات الأجران المنتشية بخيال الليل القمري فوق أكوام التبن، فإنه كالبحر، يتلقى أسرارًا من كل حدب وصوب باعتباره من العياق المخالطين لجميع صنوف البشر، من المغامرين، وأولاد الليل قطاع الطرق، ولصوص المواشي، ومهربي المخدرات، والقتلة المأجورين، فتبتلع أمواجه هذه الأسرار المروعة، تبددها في نثار الماء كأن لم تكن، وأبرع ما في شخصيته أنه لا يترك أي حسابات معلقة مع أي شقي من الأشقياء يشترك معه في صفقة أو عملية، بارع في التخليص أولًا بأول، بحيث إذا التقى أحدهما الآخر بعد ذلك، فكأن أحدهما لا يعرف الآخر من قريب أو بعيد، إلا غازي داود، كلاهما بالنسبة للآخر ستر وغطاء.

في طفولتي لم أكن أرى أحدهما مسافرًا وحده، أو عائدًا وحده، أو حتى ساهرًا وحده.

منذ عدة سنوات تدحدرت الأحوال بغازي داود، فرغ دكانه تمامًا إلا من فوارغ الأجولة والأقفاص والصناديق والرفوف، وفرشة صغيرة تحت تندة باكية الدكان، تعرض القليل من أصناف العلافة: فول وعدس وذرة ونشا وفاصوليا ولوبيا وترمس نيئ وحلبة حصى وينسون وقرفة وشطة وكمون، وما إلى ذلك من تحبيشات، يجلس أمامها ابنه الكبير بدير يبيعها لحسابه الشخصي للإنفاق على عياله، وابنه بدير

هذا هو الذكر الوحيد على ست بنات من ثلاث زيجات، وهو في الثلاثينيات من عمره، إلا أنه من فرط جديته ووقاره وحزنه الدفين على الثروة التي بددها أبوه فيما لا يعرف من سكك المغامرات، أصبح في نظر الأغراب يكاد يكون أكبر سنًّا من أبيه.

قادتني محاولات بحثي الدؤوب لفك لغز غازي داود وعلاقته بعائلتنا، فنجحت في التودد إلى مختار الشربتلي، باعتباره بوابة الدخول إلى غازي داود، شجعني على ذلك أن مختار الشربتلي من جلاس مصطبة عمي جبريل الملاصقة لباب دكان الحبوب، بينهما علاقة ود متينة، لدرجة أن الواحد منهما إذا رزق من باب الله بسنة أفيون، أو قطعة حشيش، ادخرها في محفظته ليقتسمها مع الآخر في قعدة الأصائل الساحرة على هذه المصطبة، حيث قصعة نار القوالح سخنة على الدوام، وعدة الشاي حولها، والسخان فوق النار لا يفرغ من الشاي المطبوخ على نار هادئة تعطي الشاي نكهة مثيرة للنشوة.

كنت أظن أن مختار الشربتلي صندوق مغلق، لا يستطيع شاب صغير مثلي أن يفتحه ويستخرج منه ما يريده من أسرار، فإذا بي أفاجأ بأنه شخص في غاية السلاسة، بل خيل إليَّ أنه مفتوح الأبواب والشبابيك ولسانه يجري بالكلام بغير تحفظ.

كان عمي جبريل داخل الدكان يستمتع بمناكفة إحدى زبوناته له، في حين كان مختار متربعًا على المصطبة يحتضن الهاون النحاس الثقيل بين فخذيه، يده ممسكة بيد الهاون وراحت تدق وتطحن بلحة جوزة الطيب المخلوطة بملعقتين من السكر.

أردت أن أجيء بسيرة غازي داود بأي شكل. ألهمني الله سؤالًا وجيهًا يستحق أن أسأله لمختار: ما سر هذا الثقب في رقبة غازي داود؟ ولكني اندفعت:

ـ خال مختار، غازي داود...

قاطعني بنظرة استنكار لطيفة باسمة رشقني بها في عينيَّ:

ـ غازي داود حاف كده؟!

ـ كل الناس تقول غازي داود، من غير لقب.

ـ لكن أنت بالذات وإخوتك وأعمامك لا.

ـ لا أفهم.

ـ ما داهية إلا أن تكون تخين المخ!

ـ ليه بس يا خال مختار؟!

ترك يد الهاون معلقة في يده، وقال بلهجة من يضع خطًّا أسود تحت كلماته:

ـ لأن غازي داود هذا يا أستاذ يا بتاع المدارس هو خالكم، أبوك وأعمامك وعماتك يقولون له يا خال.

نشف ريقي، لكأنه ضربني بيد الهاون فوق رأسي بعنف، الضربة فتتت دماغي، فصرت كأنني أحاول تجميع أشلائه:

ـ يعني غازي داود شقيق جدتي معزوزة؟!

ـ وجدتك زهرة وأم حمادة الخريجي، إيه؟ ألست تعرف؟ أم أنك تستهبل؟!

لكأنني صرت أشلاءً من جثة تعفنت تحت الرديم وحفر الكلاب حتى أخرجوها ومزقوها.

صرت فزعًا، الأرض تدور بي، الدمع يتجمع في حلقي، يتجمد، رغبة في البكاء بصوت عالٍ أحاول مقاومتها لأبدو أمام مختار كأنني كنت أستهبل بالفعل، إلا أنني كنت في حالة غثيان واشمئزاز، داهمني السخط على العائلة والاحتقار الشديد لهؤلاء القوم برمتهم، حاولت أن أستوعب الموقف، لكنني عجزت تمامًا عن فهم أي شيء، وكان مختار يرمقني من تحت لتحت بنظرة استغراب واستهجان تكاد تتهمني بأنني أحاول العبث به بمثل هذا الاستغباط، مع ذلك لا أدري كيف اعتذرت له عن استهبالي، أو ما بدا بأنه استهبال، ثم رجوته أن يحدثني عن رقبة المعلم غازي داود الخال الأوحد للعقالوة والعماروة والخريجية، ذلك الذي لم أسترح لمنظره حتى بعد أن عرفت صلته بنا.

هكذا حاولت الإيحاء لمختار بأنني من شدة قرفي منه أنكرت معرفتي بصلة القربى، فإذا بمختار يكحت مسحوق البلحة في قعر الهاون بظفره، فيما يلسعني بنظرة فاتحة فكيها عن أسنان وأنياب كحنك الكلب الشرس حين يزأر على نية غادرة:

ـ يلا يا إكسلانس! أنت لم تكن تعرف، تغني على من؟ على بابا؟ عائلتك تقاطع الرجل طول عمرها وتتنكر له، خليك شجاعًا واعترف، أهلك عندهم حق، هو فعلًا ابن وسخة، من يعرفه لا يخلعه من قدميه. إنما هو في النهاية خالكم الوحيد، ولن تستطيعوا خلعه من دمكم.

ثم ضحك ضحكة قصيرة بدت كأنه تعثر في مطب:

ـ ثم قل لي لماذا أنت قرفان من شكله؟!

قلت له إنه من النماذج القليلة التي لا يجد الأطفال، وحتى الصبيان والشبان، أي مشاعر تربطهم به.

إن شكله منفر حقًّا، نحيف كالعصا الخيزران، طويل بشكل مزعج، يلف حول رقبته منديلًا محلاويًّا لا يخلعه مطلقًا، ولا بد أن لديه أكثر من منديل يغيره، إذ إن المنديل جزء أساسي في شكله منذ وعيت على شكله قبل أكثر من عشر سنوات مضت، ووجهه مثل كوز من الصفيح قبضت عليه يد عفية، عجنته في بعضه كيفما اتفق، فصار كتلة من النتوءات المتكورة والمدببة والمنفرجة والملتوية والمشروخة، يتكلم بلا صوت، بلا حنجرة، حنكه يسفسف الكلمات كأنها تراب مبلل بنثارات اللعاب، كل كلمة يشد لها نفسًا جديدًا من الهواء، يجاهد ليظل ممسكًا به حتى نهاية الكلمة، الذين يعاشرونه فحسب هم الذين يفهمون كلامه، ومع ذلك يلفت نظري أنه مبتسم على الدوام حتى وهو يعاني في التحدث، أو هكذا خيل إليَّ.

ضحك مختار الشربتلي بعمق حتى دمعت عيناه، وصار يتلفت حواليه بحثًا عن عمي جبريل، فيجد أنه لا يزال يستمتع بمناهدة المرأة معه حتى بدا كأنه نسي وجودنا على المصطبة. أخيرًا دلق مختار مسحوق البلحة في طبق صغير ثم ركنه تحت كتاب السيرة الهلالية تحت المسند إلى أن يجيء عمي جبريل.

كان مزاجه رائقًا وعلى سنجة عشرة كعادته كلما التقى عمي جبريل، انبرى يحكي عن صديقه غازي داود كما يحكي عن طفل شقي غريب الأطوار.

قال إنه طول عمره دماغه طاقق، لا أحد يستطيع إيقافه عما يريد

فعله، يخرج من مغامرة إلى مقامرة، ومن حفرة إلى دحديرة، من شهبندر التجار إلى بلبوص لا يجد ورقة توت تستره. كان ذات يوم بعيد قد سافر في مشوار سري لم يعلم به أحد، اختفى حوالي عشرة أيام، وعياله يبحثون عنه في سلقط ملقط، اشتغل الصوات في داره ليلًا ونهارًا، فين وفين جاءهم الخبر من مستشفى المركز بدسوق أنه يرقد فيه بين الحياة والموت. سافروا إليه مذعورين، تبين لهم من محاضر الشرطة وسجلات المستشفى أن دورية ليلية عثرت عليه عند ترعة البدالة مضروبًا برصاصة في رقبته، نقلوه إلى المستشفى والروح لا تزال فيه، بعد أن أسعفوه اتضح لهم أن الرصاصة قد مرت من تحت ذقنه، فأخذت في طريقها تفاحة آدم التي هي أشبه ببلكونة الحنجرة، ركبوا له حنجرة صناعية مؤقتة أشبه بماسورة من البلاستيك بمقاسات معينة، يرن فيها الصوت فتتوضح حروف الكلام، أما علاجه التام فبعملية جراحية، لا بد أن يسافر إلى الخارج لإجرائها وسوف تتكلف مبالغ باهظة، وعلى كل حال فإنهم يستطيعون مساعدته على العيش بهذه الحنجرة البلاستيكية المؤقتة، بشرط أن يكون ذلك تحت إشراف طبي مباشر لوقت طويل.

في محاضر الشرطة واستجوابات المستشفى قال إنه كان يحمل كيسة فيها فلوس كثيرة في طريقه إلى لوكاندة يبيت فيها، لكي يتسوق من صباح الغد بدري بدري، ولكن ولدين بلطجيين طارداه بدراجة بخارية وأطلقا عليه الرصاص، فارتمى على الأرض فهجما عليه، نزعا الكيسة من جيبه وفرا هاربين.

ولم تكن الحكاية مقنعة لأي أحد ولكنه أصر عليها، المهم أنه

١٧٧

رجع إلى البلد مهزومًا ومكسورًا، استعوض الله فيما ضاع منه، ومنذ ذلك اليوم وإلى اليوم وهو يعيش بدون حنجرة، ولا حتى البلاستيكية التي لفظها حلقه. بقي مكان تفاحة آدم ثقب خبيث، يتسرب منه الهواء بوسخه إلى حلقه، فيصدر صوتًا كرفيف الأجنحة المتكسرة، أو زفيف الريح على ورقة معلقة، ينز مادة لزجة من البلغم تتراكم فوق الثقب، ولولا أنه يعقد المنديل بإحكام حول رقبته ليمنع الهواء، ما أمكنه إصدار صوت.

حتى هذه الحكاية، اتضح لي بعد حين أن الجميع يعرفها، غير أنهم ـ كما لو كانوا متفقين على ذلك ـ دفنوها في بئر النسيان هي الأخرى. ولكن الصدمة كانت أقوى من احتمالي في تلك السن الحرجة، كان ثَم سؤال خبيث يلح على خواطري، يكاد يوقعني في عقدة نفسية: كيف يحق لي ـ وبأي عين أو روح معنوية ـ أن أفخر بانتسابي لعائلة تملك هذه القدرة على إنكار الخال إلى حد المحو من ذاكرة العيال؟! فلئن كانت بهذه القسوة فهل يوثق في عواطفها الإنسانية؟ العجز عن الجواب الشافي يقودني إلى الإغراق في البكاء، حتى تشرخت نفسيتي، لولا أن التقاني ـ محض صدفة ـ الشيخ محمد زيدان عباس، أعظم العميان في بلدتنا، مثقف كبير جدًّا في كل شيء، ولا أحد في البلدة يقدر على مطاولته أو طول نفسه في النقاش السبابي أو الديني أو الفلسفي، أو حتى في أغنيات أم كلثوم وعبد الوهاب، كنت أحبه جدًّا وألتحق به كلما التقيته ماشيًا في الشارع وحده برفقة عصاه المبصرة، كان خارجًا من المسجد في طريقه إلى مجلس صلح بين فرعين من عائلة واحدة، تقوم بينهما جدران ومتاريس من القطيعة

والعداء المستحكم الذي يتفجر من حين لآخر عن كوارث، لدرجة أن أحد فرعي العائلة شطب من شهادات ميلاد عياله لقب العائلة نكاية في الفرع الآخر، وبات إذا ما ذكر أمامه لقب العائلة صاح صائحهم: «نحن لسنا منهم».

كنت واثقًا أن الشيخ محمد زيدان عباس قادر على حقن الدماء على مستوى الدول وليس العائلات، مشيت معه نتكلم في أمر هذه العائلة، فقال على سبيل التعليق العابر:

ـ إياك أن تتصور أنهم وحوش مفترسون ينهشون لحم بعضهم بعضًا! لا يا ولد، إنما هم ناس طيبون جدًّا مثلنا وربما أطيب منا، لكنها ضريبة الحب والإخلاص. إن الخصام بين الفرعين خصام حاد وعنيف على قدر ما كان الحب والإخلاص عنيفين.

إن الواحد منا قد لا يزعل إذا شتمه أو أهانه شخص ليس يعرف من هو، ومن لا يعرفك يجهلك. ولكن من تحبه وتخلص له إذا قال مجرد كلمة تؤلمك، وهو لا يقصدها، تزعل منه زعلًا شديدًا، لأنه يعرفك وليس يجهلك.

إن القطيعة أحيانًا تكون مشروعة كنوع من التقية، فحتى لو كان الشخص من لحمك ودمك، بل ومن صلبك، إذا كان سيصيبك منه عار أو ضرر أو ذنب، فالقطيعة تقيك منه.

نزلت عبارته على صدري كأني شربت إبريقًا من الخروب المثلج في لحظة كنت فيها صديان شرقان.

# قانون المصادفة

فيما كنت جالسًا عصر ذلك اليوم، تحت رف الراديو على رصيف دكان رضوان البقال، في مواجهة مصطبة بسطويسي لكي أكون تحت نظر عمي أبو السعود طالما هو جالس، وفي نفس الوقت أكون قريبًا من الراديو لأسرح بخيالي مع مسلسل «سمارة»، تلك الزهرة البرية اليانعة التي نشأت وترعرعت في جو أسود رهيب، كما يصفها المذيع ديمتري لوقا بصوته الساحر في مقدمة التمثيلية كل يوم، إذ بي أفاجأ بالواد حفناوي التملي، الذي يوصل جودت أفندي إلى محطة السكة الحديد ويستقبله بالركوبة يوميًا، يتقدم نحو مصطبة بسطويسي قاصدًا عمي أبو السعود مباشرة، ثم يتردد في وجل، فيشجعه عمي أبو السعود بابتسامته المشهورة باتساعها، وغمزة طابع الحسن في ذقنه عندها، فمال على أذنه ليهمس، لكن يبدو أن الاضطراب قد حبس صوته فحاول انتزاعه بالقوة، فتدفق عاليًا كالماء المحبوس في الصنبور حين ينزاح العطل من سكته فيندفع. وهكذا سمعنا طرطشة الكلام بكل وضوح، علمنا «أنهم» عثروا على صندوق خالتي تفيدة.

انتفض عمي أبو السعود واقفًا شاحب اللون، يمعن النظر في خلقة الواد حفناوي بشك واستهجان:

ـ أنت جننت يا ولد؟! صندوق ماذا هذا الذي يعثرون عليه بعد حوالي عشر سنوات من ضياعه؟!

لكن الواد حفناوي حلف بالطلاق ثلاثًا أنه يتكلم الجد، وأن الخبر آتٍ من بز أمه، أتى به جودت أفندي بجلالة قدره، يعني لا مجال للشك فيه، ثم حكى الحكاية بالتفصيل، فلم نجد منفذًا للشك في صحة ما سمعه بأذنيه اليوم منذ دقائق معدودة.

جودت أفندي هو آخر من تبقى من رجال سمو الأمير في بلدتنا. هو من أصل تركي وإن كان قد ولد وتربى في مصر، ويتكلم العربية المكسرة متأثرًا بلهجة بلدتنا التي عاش فيها معظم عمره، ولكن في غطرسة واستكبار وعنجهية. إنه آخر من التحق بخدمة الأمير، وآخر من تبقى من الخدم على قيد الحياة. كان كرارجيًّا في المعية، والكرارجي هو المسؤول عن إطعام العائلة، يجمع المواد الغذائية بجميع أنواعها ويدخرها في حجرة الكرار، وهي مخزن كبير ملحق بالمطبخ، مفاتيحه في يد الكرارجي الأول. هو الآن فوق الثمانين من عمره ولا يزال، قويًّا صاحي الدماغ، قد شهد رحيل الأمير فالأميرة فالأسرة العلوية الحاكمة برمتها بالموت أو بالهجرة. بعد قيام ثورة يوليو ألحقوه بوظيفة ذات طبيعة مخزنية في وزارة التموين، ثم أحيل على المعاش، فأسفر عما كان قد سرقه من خيرات المعية الأميرية أيام كان مسؤولًا عن إطعامها طوال فترات إقامتها في الضبعة، وهي قد تصل أحيانًا إلى ما يقرب

مجموعه من ستة أشهر، ولكن على فترات متقطعة، حسب نضج محاصيل الحدائق والمزارع.

شارك أحد أثرياء بندر دسوق في مصنع للحلوى بجميع أنواعها: المصرية، والشامية، والتركية. يتولى الإدارة بنفسه، ويبيت كل يوم في البلدة في دار اشتراها ورممها فصارت فيلًا قائمة بذاتها، قرب شاطئ السلمونية، محاطة بأشجار الكافور والجازورين. وقد استطاب العيش فيها مع أولاده الثلاثة الذين تعلموا في بندر دسوق، فكان طوال العام الدراسي يرافقهم وأمهم في بيت مستأجر من شريكه، إلى أن تجيء الإجازة الصيفية، فيعودوا جميعًا إلى داره في البلد. ثم استكمل الأولاد تعليمهم في الإسكندرية، وفيها أيضًا توظفوا في وظائف مرموقة، لا أحد من بلدتنا يعرف عنها أو عنهم أي شيء، ولا هم يحبون أن يعرفوا، لإحساسهم اليقيني بأن جودت أفندي يستكبر على الفلاحين، ولا يعطيهم أي فرصة للتقرب منه، إذ هم في نظره أوباش رعاع. يسافر إلى دسوق صباح كل يوم دون كلل، ويسمي السفر فركة كعب: «إيه يعني ثلاث محطات قطار لا أزيد ولا أقل؟». ويعود في قطار الخامسة مساء.

رفيقه الدائم في طريق الذهاب والعودة هو محمد أفندي عمرو، الموظف بمصلحة المساحة في دسوق. مع ذلك فإن العلاقة بينهما غاية في الغرابة والطرافة معًا، ويعرفها جميع الناس ويتندرون بها.

محمد أفندي عمرو، ابن عم عبد الرحمن عمرو والشيخ عرفات عمرو وتوحيدة عمرو وسُنة عمرو ـ أمي ـ وأمه ست عمره، قصير القامة، قمحي اللون كأمه، ورث عن وجهها بعض وسامته، وحدة

ملامحه المنغلقة على نفسها كانغلاق شفتيه بشكل دائم، حتى وهو يشفط نفس الدخان من السيجارة، لا يكاد يرفع شفة عن الأخرى مكتفيًا بلثم السيجارة فحسب، وتلك حركة يقلد بها أولاد الذوات في التدخين برقة وشبع، ليكون ثَم فرق بينه والمخانجية. إنما شكل وجهه الشبيه بفطيرة الغربال، يوحي بأنه من السواهي الذين تحتهم الدواهي، إنه ماء من تحت تبن، فكل قصير مكير كما يقول المثل الشائع. ومحمد أفندي عمرو يكاد يكون هو المكر بذاته في بلدتنا. ثم إن الغموض يحيط به إحاطة السوار للمعصم، لا أحد يدري كيف يغتني في اطِّراد واضح. يشاع أن حجم الرشوات التي يتقاضاها كبير، وذلك من خلال عمليات نصب أتقنها وعلمها للمهندس الذي يرافقه. إن شغلته الرسمية: مساعد مساح. المساح وهو يتحركان معًا دائمًا، بآلة قياس ورصد، عبارة عن نظارة معظمة، يتم نصبها على ثلاث قوائم كسيبة الجزار، يفردها المساعد، يرصد بها الحدود ـ أي حدود، والمهندس، أي المساح، يقيس بالقصبة ويدون في ورق. يقال في قعدات مص القصب وقعدات التبن في الأجران آخر الليل، حيث تدخين البانجو السوداني أو الحشيش في سجاير مبرومة سرًّا ـ وكما يبلغنا في الصباح على ألسنة من قالوا وزعموا أنهم سمعوا ـ إن المهندس المساح ومساعده ينزلان إلى أي أرض فضاء، في أي قرية بعيدة عن العمران، ينصبان النصبة، يتلكآن في العمل حتى يتجمع ناس من بينهم أصحاب الأرض، يحاولون معرفة ما هذا الذي يحدث في أرضهم، إنهم في توجس دائم من رجال الحكومة وحركاتهم المريبة دائمًا، يبتعدون عن شخصية المهندس المتجهم الذي يفتعل

الانشغال، يرون أن لابس الجلباب والطربوش أقرب إليهم ويمكن أن تكون بينهم لغة مشتركة مفهومة. في توجس وحذر يستفهمون من محمد أفندي عن طبيعة ما يحدث. في توجس وحذر أكثر منهم يهمس في آذانهم بأن الحكومة ستشق ها هنا مصرفًا، أو طريق سكة حديد، أو أي مشروع حكومي سيترتب عليه نزع ملكية جزء ـ قد يكون كبيرًا ـ من هذه الأرض. وإذ يرى أن السائل قد انهارت قواه، وكركبت بطنه، يهمس في أذنه بأنه لو تفاهم مع الباشمهندس فربما يمكنه زحزحة المشروع عن أرضه، وكتابة تقرير فني يفيد بأن هذه الأرض غير صالحة للمشروع. في الحال يتم التفاهم على مبلغ في حدود الممكن بالنسبة لصاحب الأرض، حيث إنهما يجمعان تحريات عن المكان وصاحبه ومدى قوته من عدمها، إلخ. يستقضيه صاحب الأرض بالدين أو ببيع ذهب أو محصول، أو بأي شكل، المهم أنه في بحر يومين ثلاثة يذهبون إلى محمد أفندي في المكان الذي يحدده لهم، يعطونه المبلغ في السر والكتمان، يستجيبون لنصحه بإغلاق أفواههم عن الكلام في هذا الموضوع نهائيًّا، وإلا انقلب الوضع عليهم، فتؤخذ منهم الأرض ويدخلون السجن بتهمة الطعن في ذمة موظف حكومي كبير، يعني يكون موتًا وخراب ديار معًا.

ذلك ما يشاع ولكن أحدًا لم يرَ بعينيه، إنما رأى الجميع هذه السراية المحترمة التي أقامها وسط حديقة منزوية في الحقول البعيدة، تبعد عن دارنا بمشوار يحتاج لركوبة، وأطقم الجلابيب الصوف والطرابيش والركايب المطهمة، ورغد العيش الذي يرتع فيه عياله الكثار. أصغر أبنائه يوصله إلى المحطة، وينتظره في قطار الخامسة

جنبًا إلى جنب حفناوي التملي، المنتظر عودة جودت أفندي في نفس القطار.

الطريق وحده هو الذي يجمع بينهما في صداقة مؤقتة ومدهشة، يركض بهما الحماران جنبًا إلى جنب، من خلفهما الولدان يلهثان، يستحثان الحمارين على سرعة العدو. في هذه المسافة فحسب يحلو لجودت أفندي أن يتنازل قليلًا عن شموخ قبعته المعووجة، وأنفه الطويل شاهق الارتفاع، وخدوده الحمراء المرغددة، ونظارة الشمس الخضراء القاتمة فوق عينيه الخضراوين أيضًا، يتنازل عن شخطه ونطره المعتاد في كل من حوله، تختفي من حديثه كلمات الخرسيس والكلبة والحيوانة، ينعدل لسانه التركي، يصير لطيفًا وإنسانيًّا، يخرج صوته عاريًا دون ردح أو جعير، يحكي عن ما صادفه اليوم من متاعب ونكت وأخبار، حتى ليستريب كل من حفناوي التملي وابن محمد أفندي في أن يكون هذا الرجل الوديع هو نفسه جودت أفندي، حامل كرباج السلطة الأميرية، يستلب به ما يشاء من دجاج وأرانب وقطعان ضأن من أصحابها بأبخس الأثمان أو بدون ثمن.

يظل كل منهما يحترم الآخر ويخطب وده حتى مدخل البلدة عند مفترق الطرق، حيث يتعين على جودت أفندي أن ينحرف يمينًا على ترعة السلمونية، مواصلًا الطريق إلى فيلته الواقفة على ربوة بحذاء كوعة الترعة، يتقدمها صفان متقابلان من أشجار الكافور والجازورين. ينحرف جودت أفندي إلى طريقه ذاك دونما استئذان من محمد أفندي، يشد اللجام لاويًا عنق الركوبة دونما كلام أو سلام، كأن أحدًا لم يكن سائرًا بجواره طول الطرق، ولو تصادف

أن تقابلا بعد ذلك في البلدة، فإن جودت أفندي لا يبدو عليه أنه يعرف محمد أفندي، بل إنه يروح ينظر إلى طربوشه في اشمئناط وغيظ. في كل يوم يتلقى محمد أفندي هذه الصفعة الموجعة عند كوعة الترعة، ويستمر في الطريق العمودي مخترقًا المزارع على المدقات والقنوات.

المفروض أن يمشي من وسط البلد إلى سرايته، ولا الحوجة لهذه اللفة الطويلة التي تضطر ابنه المهرول على قدميه إلى أن يخوض في طين أراضٍ مروية حديثًا، إلا أنه منذ ابتنى هذه السراية وبيَّضها بالبوية ودهن بلكوناتها وشبابيكها بالألوان الزاهية، أصبح يتجنب المرور من وسط البلد نهائيًا، يقول لمن يسأله عن السبب في هذه اللفة الطويلة إنه ليس يحب خوتة الدماغ، ذلك لأن مروره في وسط البلدة راكبًا، سيفرض عليه الذوق أن ينزل عن الركوبة كلما مر على ناس مهمين يجلسون على المصطبة خارج الدار. وهؤلاء قد يسامحونه إكرامًا لطربوشه ووظيفته الحكومية، ولسوف يحلفون عليه مقدمًا بأن لا ينزل، إذ إنهم على يقين بأنه لن يعبرهم وينزل سواء حلفوا أو لم يحلفوا، فليحلفوا إذن أكرم لهم. هو أيضًا يعرف أنهم يعرفون بأنه لن ينزل لهم بأي حال من الأحوال، ومع ذلك ما يكاد يقترب من قعدتهم حتى يرفع إليته اليمنى ليوهمهم بأنه يهم بالنزول احترامًا لهم، فما يكاد حلفانهم يرتفع حتى يعتدل في ابتسامة متقنة الخجل قائلًا: «دستوركم»، ثم يمضي. لكنه لو صادفه شخص كالعمدة مثلًا أو شيخ البلد أو أحد رؤوس العائلات مرهوبة الجانب، فإنه لا بد وأن ينزل مرغمًا، بقفزة واحدة سريعة، وما دام قد نزل فليسلم بالمرة، ولربما

يلمح شخصًا آخر مهمًّا قادمًا من بعيد، فيبقى ماشيًا على قدميه حتى يبلغه، وقد يرى أن المسافة إلى سرايته قد صارت يسيرة فيمشيها وأمره إلى الله. هذه الخوتة ـ فيما يقول ـ لم يعد يطيقها.

ولكن هذه السيرة إن جاءت في قعدة الشاي في دكان رضوان على مصطبة بسطويسي، يعلق الحصاوي خفير جنينة العمدة، والممسك بسلطنة الشاي فيما هو يرفع البراد ليصب الشاي في الكوبايات الصغيرة، رافعًا يده ما أمكن حتى تكون للصب رغوة يتلذذ منها الشاربون، قائلًا: «إن محمد أفندي يخشى أن يمر على أمه ست عمره، أو زوج عمه زهرة، إذ إنه يستعر منهما، وهو الأفندي وهما الجربوعتان». فيعقب عليه أبو سليمة الصياد وهو ماضٍ في عقد خيوط شبكة صيد لا تنتهي أبدًا، قائلًا: «إن محمد أفندي ليس يقوى على النظر في وجه أمه من يوم ما بصقت في وجهه أمام جمع من الكبراء في دارها، يوم إصراره على تقسيم الميراث والانعزال وحده في عيشة تليق بمركزه، أفلا تتذكرون؟» عندئذٍ ينفجر رضوان البقال ضاحكًا على غير انتظار وقد انكمش في بعضه، يصيح: «فكرتني يا رجل، تصور أنه لا يزال إلى اليوم يمسح البصقة عن وجهه! ومن لا يعرف يقول إنه يختم الصلاة!». يضحكون مجاملة لرضوان، إذ إنهم يدركون من جانب خفي أن رضوان حاقد على محمد أفندي، لأنه لا يشتري طلباته من دكانه.

وحينما همس الحفناوي بذاك الخبر في أذن عمي أبو السعود، وبصوت مسموع، تحولت المصطبة ورصيف الدكان إلى دوامة صاخبة، اختلط فيها الضحك الملتاث بالسخرية المُرة من أحوال

الدنيا والاستعبار بحكمة الله في أن يعود الحق إلى صاحبه ولو بعد حين طويل.

غير أن عمي أبو السعود سرعان ما انتبه إلى شيء، فاستوقف الحفناوي، راجعه فيما قال، طلب منه أن يعيد حكاية الخبر لكي يتأكد ويتأكد معه الشهود الحضور مما سمع قبلًا.

قال الحفناوي:

ـ جودت أفندي كان يمشي ساكتًا، وفجأة لقيناه يقول: «يا محمد أفندي، أما علمت بأنني اليوم شفت صندوق أختك تفيدة الذي ضاع منها منذ مدة ولم يعرف البوليس كيف يجيء به؟». محمد أفندي كأنه قرصته عقربة، راح يتنطط فوق الحمار ويقول: «ماذا قلت يا جودت أفندي؟! ما هذا الكلام الفارغ عدم المؤاخذة؟ إيش عرفك أنه صندوق أختي تفيدة؟! شفته فين؟». وكان وشه أصفر كالليمونة.

جودت أفندي بعت له واحدة من بصاته التي تفلق الحجر، قال له: «خبيبي أنا لا أتوه عن علبة المجوهرات الملكية المكتوب عليها اسم الأميرة واسم أختك تفيدة، شفته في مركز البوليس يا خبيبي، البوليس أخيرًا قبض عليه. وكمان يا خبيبي البوليس طلبني لأتعرف عليه. إنهم يعرفون تاريخ علاقتي بالأمير والأميرة يا خبيبي! فخمتم خبيبي؟».

طب تصدقوا بالله يا جماعة أن محمد أفندي من ربكته جعل الحمار يلف حول نفسه، أنا انخضيت يا جماعة، تصورت أن محمد أفندي يريد قتل جودت أفندي، مع أنه كان من المفروض

أن يفرح بخبر العثور على صندوق أخته! المهم، قعد طول السكة يترجى في جودت أفندي ويكاد يبوس رجليه ويقول له: «اكفي على الخبر ماجور، اعمل معروف يا جودت أفندي، اتركني أتصرف في السر من غير دوشة دماغ، لعلني أتعرف على الفاعل الأصلي، لو طاوعتني يا جودت أفندي فلن أنسى لك هذا الجميل طول عمري».

جودت أفندي من خبثه قعد يهش الذباب عن نفسه بالمنشة وهو قاصد أن شعرها يلسع وجه محمد أفندي، وكان باين إنه غير معجب بمحمد أفندي ولا كلامه، لم يرد عليه، تركه وحود على سرايته من غير إحم ولا دستور.

في المساء وعمي أبو السعود يعرض الخبر على العقالوة شاركوه جميعًا نفس الاسترابة في تصرفات محمد أفندي، وانزعاجه من الخبر. ونزلوا على اقتراح عمي زكريا بأن يتجاهلوا الخبر كأن لم يكن، حتى يجيئهم بلاغ رسمي. وفي تلك الليلة بقي القمر ساهرًا يتربع فوق جريد النخيل، كأنه كلوب إلهي مخصص لهذه السهرة وحدها، بهذه العائلة وحدها، فظل يؤنسهم وينير لهم جخانيق الذكريات البعيدة التي انهارت عقالاتها، فتدفقت بغزارة تغمر الجميع وتضر سهم كطعم الحصرم والمياه المالحة.

# ٢٦
# أحكام الأيام

قالت جدتي معزوزة إن ست عمره بعد أن مات زوجها، ابن عمها، وتزوجت من سليم الفرغاني تراتيرو الذي كان أرمل هو الآخر ويكبرها في السن بعشرين عامًا، حملت منه للمرة الثانية في ابنتها تفيدة، فكانت وش السعد عليها، ففي نفس الأسبوع الذي ولدت فيه تفيدة، تصادف أن كانت الأميرة الكبيرة في شهرها الأخير، فجاءها المخاض أثناء إقامتها في المنتجع، فجيء لها بالطبيب متأخرًا بعد أن شافت الداية شغلها وأنتعتها بالسلامة، وطوال أسبوع والأميرة تعاني من جفاف صدرها، مما دفعهم إلى البحث عن مرضعة بصحة جيدة، فأخبرتهم الداية أنها أولدت امرأة أحد عمالهم في الجناين واسمها ست عمره زوج سليم الفرغاني تراتيرو، فجيء بها على الفور. كشف عليها الطبيب بدقة، وقرر أنها سليمة وصحتها كالبمب قوية. فرتبوها لإرضاع الأميرة الصغيرة بمقابل سخي، وأن تأكل ست عمره من طعامهم لكي يكون اللبن الذي سترضعه الأميرة من نفس غذائهم.

وقد لفت الأيام وكبرت الأميرة الصغيرة، صارت عروسًا مثل تفيدة، يكاد الشبه بينهما يكون متطابقًا، جاءت بدورها إلى المنتجع إثر عودتها من بعثة تعليمية في فرنسا، بمجرد وصولها طلبت أن ترى أختها في الرضاعة ومرضعتها ست عمره. الأميرة استلطفت تفيدة ووقعت أسيرة حبها، صارت توقفها بجوارها أمام المرآة وتقول إنها انقسمت إلى شخصين، واحدة إفرنجية صرفة، والأخرى فلاحة صرفة، وتقيس عليها فساتينها فتجدها لائقة ساحرة، سيما وأن جسميهما كأن خراطًا خرطهما على قالب واحد. يومًا بعد يوم باتت تفيدة سميرة للأميرة، ذات صفاء ولطف وبراءة، حيث كانت حافظة للقرآن كله ولبقة وتجيد التحدث في مسائل الحلال والحرام والشرائع السماوية، وإن بشكل بدائي، كما أن لديها موهبة كبيرة في تفسير الأحلام بشفافية يقشعر منها بدن المستمع، فما بالك بصاحب الحلم؟! وكذلك قراءة الطالع في الفنجان وفي كف اليد، كانت قد تعلمت كل ذلك من أمها ست عمره ومن الحاجة زهرة وقعدة رصيفها الذي تؤمه الغجريات والمشعوذون كل يوم. إلى جانب ذلك كانت تطبخ للأميرة أطعمة فلاحية حريفة تفتح الشهية، الأهم من كل ذلك كانت أمينة عفيفة النفس ذات كبرياء فطرية، بصورة لم تعهدها الأميرة في أحد غيرها. كانت أختًا للأميرة بحق وحقيق، والأخوة عندنا يا فلاحين لا تقبل القسمة أو الفرقة أو الخيانة، مما جعل الأميرة تفرح بها كأنها عثرت أخيرًا على الأخت الملائكية أو القرين الملائكي، لا تجد من تحكي له أسرارها وهمومها سواها، فتجد من الدفء الحقيقي ما يعينها على تفتيت هذه الهموم وحل جميع المشاكل ببساطة.

جاء حين من الدهر كانت الأميرة تأخذها في معيتها إلى القاهرة مرات، وإلى إستانبول مرتين، وإلى أنشاص والقناطر والسويس والإسماعيلية مرات عديدة، شاهدت خلالها استراحات وقصور العائلة المنتشرة في كل مكان، فلا يبين عليها حقد ولا حسد. وكانت الأميرة تتمنى لو تطلب منها أي طلب فيه منفعة لها فلم يحدث، ودائمًا أبدًا تقول لها: «مش عايزة حاجة يا تفيدة؟». فتقول لها نفس الرد: «عايزة سلامتك يا أختي». وكانت كلمة «يا أختي» تعجب الأميرة على لسانها الفلاحي. ويوم مات سليم الفرغاني جاءت الأميرة بنفسها لتقديم واجب العزاء لمرضعتها ست عمره.

هكذا باتت ست عمره ذات نفوذ قوي في البلدة. ركبتها الغطرسة حتى ضاق بها جميع الأهل والجيران والصحاب، انصرفوا عنها جميعًا. انعزلت، صارت كائنًا عدوانيًا يخانق الذباب والتراب والهواء. فلما تقدم عمي أبو السعود لخطبة تفيدة، كان كأن العناية الإلهية بعثته لإنقاذ الصبية من نار جهنم التي كانت فيها، وإذ تعرفت عليه الأميرة وأعجبت به وقدرته وخلصته من تعنت ست عمره وغطرستها، أصرت الأميرة على أن تخرج أختها العروس ليلة الدخلة من سرايتها.

بالفعل بدأت الزفة من سراية الأميرة بالطبل والمزمار البلدي، لفت شارع داير الناحية من منتصفه، مختصرة الطريق إلى دارنا، في حين امتثل العقالوة لإصرار محمد أفندي عمرو على أن يستحم العريس في داره، ليخرج بالزفة الكبرى من باحة الدار على شارع داير الناحية من أوله، فتأخذ الزفة لفتها عائدة إلى جرن العقالوة، ليجد العروس في انتظاره في حوش الدار، وبرفقتها سمو الأميرة شخصيًا. فكانت

دخلة عمي أبو السعود تاريخية بمعنى الكلمة، رفعت من قدر العقالوة إلى مكانة يحسدون عليها.

أطقم الفساتين والقمصان الشفتشي والأحذية والجوارب والسنتيانات التي دخلت بها العروس كانت فرجة لسنوات طويلة، سيما وأنها بقيت طول عمرها للفرجة فحسب، لأنها لم تكن تلائم الحياة في دار العقالوة بأي حال من الأحوال، إنما كانت المفاجأة الكبرى هي ذلك المُسمى بـ«الصندوق». هو إذن لم يكن صندوقًا بمعنى الصندوق، إنما كان علبة مجوهرات تُسمى بـ«الشكمجية»، وهي تأخذ شكل الصندوق الصغير، طوله ثلاثون سنتيمترًا، وعرضه عشرون، وارتفاعه عشرة سنتيمترات. وصفه كل من رآه من كبار العقالوة بأنه تحفة ملكية ثمينة مبهرة، مصنوع من أرقى أنواع خشب الجوز أو ما أشبه، مبطن من الداخل بالذهب الإبريز، ومطعم من الخارج بأحجار كريمة من الدر والياقوت والزبرجد والعقيق والكهرمان، وأنواع أخرى غير معروفة الاسم إلا للخبراء. وهذه الفصوص ذات الأحجام والأشكال والألوان المختلفة كانت تبدو كحديقة من الألوان المبهجة، يشعر من يشاهدها كأن أصالتها قد انتقلت إليه. قيل إن الأميرة كان لديها من أمثاله الكثير مما أهدي إليها من ملوك وأمراء وسفراء ووزراء وأهل وأصدقاء، وإذ أغدقت على أختها في الرضاعة في شراء مصاغ لها على الذوق الأميري، اختارت هذا الصندوق الشكمجية ووضعته فيها، ولصفاء نفسها وجمال روحها أرادت أن تضفي على هديتها لأختها قيمة تاريخية تشرفها بين الناس، أوصت أحد جواهرجية

العائلة العلوية بأن يكتب في بطن الصندوق، بالحفر على البطانة الذهبية، كلمة من سطرين، تفيد بأن الأميرة فلانة قد أهدت هذه العلبة بمجوهراتها لأختها في الرضاعة تفيدة سليم الفرغاني، ثم وقعت بإمضائها وسجلت تاريخ الإهداء بليلة الزفاف، وقالت لعمي أبو السعود وهي تريه هذا التوثيق: «إن ذلك يؤمن العلبة، ويحفظ حقكم فيها، لأن وجودها عندكم وهي ذات مستوى ملوكي قد يثير الريبة».

المصاغ كان أكثر من اللازم فوق شبكة عمي أبو السعود، أشكال مما يلبس في الرقبة، أنواع مما يحيط بالمعصم كالأساور، ألوان مما يتدلى في الأذنين، ومما يزين الأصابع، ويشبك على الصدر، ويربط جدائل الشعر، ومنها ما هو للسهرة وما هو للبيت وللمناسبات والحفلات، كأن تفيدة أميرة بالفعل ذات علاقات وسهرات ومناسبات وما إلى ذلك مما يلزمه لبس وزينة.

لم يعد للناس ثمة من حديث سوى هذا الكنز الإلهي الذي هبط من السماء على بنت تراتيرو، وكأنها الأميرة ولكن بلا إمارة. كان الذين يأتون للصباحية على العروسين يقضون وقتًا طويلًا في الفرجة على الصندوق وعلى ما فيه، تلمع في عيونهم نظرات الحقد والحسد بشكل لا يقوون على إخفائه. كان الجميع يخلبهم ذلك المكتوب في بطن الغطاء، إذ إنه يعني أن تفيدة قد صارت بالفعل أميرة بموجب هذه الوثيقة...

طالت لحظة الصمت وامتلأ الفضاء القمري بنقط سوداء، تبدو كأنها كلمات ضمرت من طول الصمت والجفاف، ترسلها

إلى الأفق عيون الكبار، بنظرات يعتريها هلع قديم تعرفه طفولتي جيدًا، كل ما كان يصيبني بالاضطراب النفسي والكآبة في طفولتي البعيدة بسبب هذا الهلع القديم، يعتريني الآن كأنني ارتددت إلى عالم كنت قد نسيته مع اندياح الهلع في عيون الكبار طوال السنين الفائتة. وكان ذلك الهلع القديم يقف وراءه ضياع شيء ثمين جدًّا من العقالوة، انقلبت له الدنيا في دارنا لأيام طويلة، نرى خلالها الطرابيش والبرانيط من أفندية وعسكر يمطرون الجميع بالأسئلة الرهيبة، يأخذون ناسًا ثم يعيدونهم بعد أيام، وكأن كابوسًا أسود خيم بأجنحته على دارنا، فيما نحن الصغار لا نفهم مما يدور شيئًا، ولا نعرف حتى كيف نسأل. وآخر ما أذكره من هموم ذلك الهلع الكابوس القديم كلمة قالتها خالتي نفيدة، وهي تنظر لأخيها فرج المريض بالسل في أوائل ظهور المرض عليه، فيما تبكي بحرقة: «لو كان الذي ضاع لم يضع كنت صرفته كله على الحكماء من أجل شفائك يا حبة قلبي يا أخي».

تؤكد عدسات طفولتي اللاقطة أن خالتي نفيدة كانت محروقة الكبد من ألم دفين، ولم أكن أستطيع أن أعرف هل هذا الألم العميق في صوتها ودموعها بسبب ضياع ما ضاع، أم بسبب من مرض أخيها الشقيق الوحيد.

في تلك الليلة القمرية حكت نفيسة بنت عمي زكريا ـ وهي أكبر بنات الدار قاطبة ـ كيف كانت هي السبب في اكتشاف ضياع الصندوق: كانت تلعب مع العيال في الجنينة فعثرت على خاتم خالتي نفيدة ذي الفص الياقوت، طلعت تجري صارخة:

ـ يا امرأة عمي، يا امرأة عمي، لقيت في الجنينة خاتمًا يشبه خاتمك.

ـ يشبهه؟!

ولبسته في إصبعها ناظرة للبنت في تشكك:

ـ إنه خاتمي يا بنت، من أين جئتِ به يا مقصوفة الرقبة؟!

شهد العيال كلهم بأنها عثرت عليه أمامهم في هذه الحتة، وسحبوها إلى المكان، فإذا هو الممر الموصل إلى باب الحديقة، مشت على الممر إلى الباب فوجدت السقاطة ـ لسان الكالون الخشبي ـ مرفوعة عن مبيتها. هذا الباب لا أحد يفتحه على الإطلاق إلا من داخل الجنينة، وهو في العادة لا يستعمل، لأن الزريبة لها باب خاص على الحارة، ولها، مثل المخزن، باب داخلي يفتح على حوش الدار. عندئذٍ لعب الفأر في عبها وانقبض قلبها، ارتدت مهرولة إلى حجرة نومها، فتحت الدولاب، لم تجد للصندوق أثرًا، صرخت، صوتت، لطمت، أصابتها لوثة كالثكلى، راحت تخربش في الأرض وتشد شعرها وهي لا تني تردد في فجيعة:

ـ الهدية! تروح المجوهرات في داهية بس الصندوق! اسمي! اسم الأميرة! التاج الملكي! ياما جاب الغراب لأمه، جاتني ستين نيلة، أنا برضه كنت وش هدية ملوكي؟! هي قلة الأصل حتسيبني في حالي؟! يا دي الوقعة السودة، يا خرابي، يا فضايحي، يا عار العقالوة.

ويومها رفض عمي زكريا وعمي أبو السعود أن يتهما أحدًا بعينه، درءًا لذنب الافتراء بغير دليل، وكان من الواضح أنهما اختلفا حول

هذه النقطة، اتضح ذلك من خلال الحكاية التي حكاها أبي تعقيبًا على حكاية نفيسة بنت عمي زكريا. قال أبي وهو يعصر جبهته بين إصبعيه في لهجة انتصار:

ـ أنا قلتها من يومها، عين فرج تراتيرو كانت تبخ شرًّا. أنا لست تائهًا عنه عدم المؤاخذة يا امرأة أخي، لعن الله قومًا ضاع الحق بينهم.

ثم أعاد علينا تفاصيل المشهد، قال إنه فجر ذلك اليوم الذي ضاع فيه الصندوق كان آتيًا من المسجد عقب صلاة الفجر، فرأى فرج تراتيرو آتيًا من وراء جنينتنا مضطربًا مرتبكًا يحتضن عباءة مطوية، وما جعل الشك يساور أبي علمه بأن الدار تقريبًا في تلك الليلة خالية من الرجال، فكل من عمي جبريل وعمي موسى كانا بائتين في الغيط، وعمي زكريا وعمي أبو السعود يذهبان إلى المسجد قبل أذان الفجر بوقت طويل، إذ إن عمي زكريا كثيرًا ما يتورط في الأذان والاستغاثة لكثرة غياب المؤذن، وعمي أبو السعود هو الآخر متورط في درس قصير قبل أذان الفجر بقليل، وفي تلك الحصة كانت خالتي تفيدة يومها منوطة بحلب البهائم، أي أن حجرتها المطلة على الجنينة كانت خالية، ولأن أبي غير مستريح في الأصل لعلاقة صهرنا تراتيرو بصهرنا عبد الرحمن عمرو الحلاق ذي السلوك المعوج، لذا فقد كان لا بد أن يسأله:

ـ مالك يا تراتيرو؟! ومن أين جئت في هذه الساعة؟!

أجابه لاهثًا وهو يهرول في اتجاه دار محمد أفندي عمرو على الشاطئ المقابل لترعة خلاف:

ـ أطارد ثعلبًا أكل فراخ الجيران.

وفي الضحى تم اكتشاف ضياع الصندوق. وبناء عليه انبرى أبي ـ وخالتي تفيدة تنصت إليه بإمعان وقد بدا عليها الآن أنها تتمنى معرفة اللص حتى وإن كان أخاها، وأنها ليست تستبعده، وها هي تتلهف على دليل يقنعها ـ مؤكدًا فيما يشبه التقرير الحاسم، بأن الصندوق قد خرج من دارنا بمعرفة صهرنا فرج تراتيرو فجر أن التقاه يحتضن العباءة المطوية. تلقائيًا ـ بفعل الغضب الذي تجدد الليلة ـ أيده عمي زكريا قائلًا إن الله منتقم جبار، أصاب تراتيرو بمرض السل يأكل في رئتيه عقابًا له على ما فعل. أيدته جدتي معزوزة كالكورس يعزف نفس الترجيع بكلام آخر:

ـ حسرة على عبد الرحمن ولد أختي، أدخله الله جهنم وهو حي، سبحانه، يمهل ولا يهمل.

لاذت خالتي تفيدة بالصمت مقهورة بائسة، فيما راح عمي أبو السعود ـ ترضية لخاطر زوجته التعيسة ـ يحاول التشبث بأهداب الأمل في أن يكونوا مخطئين في تصوراتهم، ويكون صهرانا بريئين.

عقب صلاة الفجر، وقد شقشق الضوء على أوراق الشجر، والرجال على وشك التوجه إلى أعمالهم أو استئناف النوم للضحى، فوجئنا بطرق على باب المندرة. وارب عمي موسى باب المندرة، فإذا هو فرج تراتيرو، كعادته بمجرد انزياح الباب يدخل ملقحًا جثته على الكنبة، طالبًا ـ إمعانًا في العشم ـ لقمة يشق بها ريقه. رمت له أخته ـ خالتي تفيدة ـ بالطبق الخوصي، عليه رغيفان وقطعة جبن قريش وصحن لفت، ثم تركته ومضت دون أن تنظر في وجهه. جاءه عمي موسى الشقي مكشوف الوجه، جلس على مبعدة منه، جعل يحملق

في عينيه متعمدًا إرعابه، لعله يكتشف ما في داخله. ناديته بأمر من عمي أبو السعود الذي وقف في الحوش متخفيًا، قال لعمي موسى:

ـ لا تفتح معه أي مواضيع، فاهم؟!

قال عمي موسى:

ـ فاهم، هو آتٍ يتجسس، يريد أن يعرف ماذا سنفعل بعد انتشار الخبر، أنا قرأت في عينيه كلامًا كثيرًا شبه مشطوب.

شدد عليه مرة أخرى:

ـ لا تفتح معه أي مواضيع.

ـ سأوزعه، يطفح اللقمة وأمشيه.

ـ اترك له المندرة وامشِ، دع باب الشارع مفتوحًا وسنكر باب الدهليز من هنا.

لم ننتبه إلا وهو آتٍ من باب الدهليز حاملًا الطبق الخوصي بين يديه، وقد مسح ما كان عليه من خبز وجبن ولفت:

ـ الطبق يا أولاد.

اصطدم بنا في وقفتنا في عمق الدهاليز، تقدم نحونا هاتفًا:

ـ يا صباح الخير يا اللي معانا.

لم يرد عليه أحد، رماه عمي أبو السعود بنظرة حراقة تقطر اشمئزازًا. وضع تراتيرو الطبق على الأرض:

ـ أنا سمعت أنكم مسافرون إلى المركز، قلت ما يصح أن أترككم تذهبون من غيري. أنا جاهز للسفر معكم حالًا.

لأول مرة في حياتي أرى عمي أبو السعود يفقد أعصابه ويتعفرت، صرخ فيه صرخة نفضته عن الأرض نشفت دمه:

ـ لا مركز ولا زفت، لا رايحين ولا جايين.

دفع عمي موسى، ثم دفعني، ثم مشى إلى حجرته يستغفر ربه ويتوب إليه. قال عمي موسى بغمزة ذات معنى:

ـ مع السلامة أنت الآن يا سي فرج.

سحبني فمضينا معًا إلى الزريبة، قابلتنا خالتي تفيدة في طريقها إلى حجرة عمي أبو السعود، تلكأت أمام أخيها:

ـ روح أنت يا فرج، لا تقف لنا هكذا على الصبح كالعمل الردي.

ـ ماشي يا أختي.

ارتد خارجًا. ودخلت هي إلى عمي. سمعناها تقول بصوت كمواء القطط:

ـ نفضها سيرة ونريح دماغنا يا أبو السعود أفندي، ما راح راح وانتهى، ماذا سنفعل بالصندوق الفاضي؟ سنجدد ما فات من عذاب ونحن ما صدقنا أن نسينا. يا ربي، لماذا أرجعته؟ يا ربي، يا ترى ماذا نويته لنا وكتبته علينا؟! إننا يا رب غلابة، يكفينا ما فينا، عوضنا عليك وخلاص، كلمة قلناها ولن نرجع فيها فأزح عنا المصائب سايقة عليك النبي وأهل بيته والإمام علي.

ـ بس يا ولية اسكتي.

ـ أعمل لك شاي يا اخويه؟

ـ اعملي.

ـ حاضر يا اخويه.

سبقها خارجًا إلى مصطبة الجنينة. إن هي إلا دقائق وجاءه عمي زكريا، ثم أبي، ثم عمي جبريل، فعمي موسى، فأنا والشيبة. جاءت

الشيخة تيسير بنت عمي زكريا، وضعت الطبليتين الكبيرتين أمامنا، وكانت رائحة فطير الذرة باللبن والقشدة قد فاحت من دويرة الفرن وفتحت شهيتنا. أخذت صواني الفطائر تتوالى قادمة من الفرن رأسًا. أثناء شرب الشاي قال عمي أبو السعود:

ـ يكون في علمكم، نحن لا نعلم أي شيء عن الموضوع ولا نريد أن نعرف، إذا فاتح أحدهم أحدكم في الموضوع فليشترِ منه دون أن يبيعه أي شيء.

أيده الجميع، قال أبي:

ـ سنجمع القطن بعد أيام.

ـ يلزمك أنفار طبعًا.

ـ لا تشغل بالك، سأتصرف.

قاموا وغادروا، اضطجع هو على المصطبة، فرك عقب السيجارة في الأرض، أغمض عينيه في غفوة، انطلقت خارجًا لأنتظر قدوم أبو حواس بالجرائد كي أعود بها إلى عمي.

## ٢٧
## مشروع محو الأمية

كان عمي أبو السعود أفندي قد أمضى شهورًا طويلة من العام الدراسي السابق يخاطب وزارة التربية والتعليم، داعيًا إلى فتح فصول جديدة في القرى طوال أشهر الإجازة الصيفية، لمحو أمية الذين فاتهم قطار التعليم. ولم يكن يدري أن الوزارة التي نامت على مكاتباته طوال تلك الأشهر، يمكنها أن تستجيب فجأة لبدء المشروع، وفي هذه الظروف العصيبة بالنسبة للعقالوة. أما وقد تلقى تعليمات ببدء تنفيذ المشروع ـ وعلى نطاق القرى كلها ـ فإنه قد انتفض في الحال من هزة الفرح بالعثور على عمل يستغرقه ويشغل وقته الطويل الممل، بدا كأنه قد صغر في السن عشرين عامًا، ما إن تلقى الإشارة حتى سارع باستدعاء ابن خالته الشيخ عرفات، شرح له موضوع النداء، شاركه في صيغته:

«يا أهالي بلدة الضبعة الكرام، أخيرًا جاءكم النور، ويسر الله لكم سبيل العلم بالمجان لكل من فاته قطار التعليم. من بعد غد السبت إن شاء الله ستفتح جميع فصول المدرستين الإلزامية والابتدائية، لكل

من يريد أن يتعلم القراءة والكتابة بالمجان، ولسوف يمنح الناجح شهادة محو الأمية، يمكن أن تفتح له أبواب الوظائف. يا أهالي بلدتنا الكرام، لا يجب أن تفوتكم هذه الفرصة النادرة».

ولكن الشيخ عرفات عندما بدأ النداء الفعلي في الشوارع أطاح بالصيغة المتفق عليها، وارتجل صيغة جاءت أكثر حيوية وطرافة وجاذبية، كأنها قطعة فنية تتوسل بالهزل تكريسًا للجد، وحيث إنه يعرف جميع البقاع الاستراتيجية في بلدتنا: مصطبة فلان في الشارع الفلاني، مندرة علان في الحارة الفلانية، وكذلك الأماكن التي يتجمع فيها الناس لأي سبب من الأسباب. فعند كل منها يتوقف، يتكئ على عصاه بيد، واليد الأخرى على كتف الصبي الذي يسحبه، إنه في حد ذاته فرجة، بجسده الضخم عريض المنكبين، جارم العظام، وجلبابه البيسة الأزرق الجربان، وطربوشه المغربي المبطوش فوق رأسه الأصلع كالزلطة، ثم يطلق عقيرته ببراعة استهلال لا بد وأن تجذب الآذان من أول وهلة، فتنصت إلى ما سوف يقول:

«يا أهالي الضبعة الكرام، باسم الله الرحمن الرحيم، «نون والقلم وما يسطرون»، هكذا يحلف الله بحياة الكتابة. و«اقرأ وربك الأكرم الذي علم بالقلم علم الإنسان ما لم يعلم»، هكذا يأمر الله نبيه وجميع المؤمنين بأن يتعلموا القراءة والكتابة، حتى لا يكونوا كالبهائم. فمن كان منكم يحب أن يكون بني آدم فليذهب إلى فصول محو الأمية في أي مدرسة تعجبه من المدرستين، من يوم السبت القادم إلى ما شاء الله، وسيأخذ شهادة يتوظف بها، أما من يتقاعس، فليبقَ طول حياته ثور الله في برسيمه».

حين تناهى صوته إلى عمي أبو السعود انزعج في البداية، لكنه سرعان ما انفجر في الضحك، فلما خرج إلى الخلاء فوجئ بالناس مهتمين بالأمر، راحوا يستفسرون منه عن مدى صحة المثل الشائع: «بعد ما شاب ودوه الكُتَّاب». فأدرك عمي أنه مطلوب منه جهود كبيرة، وبالفعل بدأها. بعد صلاة العصر استمهل المصلين قليلًا، ثم جلس بينهم وراح يشرح لهم كيف أن الله سيحاسب المرء على جهله يوم القيامة، فضلًا عما يراه في الحياة من شقاء نتيجة جهله، وكيف أن مجرد فك الخط يفتح أمام الإنسان سككًا سالكة للحياة، ثم حمل حملة شعواء على من ألفوا هذا المثل السخيف القائل: «بعد ما شاب ودوه الكُتَّاب»، اعتبره دسيسة شريرة، تريد للشعب أن يبقى راسفًا في أغلال الجهل طول حياته، فيتوقف نموه ويسهل على المستبدين اقتياده كيفما يشاءون كالأغنام، إنما الحقيقة أن الإنسان قابل لتلقي العلم في كل وقت وآنٍ.

انتقل إلى الجامع الكبير لصلاة المغرب فيه، عقب الصلاة ألقى نفس الدرس على المصلين بصيغة أكثر إيجازًا، أقوى تأثيرًا. في الحال انتقل إلى جامع سيدنا هارون في غربي البلد، حيث يتمركز كبار العائلات ووجهاء البلدة، ممن يوقرون عمي أبو السعود وجدي حسن وعمي زكريا توقيرًا عظيمًا، سعدوا به في الجامع، هيأوا له المجلس، ساعده المستنيرون منهم في توجيه كلمته بقدر هائل من الوضوح والفعالية، حيث كان الدرس عندئذٍ حوارًا حيًّا بين عقول، وإن جهلت القراءة والكتابة، وُهبت القدرة على الاستيعاب والفهم، بل إن بعضهم يتحدث بالفصحى الفطرية بالسليقة التي ورثها عن القرآن الكريم المتداول بينهم ليل نهار.

وفي صبيحة الجمعة امتلأ مسجد العقالوة عن آخره، وفرشت أرضية الباحة الخارجية بالحصر والأجولة، لاستيعاب أعداد هائلة من المصلين، جاءوا شغوفين بالاستزادة من المعلومات التي تقوي من عزيمتهم التي باتت واضحة الرغبة في محو أميتهم. يومها جلجل صوت عمي أبو السعود على المنبر يحث الناس على اللحاق بركب الحضارة والعلم الحديث، بعد إذ تحررنا من الاحتلال الأجنبي وحكوماته البغيضة. من فرط صدقه وحرارته وبلاغته، كان الناس مبهورين في نفس الحال من الورع الذي يعتريهم حين يعرج الخطيب على الحديث عن النبي وآل بيته الكرام، غير أن الحديث عن آل البيت كان هذه المرة كاشفًا للقوم عن حقيقة أذهلتهم، تلك هي أن الطريق إلى آل البيت لن يكون مفتوحًا إلا بمعرفة القراءة والكتابة، لقراءة تاريخهم، وقراءة القرآن، وأحاديث الرسول عليه الصلاة والسلام.

مساء السبت امتلأت فصول المدرستين عن آخرها بالبشر الراغبين في محو أميتهم، شبانًا وصبايا، رجالًا كهولًا وسيدات كبارًا، تم توزيعهم على الفصول وتسجيل أسمائهم في دفاتر رسمية، وبدأ المدرسون دروسًا تمهيدية عن أشكال الحروف الأبجدية وربطها بأشياء مألوفة للناس في الحياة، فالراء مثلًا شكل الهلال، والنون شبه الحلة وفي قلبها نقطة، وما إلى ذلك من تشبيهات. ولكي يخفف عمي العبء على المدرسين، وبخاصة الأغراب المقيمين في بلاد مجاورة ويجيئون بالركايب كل مساء، فرض على جميع طلاب بلدتنا من حملة الشهادة الابتدائية فما فوق، أن يأخذوا حصصًا على سبيل

التطوع في مشروع وطني كهذا. سارع بمخاطبة المديرية في طلب كمية من كراريس الوزارة، وإلى أن تستجيب الوزارة لطلبه فتح باب التبرعات في صلاة الجمعة في جميع مساجد البلدة، كل واحد يضع فوق المنديل المفرود قرشًا أو حتى مليمًا. في صلاة العصر كانت الحصيلة مبلغًا لا بأس به، تم انتخاب لجنة من أعيان البلدة، سافرت إلى دسوق، واشترت صفقة من الكراريس، وأقلام الرصاص ذات الأستيكة منه فيه، وبرايات، تم توزيعها على طلاب محو الأمية.

بدأ التدريس عمليًا، المدرس يكتب الحروف الأبجدية على السبورة بالطباشير بالخط الثلث الكبير مرة، وبالنسخ مرة، وبالرقعة ثالثة، تحت بعضها، وهم ينقلونها بخط أيديهم في الكراريس مع ترديد أسمائها في تتاليات التشكيل وصوتياته وعلاماته: الفتح والكسر والضم والتسكين. كان جميع الطلاب كبارًا وصغارًا فرحين جذلين بنطق الحروف، إذ يستكشفون عالمًا جديدًا من خلالها.

كنت سعيدًا لأنني كلفت بجدول مكون من ثلاث حصص كل يوم في المدرسة الابتدائية، في مرحلة تحويل الحروف إلى كلمات وأسماء. كان عمي أبو السعود لا يكف عن التجوال بين الفصول في المدرستين، يفتش ويبدي الملاحظات ويمتحن ويصحح ويشجع، يداعب الفلاح بقوله:

ـ بكرة تنجعص وتقرأ الجرنان بنفسك.

وللصبية الفلاحة بقوله:

ـ إن شاء الله تبقي ست بيت يتمناكي ناس محترمين، وتخلفي عيال محترمين.

وللشاب:

ـ بكرة تلاقي وظيفة عايزة قراية وكتابة.

كل ذلك وهو يرتدي بدلته العتيدة العتيقة، يتصبب عرقًا، والمنديل الأبيض في يده صار مسود اللون.

رغم أن الدراسة مسائية، فإن عمي حريص على الذهاب إلى مكتبه صباح كل يوم لاستقبال رسائل من المديرية، أو إرسال مكاتيب إليها. ثم إن مكتبه في المدرسة يحتل موقعًا ساحرًا، تحيطه أشجار التوت والصفصاف وذقن الباشا، يغري بالجلوس لوقت طويل، خاصة أيام القيظ. وقد اعتدت بمجرد أن أصحو من النوم أن أجيء إليه في المكتب، لعله يحتاجني في أي مشوار، أو يعهد إليَّ بكتابة بيانات دفترية، أو أقرأ عليه أخبار الجرنان المطبوعة ببنط دقيق يزغلل عينيه.

## ٢٨
## ظهور بدر اليمن

في عز اندماجنا في مشروع محو الأمية، وأبي وعمي موسى يمضيان الليل في تدبير أنفار لجمع القطن في أرضنا، جاء شيخ الخفراء إلى دارنا، وقال لعمي أبو السعود إن العمدة يريد أن يشرب الشاي عندنا. أهلًا وسهلًا، مرحبًا. بعد صلاة العشاء استقبله عمي أبو السعود على مصطبة الجنينة تقديرًا لخصوصيته، باعتباره صاحب بيت وليس ضيفًا تلتقيه المندرة، ثم إن عمي أبو السعود استشعر أن في الأمر ما يستدعي السرية، فابتعد عن المندرة وما قد تتلقاه من مفاجآت بضيوف وافدين يعطلون البوح والتشاور المكين.

شرب العمدة الشاي وقبَّل يد جدتي معزوزة طالبًا منها الدعاء له، فكان له ما أراد في الحال. قال العمدة لعمي إن السيد ضابط النقطة تحرج من استدعاء عمي خشية أن يكون المشهد غير لائق في نظر الناس، فطلب من العمدة أن يزور عمي ليشرب معه الشاي، ويبلغه بأن الست حرمكم تفيدة هانم سليم الفرغاني مطلوب منها الذهاب

إلى مديرية الأمن، لكي تتعرف على صندوق المجوهرات الأميري الذي كان ضاع منها ولقيه البوليس.

قال عمي أبو السعود في دهشة بالغة:

ـ مديرية الأمن حتة واحدة؟! يا أخي قُل المركز تكون مبلوعة.

هكذا كررها عمي على مسامعنا وسط الليل وهو يحكي لنا ما دار بينه والعمدة. ولكي يقنع خالتي تفيدة بضرورة السفر معه بدون مناهدة قال إن العمدة مال على أذنه هامسًا بلهجة خطيرة:

ـ يظهر أن الموضوع كبر أكثر مما هو كبير من حاله، وأنا شممت خبرًا بأنهم أمسكوا بالولد الذي سرقه من السارق الأصلي. المهم أن التحقيق يتم بمعرفة رئيس مباحث المحافظة، لكي تروح القضية إلى النيابة جاهزة من مجاميعه.

برغم هذه السرية انتشر الخبر في البلدة كلها بسرعة البرق، حتى الأطفال قد سمعوه ورددوه. كان عمي أبو السعود قد رتب للسفر إلى كفر الشيخ بعد غد، نبه على خالتي تفيدة بأن تكون مستعدة نفسيًّا وبدنيًّا من الآن لمواجهة ما قد يتمخض عنه الأمر من مفاجآت صادمة أو قاسية.

وفيما كان عمي جالسًا إلى مكتبه في ضحى اليوم التالي لوصول خبر الاستدعاء، وأنا جالس أمامه على الكنبة الجلدية، في مواجهته باب الفراندة مفتوح على الأشجار، قد انتهى من تصفح جريدة الأهرام وأزاحها نحوي فتناولتها لأتصفحها بدوري، فإذا به يرفع رأسه مسددًا بصره على الشجر، عاقدًا ما بين حاجبيه في تكشيرة مفاجئة غاضبة، جعل يغمغم:

ـ عجايب! الولية دي إيه اللي جابها هنا؟!

نحيت الجرنان ونظرت، إنها بدر اليمن الملّاية، اسمها هكذا: «بدر اليمن»، في حوالي الستين من عمرها لكنها عفية من كثرة المشي ودوام الشقاء. كان عمي أبو السعود محقًّا في تكشيرته الغاضبة، ذلك أن هذه المرأة كانت الملاية الخاصة بدارنا، وفجر كل يوم تبدأ في نقل بلاليص المياه من حنفية المكرر القريبة من جرن العقالوة، عشرين نقلة في اليوم أو أكثر، لشربنا وطبيخنا وخبيزنا واستحمامنا وغسيل ثيابنا، أما الزرع فيشرب من ترعة خلاف، على مرمى حجر من الجنينة بواسطة قناة رفيعة متصلة بشادوف ـ وأحيانًا طنبور. وكانت بدر اليمن تأكل وتشرب من دارنا، وتكتسي بهدومنا، وفوق ذلك تأخذ بعض أقداح من المحاصيل، إلا أنها تمردت علينا فجأة بغير سبب مفهوم، أصبحت تتململن، تجيء يومًا بعد يوم ثم انقطعت نهائيًّا. كان ذلك ـ تقريبًا ـ بعد اكتشافنا ضياع صندوق خالتي تفيدة بعدة أشهر، ويبدو أنها استشعرت أننا بتنا نشك فيمن يتعاملون معنا عن قرب، يبدو كذلك أن واحدة من نسوان الدار آلمتها بكلمة أو لوحت باتهامها.

ها هي ذي تقترب من باب الفراندة، ثم تظهر بحجة أنها تسقي أصص الزرع في أركان الشرفة، إلا أن من الواضح أنها تتلكأ لعل أحدًا منا يناديها، برطم عمي أبو السعود:

ـ هذه الولية تريد قول شيء.

ـ أناديها؟

ـ لا تعبرها.

ثم أضاف كأنه يعتذر عن هذه القسوة:

ـ ولية خسيسة، ما عدت أعطيها الأمان.

أهملتها وانصرفت إلى تصفح الجرنان، لكنها تجاسرت شيئًا فشيئًا حتى صعدت درجات سلم الشرفة ثم اقتربت من الباب.

ـ اتصبحوا بالخير، إزيك يا أفندي؟

ـ أهلًا، إنتِ إيه اللي حدفِك علينا هنا؟!

ـ الفراش بتاعكم طلبني لأسقي الزرع.

زام وهو يسلقها بنظرة فاحصة بارقة كأنه يراها لأول مرة.

ـ وسقيتيه؟! شكرًا. أعطينا عرض أكتافك.

ـ جئت أقول لك ألف مبروك.

ـ على إيه إن شاء الله؟!

ـ رجوع الأمانة، علبة المجوهرات. أهي رجعت لكم كما يقول الناس. ألف مبروك: الحمد لله أن ربنا يبيين الحقيقة وينصف المظلوم اللهم الـ...

ـ من هو المظلوم يا ولية؟

ـ أنا يا سعادة البيه.

ـ يا ولية هل لمسك أحد؟! هو تلقيح جتت؟! أنتِ التي قطعت رجلك عنا وتبطرتِ على النعمة.

ـ اسألني لماذا قطعت رجلي!

ـ لماذا؟!

ـ امرأة أخيك اتهمتني، والست تفيدة تبص لي بصة توجعني، وعيالكم البنات يمشين ورائي في الدار خطوة بخطوة، وأنا بني آدم من دم ولحم.

بقي محملقًا فيها لبرهة ثم صاح بها في نظرة ثقبت عينيها:

ـ إنتِ يا ولية، ما زلت تملئين للست ست عمره؟!

وبقيت نظرته كالمبرد تغوص في عينيها تشرخهما، فارتبكت وانخضت، اضطربت الألوان على وجهها.

ـ نصيبي، لكن خلاص، ما عدت أملأ لها، الله الغني عنها، ست غدارة وعشرتها صعبة. على العموم كل واحد منه لله، ربنا لا يسكت على الظلم ومصيره يكشفها هي الأخرى بما فعلت في الناس.

ـ طيب اتكلي على الله، ربنا يسهل لك.

ـ فتك بعافية.

مشت، اختفت تمامًا من الحديقة. أشعل عمي سيجارة واندمج في تفكير عميق، لدرجة أن عروق جبهته وفوديه كانت تنتفخ وتخفق، أكاد أرى الدم يتدافع بداخلها صاعدًا. فرك السيجارة ونادى الفراش، أمره بأن يكلف بدر اليمن بسقي الزرع كل يوم، وأنه يريد أن يراها بنفسه يوميًا طوال الأيام المقبلة.

## ٢٩
## الماحقة

إزاء إصراري على مرافقتهما وافق عمي أبو السعود، ثم استحسن فكرة وجودي معهما، وإن كنت سأكلفه ثمن تذكرة كاملة في القطار. كانت خالتي تفيدة قد انطفأت، انكسرت نفسها، بدت ذليلة مهانة كأنها تعيش مكرهة. هزال جسمها أتاح لها ارتداء الملابس العريقة الفخمة التي لا تزال تنضح جدة وأصالة من بقايا هدايا الأميرة. شكلها كان محترمًا حقًا وهي تطرح الشال القطيفة على كتفيها النحيلتين، وتحيط وجهها بالإيشارب الحريري بنفسجي اللون.

توجهنا إلى مبنى المديرية، تقدمنا عمي أبو السعود، فصعدنا إلى الطابق الثاني حيث يوجد مكتب رئيس المباحث. استقبلنا الرجل في ترحيب يتسم بالحرارة. تمعن فيه عمي قليلًا ثم صاح فيه:

ـ حضرتك من سنهور؟

قال الضابط مع هزة من رأسه باسمة:

ـ نعم، وكان عمي زميلك في كفاءة المعلمين.

جيء لنا بالشاي، جيء بمن سيكتب المحضر ليُفتح المحضر.

٢١٥

جيء بالصندوق. يا إلهي! تحفة مبهرة تخطف القلب من بعيد، مهرجان من الألوان الزاهية المتناسقة كأنها الموسيقى. فلما صار بين أيدينا حزنت قلوبنا على ما أصابه من تشوهات إجرامية، لقد عبثت به أسلحة المطاوي والسكاكين والمفكات والكماشات، في محاولات فاشلة لخلع الفصوص الكبيرة الثمينة من تعشيقاتها، فأزيل بعضها وانكسر البعض الآخر، وتفلق الخشب في شروخ خفية كالعاهات. رفعنا غطاءه، نفس التشوهات في البطانة الذهبية، حروف مبتورة من اسم خالتي تفيدة، اسم الأميرة باقٍ على حاله ولكن من الواضح أنه تم ترميمه بعد تشوه ولكن بشكل غبي، إذ ألصقت حروف بعد نزعها. ويبدو أن الصندوق تنقل بين عدد من الأيدي الآثمة، وأن هناك من انتبه إلى ضرورة بقاء اسم الأميرة كاملًا عليه بوضوح لتبقى قيمة الصندوق ثمينة وأثرية.

دموع خالتي تفيدة تدفقت على يدها وغمرت الصندوق، فبدا كأنها تحمل بين يديها جثمان وليدها بعد قتله والتمثيل بجثته. كان منظرها تعيسًا، بائسًا، مؤلمًا، لدرجة أنني لم أستطع منع نفسي من البكاء بصوت متهدج.

ـ يا ست تفيدة، هل هذه هي علبة مجوهراتك؟

بكل صعوبة هزت رأسها بالموافقة، فلما رأته لا يزال ينتظر جوابًا مسموعًا حاولت التحكم في شفتيها:

ـ نـ... نعم. هي بعينها.

راح يملي على من يكتب أن الست تفيدة سليم الفرغاني، الشهير بـ«تراتيرو»، عاينت العلبة جيدًا وأقرت أنها نفس علبتها التي كانت

قد أبلغت عن سرقتها في المحضر رقم كذا وبتاريخ كذا، ثم التفت ناحية خالتي تفيدة مستدركًا:

ـ يا ريت يا ست تفيدة تتماسكي وتهدئي حتى نعرف نتكلم بوضوح.

ولأنها لم تكن تصلح لأي سين وجيم بأي درجة، فإن عمي أبو السعود قد ناب عنها في الإجابة عن كل الأسئلة المتعلقة بكيفية حصولها على هذه الهدية من الأميرة، وكيف تمت سرقتها وفي أي ظروف، ومن هم أعداؤها أو حسادها أو خصوم العائلة و... و... و... إلى أن انتهى تحرير المحضر، واسترد الصندوق ليتم تسليمه بمعرفة النيابة بعد انتهاء كافة الإجراءات.

أخيرًا وبعد توهان طويل، نجحت خالتي تفيدة في أن تنطق بشيء من الواضح أنه كان كابوسًا يؤرقها ويكتم أنفاسها:

ـ عدم المؤاخذة يا سعادة رئيس المباحث، أحب أن أعرف من الذي سرقني وكدَّر عليَّ شبابي ومرر طعم حياتي.

كان رئيس المباحث يرمقها في إشفاق:

ـ يا ست تفيدة إنه ليس لصًّا واحدًا، إنهم حلقة متصلة، واحد أخذه من واحد وأعطاه لواحد، وهكذا. الحمد لله أمسكنا بآخر واحد، وإن شاء الله كل شيء سيتضح.

خلال دموعها الهائلة:

ـ كان مليان بمجوهراتي يا أستاذ، أشكال وألوان حرمت من التمتع بها.

ـ نحن أمسكنا الصندوق بالصدفة. واحد مرشد سياحي ذهب

يبيعه لواحد تاجر عاديات وآثار مشهور، التاجر شك في أن يكون المرشد السياحي مرشدًا، فتأكد أن الصندوق مسروق، فأبلغنا. عملنا له كمينًا وقبضنا عليه وهو يقبض الثمن من فلوس الشرطة. وأخيرًا استطعنا أن نعرف من أين أخذه المرشد السياحي المزعوم.

هتفت خالتي تفيدة:

ـ من هو إلهي ربنا يستركِ؟

تبسم رئيس المباحث:

ـ سنعرف حالًا. والآن بعد إذنكم، سنطلب منكم أن تمثلوا معنا مسرحية صغيرة.

قال عمي في مرح مفاجئ:

ـ نمثل، ما نمثلش ليه؟

وقف رئيس المباحث متقمصًا شخصية المخرج:

ـ حضرتك والمدام والأخ تقفون بعيدًا وتمثلون أنكم متهمون، وجوهكم في الأرض من الكسوف والخوف، ماشي؟

ـ ماشي.

وقد فعلنا. منظر عمي أبو السعود وهو يمثل دور المتهم المقهور واضعًا ذراعيه فوق بطنه متقاطعتين، كاد يصيبني بنوبة من الضحك، لولا نجاحي في قمعها بالإطراق إلى الأرض وإغماض عينيَّ. صاح رئيس المباحث في طلب المتهم عبد السميع المنقراوي. رفعنا أنظارنا في تحفز، دخل مكبلًا بالحديد من خلف ظهره، رجل قصير القامة نحيف سفروت. وكان رئيس المباحث قد وضع علبة

المجوهرات فوق مكتبه بشكل بارز جاذب للنظر، فما إن لمحه المتهم حتى صاح:

ـ أهوه، هو دا كنزي، بتاعي.

قال رئيس المباحث:

ـ بص فيه جيدًا.

ـ أعرفه من غير بص، إنها عشرة عمر، كم سنة وهو في حضني أتفرج عليه كل يوم وأخفيه، كنت أستخسره في البيع لكن منه لله مطرح ما راح.

ـ يعني هذا هو الكنز الذي أعطيته أنت للقتيل زقلة أبو زربة تاجر المواشي؟

ـ هو بعينه.

ثم أضاف بعد هنيهة:

ـ يعني ظهر الكنز يا بيه، كنتم تتمقلتون على الكنز، تظنونني أخرف! عدم المؤاخذة، لقيتوه عنده طبعًا؟!

قال رئيس المباحث في تمثيل متقن:

ـ لقيناه باعه لهؤلاء المغفلين.

وأشار إلينا فاحمرت وجوهنا من غضب.

انعوج عبد السميع المنقراوي وطرح فوقنا نظرة كأنها سحابة سوداء هبطت فوق رؤوسنا، هز رأسه وزام بلهجة ذات معنى. تجاسر واقترب منا متفحصًا خالتي تفيدة على وجه التحديد، ثم وجه عمي زام مرة أخرى، هز رأسه بحركة من يريد القول بأنه كشف التمثيلية من أساسها، لكنه مع ذلك عاد إلى المكتب بحركة استخفاف واستهزاء:

٢١٩

ـ وماله! ماشي على كل حال، لكن ما تآخذنيش يعني، متهيألي إن الست دي هي صاحبة الاسم المكتوب جوه الصندوق، يعني لزمًا تكون أخت الأميرة في الرضاعة، لأن ملبوسات حضرتها ملبس أمراء من غير مؤاخذة.

ـ لا مفتح يا واد، طبعًا، صاحب دفتر سوابق: سرقة ونصب وختمت بالقتل.

ـ كل واحد يأخذ نصيبه يا بيه.

ـ لكن بما أنك راجل مفتح وذكي، وعرفت صاحبة الصندوق، فلا بد أنك تعرف من الذي أعطاك هذا الصندوق، من أين جئت به؟ صندوق عليه شارة ملكية واسم صاحبته، كيف يصل إليك؟ إما اشتريته أو سرقته.

ـ صراحة ربنا، لا اشتريته ولا سرقته.

ـ إذن كيف امتلكته؟

ـ واحد صاحبي ابن سوق له فيَّ عشم، يعني أني لا آكل من الأونطة ولا تأكل مني الأونطة، أقدر أحمي من يلوذ بي قال لي: «الصندوق هذا مثل التهمة، ولصوص بلدتي طمعانين فيه ويطاردونني في كل سفر وربما قتلوني ليأخذوه، فخليه عندك أمانة حتى نشوف له صرفة».

أنا كنت أعرف زقلة أبو زربة من زمان، دارهم كانت تحتها طربة أثرية، يغرفون منها ويبيعون لبتوع السياحة: مساخيط، على جثث، على صناديق، على مجوهرات وعملات. قلت: بس، زقلة أبو زربة هو القناية التي تصرف. ما رأيك يا ابو زربة؟

قال: «أشوفه». شافه اتهبل، قال: «خليه عندي مدة طويلة». ليه يا عم؟ قال: «طيزه ثقيلة في البيع، يحتاج لترتيب حتى لا ينكشف أمره». قلت: ماشي. فاتت سنة، اثنين، ثلاثة، خمسة. لا حس ولا خبر. آخر المتمة كذب عليَّ وادعى أنه دفنه في المزرعة فانسرق. ما أكلت من هذا الكلام طبعًا، وصاحبي صاحب الصندوق أجارك الله منه، قلبه بارد يحرق دولة بحالها لتوليع سيجارة، أروح منه فين؟ وأنا؟ كيف تأكلني الأونطة؟! حلفت لأخلصن عليه هو وزوجته وأدخل الدار آخذ منها ما يعوضني، فإذا ببنت الكلب امرأته واقفة فوق دماغي.

ـ وبعدين؟

ـ ولا قبلين.

ـ من إذن هو صاحب الصندوق والدم البارد؟

ـ واحد وخلاص.

ـ على كل حال نحن عرفناه وقبضنا عليه فجر اليوم، ستراه بعينيك الآن.

وأشار بأن نعود إلى كراسينا، فعدنا. قال عبد السميع في تشكك:

ـ ولكن كيف عرفتموه؟ أحب أن أفهم.

ضحك رئيس المباحث ساخرًا:

ـ المسألة كلها عائلية! من كان يدعي أنه مرشد سياحي ليبيع الصندوق لتاجر الآثار هو يسري أبو زربة، شقيق القتيل زقلة أبو زربة، هذه واحدة. الثانية: الذي أعطاك الصندوق له ملف عندنا، راقبناه يوم القبض عليك، المخبر بتاعنا كان في قفاه

وهو واقف يولول مع صاحبه ويقول: «العوض على الله في بتاع الناس».

شككنا فيه أكثر، رجعنا إلى قضية قديمة كان فيها مضروبًا بالرصاص في رقبته، وكانت المعركة بسبب هذا الصندوق. وأنت كنت معه ليلتها، وبالأمارة قال لك: «خذ الأمانة إنت واجر». سمعه ورآكما الشاهد الذي نقله إلى المستشفى وأدلى بأوصاف تنطبق عليك. وبالطبع لا بد أن تكون تلك الأمانة هي هذا الصندوق، صح الكلام؟

هز عبد السميع كتفيه في استخفاف ولا مبالاة. ضغط رئيس المباحث على زر، صاح:

ـ هات الرجل الذي قبضتم عليه فجر اليوم.

إن هي إلا دقيقة وفوجئنا بالداخل، لم يكن إلا غازي داود، خال العقالوة كلهم، يا للعار! انكمش عمي في نفسه لدرجة أنه على ضخامته بدا كزكيبة، كانت ممتلئة بالهواء ثم فرغت منه فانصفطت. أما خالتي تفيدة فصارت كالفأر في مصيدة، لا تني تتلفت حواليها في ذهول، كأنها تقيس حجم الفضيحة، عود من القش صارت هي، ثمة من يعصره، أمن العرق أم الدموع كل هذا الانهمار؟ أخشى أن يصيبها صرع بعد برهة.

غازي داود تجاهلنا تمامًا، تقدم من رئيس المباحث بخطى ثابتة، على شفتيه نفس الابتسامة المقيتة تحت شارب كصرصار متمدد الجناحين. أشار رئيس المباحث إلى الصندوق:

ـ تعرف هذا الصندوق طبعًا.

الهواء المسحوب يشنشن في جدران حلقه المثقوب، يستعين به الحلق ليطرد صوت الكلام وهو يطرد الهواء مع الزفير:

ـ طبعًا صندوقي.

هكذا بكل بساطة وصفاقة وقوة.

ـ صندوقك من أين؟!

ـ اشتريته بحُر مالي.

ـ من الذي باعه لك؟

ـ أمها.

وأشار بذراعه إلى خالتي تفيدة.

ـ أمها؟! أمها مين يا راجل انت؟!

ـ أمها ست عمره.

خالتي تفيدة وقعت مغشيًا عليها، إلا أنها سرعان ما أفاقت بمجرد أن تلقاها عمي بين ذراعيه وربت على خديها بكفيه.

ـ إذا كنت اشتريته بحُر مالك، ما الداعي لأن تهرب به ويطاردك اللصوص؟! من هم؟

ـ رجالة أخيها عدم المؤاخذة.

ـ أخوها من؟!

ـ محمد أفندي عمرو، أصله من أمها، هو لما علم بأني اشتريته جاءني وقال لي هاته ولا داعي للفضايح وخذ ثمنه.

ـ ولماذا لم تفعل؟

ـ لا، أنا تايه عنه؟ إنه سيبيعه بالغالي، ما شاء الله سككه واسعة ومعارفه أوسع. قلت له أنا أولى بيه وابعد عني أحسن لك،

وعينك ما تشوف إلا النور، كل يوم والتاني ناس تنط عليَّ جوه داري وتفتش، ناس تطاردني كل ما أسافر، الرصاصة التي أكلت تفاحة آدم من تحت ذقني وطارت، ضربها واحد منهم سوف أضربه مثلها بعون الله، هذا الصندوق ثمنه يزداد غلوًّا كل يوم، هو الآن يساوي عمري كله.

ـ وما صلتك بعبد السميع المنقراوي قاتل زقلة أبو زربة؟

ـ شريكي.

ـ في ماذا؟

ـ في كل شيء: بيع وشراء، نبيع أي شيء ونشتري أي شيء.

ـ من الذي كان معك ليلة أن ضُربت بالرصاص؟

ـ كنا ثلاثة نحب المشي دائمًا مع بعضنا: أنا ومختار الشربتلي والمنقراوي.

سأله عما حدث ليلتها بالتفصيل فحكى، لكن دماغي كان قد انفصل تحت تأثير الصدمات العنيفة المتوالية، أفقت من دوخة، كان رئيس المباحث مسلطًا عينيه على غازي داود، متفكرًا كأنه يتأمل في إحدى عجائب الدنيا السبع: رجل بلا حنجرة ويتكلم أسرع من أصحاب الحناجر القوية، مما يشي بقوة جبارة في القلب والرئتين معًا.

ـ تعرف طبعًا أن من يشتري شيئًا مسروقًا يعامله القانون كاللص؟

ـ أعرف طبعًا، كيف لا أعرف؟

ـ وما دمت تعرف، فلماذا فعلت؟!

ـ وما يدريني أنه مسروق؟! وأنا اشتريت من امرأة محترمة واسمها

على كل لسان، يعني تعتبر من الأعيان، يعني الشك فيها عدم المؤاخذة قلة أدب.

ـ ألم تسألها من أين أتت بالصندوق؟!

ـ ولماذا أسألها وأنا أعرف أصله وفصله؟!

ـ ألم تقرأ اسم الست تفيدة على...

ـ عدم المؤاخذة لا أعرف القراءة.

ـ ألم يقرأه لك أحد؟

ـ حصل، لكن يا داخل بين البصلة وقشرتها ما ينوبك إلا صنتها. تصورت أن الأم سر بنتها، ولربما تكون البنت تنازلت عنه لأمها، أو لعل الأم تبيعه نيابة عن بنتها. وفي النهاية شغل هو أم بحلقة من غير مؤاخذة؟!

حملق فيه رئيس المباحث في مزيج من الحيرة والدهشة والاستفزاز. لهفي على عمي أبو السعود أشجع رجال بلدتنا، ها هو ذا قد صار أثرًا بعد عين كما تقول نصوص المحفوظات. يا ربي إنه يبكي، يا للكارثة! عمي أبو السعود أفندي عقل، معلم بلدتنا لأجيال كثيرة، يبكي هكذا كطفل يتيم مقهور لا حول له ولا طول؟ فلتخرب الدنيا ولا أراه في هذا المشهد المزلزل.

لكِ الله يا خالتي تفيدة، لم يعد لكِ ثمة من وجود في الثياب، مجرد شبح أو خيال لفتلة خيط بيضاء، طالعة من طوق الفستان تتمرجح في الهواء، بين ثقبين أسودين كعينَي البومة، تفح ظلمة وحكمة في آنٍ معًا، لعلها حكمة السديم مضافًا إليها خبرة الأديم الذي نبت فيه أبونا آدم عليه السلام.

هكذا يؤوب قتال البشرية على طول الزمان إلى عدم حي، عدم يفكر مع ذلك، يشخص نفسه بنفسه في نفسه عن عمد، وبقوة جبارة لعلها صحوة الشعور بفداحة المآب، فداحة أن نعيش حياة يؤمها الشر وتقودها الخسة والوضاعة والأنانية وأمراض التسلط والتملك. كل هذا التشخيص رأيته في عينَي خالتي تفيدة، فكرت من فرط الروع أن أطرشق وأتناثر شظايا.

أصابني الرهك، غفلت عن متابعة شهادة مختار الشربتلي، وإن كنت أذكر أني انتبهت لبعض جمل وكلمات أشعرتني بأنني قد سمعت هذه الشهادة من قبل.

لن أنسى ما حييت رقة هذا الضابط رئيس مباحث كفر الشيخ آنذاك وائل جليل الربيعي، كان مثقفًا ومؤدبًا ورجل شرطة واسع الأفق في تطبيق مفاهيمه، وكان حليمًا يضبط نفسه عند الغضب. يومها أدرك ما نحن فيه، فقدر موقفنا وعمل على إزالة الكابوس عنا قبل انصرافنا، أعطى لخالتي تفيدة أقراصًا لعلها أسبرو، وأمر لها بليمون، ولنا بشاي، قال وهو يعزم على عمي بسيجارة:

ـ لن يهدأ لي بال إلا بعد أن أعرف كيف انتقل الصندوق من دولاب الست تفيدة إلى دولاب أمها ست عمره. هل سرقه أحد لحسابها؟ حرضته مثلًا ورسمت له الخطة؟ غررت بواحد قليل الوعي من المتصلين بكم؟ سرقته هي بنفسها؟ كل هذا إن شاء الله سيبين قريبًا جدًّا.

اعتدل عمي أبو السعود وقد ردت الدماء قليلًا إلى وجهه، كان الدخان يخرج من منخريه كالقطار السريع، كأن سحب الدخان

المتدفقة أفكار عرقانة تالفة، يزيحها عمي عن نافوخه، ليمسك بالجوهر الثمين، قال ببساطة وثقة تنضحان أسفًا عميقًا، لكنه أسف زكي الرائحة بما فيه من العرق الإنساني الصرف:

ـ اسمح لي سيادتك، أنا الآن فحسب، في هذه اللحظة، عرفت بالضبط من هي التي سرقت الصندوق لحساب ست عمره وبتحريض منها، وتدبير.

هتف رئيس المباحث بلهفة، كذلك دبت الحياة في عينَي خالتي تفيدة.

ـ من هي؟!

ـ الولية الملاية، بدر اليمن.

نطت الروح في حلق خالتي تفيدة كأنها كانت محبوسة في حنجرتها منذ مدة، فتوزعت كهرباؤها على جميع أنحاء جسدها، ففي الحال دبت فيه الحركة واستضاء بل صارت قادرة على أن تشهق وتصرخ وتتكلم بوضوح وانفعال حاد:

ـ بنت الأبالسة، طول عمري وقلبي يشاور لي عليها، نعم هي، أنا متأكدة.

نقر رئيس المباحث بسن القلم على زجاج المكتب:

ـ عندك دليل محدد يا أبو السعود أفندي؟

ـ ما عندي، ولكن متأكد، وأراهن.

ـ بسيطة، نقبض عليها.

نفضت خالتي تفيدة ذراعها كأنها تستغيث:

ـ في عرضك، ما في داعي.

ـ ما في داعي يعني إيه؟!

ـ أنا متنازلة عن القضية، أنا من وقت قريب عرفت أن ذهبي عندها، شفته بعيني على صدر خطيبة ابنها. إنما ماذا سنأخذ من القضية سوى مزيد من البهدلة وقلة القيمة؟ ذهبي سيعود؟ لا. صحتي سترد؟ يا اخي دهده. سأرى الفرح ثانية؟ فات الأوان.

اعمل معروف يا سعادة البيه، اقفل لنا هذه القضية بأي شكل. إلهي يستركَ، أبوس يدك؟ حتى الصندوق لا أريده، يغور في ستين داهية، ماذا سأفعل به؟ أبيعه؟ يا دي الفضيحة! أتفاخر به؟ على من؟ ووسط من؟ الزمن تغير يا سعادة البيه، ومن كان فوقًا أصبح تحتًا، وما كان مصدر فخر أصبح مسخرة ونكدًا. أحطه في دولاب الفضيات يعطي منظرًا؟ جت الحزينة تفرح ما التقت لها مطرح.

قال رئيس المباحث متأثرًا:

ـ هدئي نفسك يا أمي، على كل حال أنا في غاية الأسف، أرهقتكم كثيرًا. تفضلوا أنتم وما يفعله الله سوف يكون.

نهض عمي واقفًا:

ـ عاجزين عن الشكر.

صافحنا، ودعنا إلى الباب متمنيًا لنا السلامة.

# التحرر من التاريخ

فلتبقَ القضية إذن معروضة على الحكمة ما شاء الله لها أن تبقى، فنفَس المحاكم طويل والعدل غير مطبق على القضاة أنفسهم، فكيف نطالبهم بسرعة التقاضي كما يقول عمي أبو السعود؟

قد يوفق محامينا الأستاذ حامد عبد العزيز وقد لا يوفق في تقفيل القضية، وفصلها عن قضية مقتل زوج خالتي توحيدة زقلة أبو زربة. سيان الأمر على كل حال، على رأي عمي زكريا، سيما وأننا لن نقبل مقاضاة ست عمره. لقد هدأت خواطر أبي وتفرغ لجني القطن في أمان الله، بعد إذ عرف الحقيقة وتأكدت فطنته وفراسته في الربط الذكي بين خاله غازي داود وعبد السميع المنقراوي.

كان الزمن يمشي بنا رأسيًا بالعمق، لدرجة أن تغيرات وتحولات مذهلة قد حدثت في حياة العقالوة في بحر أيام قليلة جدًا. مكث عمي جبريل أيامًا كثيرة شبه ذاهل شارد اللب لا يقرأ، لا يبحث عن آخر نكتة بعد أن قال الزمان نكتته الكبرى في حياتنا، كان ثمة شعور بالعار

يكاد يعصف بكبريائه ويوقف روحه المعنوية عن مواصلة الغزل في النسوان من زبوناته.

الوحيد الذي بدا وكأنه ضاربها صرمة قديمة هو عمي موسى، بقي كما هو، ذلك الولد العايق، يسحب بهائمه عصر كل يوم ليسقيها ويحممها في ترعة خلاف، فيما يرقع بالموال، هنا فحسب حدث التغيير فيه، مواويله أخذت منحى مختلفًا، فبعد أن كانت حمراء بلهيب العشق ومرارة الحرمان من ريق الحبيب، أصبحت تندد بالخسيس وبالنذل الذي إن قدر لا يعفو، وبالدنيا المغرورة التي لا يقع في أحابيل غواياتها سوى الأخساء ناقصي المروة... إلخ.

جدتي معزوزة أضافت إلى فجرها وِردًا جديدًا، تبتهل فيه إلى الله بأن يسامحها على غلطتها في حق خالتي تفيدة وأخيها فرج تراتيرو، لدرجة أن خالتي تفيدة من فرط تأثرها بحالة الندم التي تعانيها حماتها، استردت صحتها بإرادتها القوية، لا لشيء إلا لكي تكون صادقة إذا ما قالت لحماتها: «ما اني حلوة أهه وزي الفل، مزعلة نفسك ليه بس؟».

ذلك أن شعور جدتي معزوزة بالذنب كان نابعًا من شدة إحساسها بأنها اشتركت، دون أن تدري، مع ست عمره في إذلال خالتي تفيدة وقهرها حتى تدهورت صحتها.

خلال جمع القطن جاءت عماتي وأقمن معنا في الدار بعيالهن، ويمر أزواجهن آخر الليل لأخذهن. هن في العادة يأتين بذريعة المساعدة في شغل الدار وإطعام الأنفار الجميعة وخدمة الرجال، فيما هن في الواقع ـ وربما بتحريض من أزواجهن ـ جئن لمراقبة محصول القطن، لتقدير حجم أنصبتهن منه على أي نحو يكون.

ما يكيدني أنهن يدعين بإصرار غبي أنهن غير محتاجات لأي شيء، إذ إن أزواجهن، ربنا يعطيهم العافية وطول العمر، يكفونهن من كل شيء.

نسي فرج تراتيرو طرد جدتي له، استأنف تطفله الغريزي على موائدنا وقتما يشاء.

لعل أهم ما حدث من تغيير في هذه الأيام القليلة التي لم تكمل شهرًا، هو عودة النضارة إلى وجه خالتي تفيدة. عاد إليها استقرارها النفسي، قالت إنها تخلصت من جبل كان مربوطًا في كتفيها.

وذات ليلة من أيام جمع القطن، وفي ظل الفرحة بجودة المحصول، حيث امتلأ مخزننا بالزكائب المعبأة بالقطن، وفي لحظة روقان على مصطبة الجنينة والعائلة كلها متناثرة حواليها، طاب لعمي أبو السعود أن يفتح سيرة الصندوق المطعم بالأحجار الكريمة، والمبطن بالذهب الخالص محفورًا فيه اسم تفيدة سليم الفرغاني، فبدا كأن عمي يهدف إلى إغراء خالتي تفيدة بإعادة النظر في موقفها الرافض للصندوق لعلها توافق على استرداده.

بكل هدوء شوحت خالتي تفيدة بيدها في الهواء تزيح هذه السيرة من أمامها، ثم ترجمت حركتها هذه:

ـ أنا أزحته من دماغي فتحسنت صحتي.

ـ لكنه قيمة أيضًا، ولا يصح إزاحتها بهذه البساطة.

اتسعت حدقتاها وامتلأتا باللهب:

ـ قيمة؟! ذهب وأحجار كريمة؟! طظ!

ـ إنه تاريخ يا امرأة! وثيقة تاريخية مهمة جدًّا! تخيلي معنى أن

يكون اسمك محفورًا بجوار اسم الأميرة على بساط من الذهب،
في تحفة فنية ذات قيمة مادية وفنية عالية!

باسم الله ما شاء الله، خالتي تفيدة حلت فيها شخصية أستاذ
فيلسوف، يكلم عمي أبو السعود كأنه طفل غرير:

ـ يا نور عيني! الله الغني عن هذا التاريخ، ليس يلزمني، هل أنت
شريكي في نفسيتي؟! أنت شريكي في الحب والحياة فحسب،
لكن هذا الموضوع يخصني وحدي، وأنا قلت فيه كلمتي لربنا،
ولن أسمع أي كلام يغريني بأن أكون صغيرة أمام ربنا وألحس
كلمتي.

ـ أقول مجرد نصيحة أخيرة قبل أن يفوت الأوان وتتعرضي للندم،
ونصيحتي أن الإنسان لا يجب أن يفرط في تاريخه بسهولة.

ـ اتضح أننا لسنا أهلًا لصيانة أي تاريخ، تظنني جاهلة يا أبو السعود
أفندي؟ يا أخي يكفي أني عاشرتك هذا العمر الطويل، ملعون
أبو التاريخ الذي أحميه ولا يحميني، الذي يفرض عليَّ أن أبقى
مدى الحياة مجرد حارسة له. هذا تاريخ يقلق منامي، وكلما أبص
فيه ألاقيني صغيرة! وألاقيه مشمئزًا من دولابي الذي وضعته
فيه! من اليد التي قد تخربشه! وألاقيني مذعورة من العين التي
ستحسدنا عليه، والنفوس الخسيسة التي تسعى لسرقته!
تريدنا يا أبو السعود أفندي أن نكرر ما حصل لنا من أول وجديد؟
طالما الصندوق عندنا فالشيطان في دارنا. كل عيالنا سوف
يقتتلون بشأنه، لا لا لا يا أبو السعود أفندي.

عندئذٍ بدأ وجه عمي أبو السعود يخلع رداء الدور التمثيلي الذي

أتقنه جيدًا طوال المشهد السابق: لقد تقمص شخصية الضد أمام خالتي تفيدة، ممعنًا في تبني منطقها والدفاع عنه، لا لينتصر له في النهاية، بل ليؤكد ويكرس المعنى المضاد الذي تمثله خالتي تفيدة.

إنه في حقيقة أمره ضد عودة هذا الصندوق إلى دارنا، بل يزدريه أيما ازدراء، بل إنه هو الذي يردد على أسماعنا دائمًا أبدًا قول علي بن أبي طالب:

إن الفتى من يقول هـأنــــذا     ليس الفتى من يقول كان أبي

ولكن لأن عمي أبو السعود لا يريد أن يفرض علينا ولا على خالتي تفيدة، رأيه هو باستبداد سلطوي بحكم كونه عميد العقالوة، لهذا فقد استدرج خالتي تفيدة أمامنا إلى هذا الموضوع، ليمهد لنا كيفية الوصول إلى بناء رأي خاص بنا، كل واحد على حدة تجاه أي موضوع بوجه عام، وتجاه موضوع الصندوق بوجه خاص، أي أنه استدرج خالتي تفيدة لكي تعبر ـ بهذه الحرارة ـ عن موقف هو مؤيد له مؤمن به، وأن تقول ما كان يعجز عن قوله بهذه الحرارة والقناعة والحسم. مما جعل عمي أبو السعود من فرط جذله اعترته حالة صبيانية لطيفة، فرفع ذراعه هاتفًا كقائدي المظاهرات:

يسقط التاريخ المنتحل!

كنا أكثر منه صبيانية، رددنا الهتاف وراءه في جدية لها زئير، فساق فيها وكرر:

يسقط التاريخ الموروث!

رددنا. قال إنه من غدٍ سيكتب عريضة يرفعها إلى وزير الداخلية، يفيده بأن السيدة تفيدة سليم الفرغاني الشهير بـ(تراتيرو)، حرم

٢٣٣

أبو السعود أفندي عقل المفتش بوزارة التربية والتعليم، قد تنازلت عن الصندوق الأثري الذي كان مسروقًا منها وعثرت عليه الشرطة في القضية رقم كذا، بتاريخ كذا، والجاري نظرها الآن في المحكمة الفلانية. برجاء متابعته واستلامه وضمه إلى متحف المسروقات التي تضبطها الشرطة، أو إلى المتحف الذي يضم جواهر الأسرة العلوية. هذا ما لزم. عرَّفناكم، والسلام عليكم ورحمة الله وبركاته.

في الصباح وقَّعت خالتي تفيدة على العريضة وهي في منتهى النشوة. طواها عمي أبو السعود ودسها في مظروف حكومي محترم، وأرسلها بالبريد المسجل بعلم الوصول.

## ٣١
## أهزوجة الرضا

اليوم بيع محصول القطن، تم ذلك في حضور الجميع، من كافة من ينتهي اسمه بلقب «عقل». عرفوا جميعًا ـ وبكل دقة ـ كم جنيهًا وكم قرشًا وكم مليمًا دخل دارنا اليوم، على الترابيزة أمام أعين الجميع.

كالعادة تم تكفين الفلوس في منديل محلاوي معقود الأطراف، استقر في قعر دولاب الحائط في حجرة جدتي معزوزة، في انتظار تقطيع أوصاله، وتفتيته على الورق، في كشوف حسابية ستكلف عمي أبو السعود عناء يوازي، إن لم يفق، ما بذل في زراعة القطن من عناء.

مطلوب منه الآن تدبير نفقات لعديد من الضرورات الملحة العاجلة، ثم الأمنيات المؤجلة، لعل أهم ما هو مطلوب منه الآن، وقبل كل شيء، هو تدبير نفقات كسوات متعددة الأشكال والأنواع والألوان والأحجام لما يقرب من خمسة وأربعين فردًا، من جلابيب، إلى قفاطين وجبب، إلى بدلات وقمصان إفرنجية وأربطة عنق، إلى

فساتين وأحذية وبُلغ وشباشب ومراكيب وجوارب وفانلات وألبسة وصديريات وتلافيع ولاسات. ففي الدار طلبة في الجامعة وفي التوجيهية والابتدائية، إضافة إلى عرائس تقرر دخولهن في موسم القطن، وصبايا على وش زواج يلزمهن تجهيزات مبكرة.

كان الله في عون الحاسبين المدبرين، فبرغم احترام الجميع لكشوف الحساب، فإن كل واحد فيهم ليس مستعدًّا للتنازل عن حلمه الوردي الذي رسمه على ذمة محصول القطن، ولسوف يسخط ويحتج ويتزربن إذا شعر بأن الواقع سينتقص من حلمه، فما بالك لو انسخط حلمه نفسه وآب إلى شيء أقل من أن يفرح به؟!

أنا وبعض أبناء عمومتي الجامعيين نطمح هذا العام في تفصيل بدلات جديدة، تليق بالجامعيين وبالملتحقين بالتعليم الثانوي في المدينة. هكذا عقدنا النية والاتفاق الجماعي، وجلسنا معًا في حالة تحفز واستنفار لإعلان الاحتجاج على البدلات السوقي الجاهزة التي لا تجيء مضبوطة أبدًا، ناهيك عن فسولة نسيجها.

لكنها نظرة خاطفة، وقعت من عيني أثناء تحليقي في الحلم ببدلة ذات مواصفات معينة.

نظرتي وقعت على عمي أبو السعود، الذي اكتسى وجهه بملاءة شفافة من الحرج والكسوف، كأنهم ضبطوه في موقف مشين، ترتعش الابتسامة المكسوفة على شفتيه كالمذنب يتلجلج بحثًا عن ذريعة.

ظننت لأول وهلة أن أحدًا قد أهانه على نحو ما، استعدت ما كان يقوله منذ هنيهة حينما عصر جبهته بين السبابة والإبهام ثم

قال بنبرة أليمة: «تعرفوا يا أولاد متى فصلت آخر بدلة في حياتي؟ كانت من حوالي عشرين سنة!». فلم يأبه به أحد، كأنهم لم يسمعوه، فانفردت ملاءة الكسوف المربدة وغطت وجهه التعيس المقهور النبيل في آنٍ.

كنت القريب منه طول عمري، وأعرف أن آخر بدلة فصلها كانت في الواقع منذ ربع قرن مضى من الزمان، ولمست مدى زهقه من البدلتين الكالحتين العجوزتين.

في ظني أنه لو دخل الآن في الموضوع مباشرة، وقال لهم بكل وضوح إنه قرر تفصيل بدلة جديدة لنفسه هذا العام بمناسبة ترقيته إلى مفتش بوزارة التربية والتعليم، أو حتى بغير مناسبة، لوجد من الجميع ترحيبًا وتشجيعًا بل وتحريضًا. إنما لا، فالغريب أنه متأكد من هذا، لكنه متأكد في نفس الوقت أن تحريضه على تفصيل بدلة جديدة لنفسه، سيكلف العائلة ما لا تطيق، إنه لواثق أن التشجيع والتحريض ليس نابعًا من قناعتهم بأحقيته في تفصيل بدلة جديدة بعد طول حرمان من هذا الحق، إنما هو تشجيع على خلق ذريعة، فكل واحد سيلوح بأحقيته في تفصيل جلباب من الصوف، وسيقدم المبررات المقنعة.

عمي أبو السعود كان رومانسيًّا أكثر من اللازم فيما يبدو، تصور أنه بمجرد تذكيرهم بهذه الحقيقة سيشعرون بالخجل، ويطلبون في كشف الحساب تخصيص بدلة جديدة له، خصمًا من الميزانية قبل توزيعها، مثلها مثل أنصبة عماتي وأجور الأنفار، أي لا يحق لأحد المطالبة بشيء لنفسه في مقابلها.

خيبة الأمل في عين عمي كانت ومضة خاطفة، إلا أنها كانت

كشعلة من لهب لسعت الوجوه من بعيد لبعيد، ثم انداحت عبر أوراق الشجر إلى الأفق الأبعد.

كشوف الحساب روجعت عشرات المرات، أعيد الحساب من أول وجديد مرات عديدة، نظرًا لاختلاف طرائق الحساب، حيث يريد كل منهم حساب حسابه بطريقته الخاصة في الجمع والطرح والقسمة والضرب ولملمة الكسور العشرية في آحاد صحيحة، تتصادم النتائج بفارق ملاليم ناقصة أو قروش زائدة، ليدب الشك من جديد حتى في قواعد علم الحساب نفسها. تعلو الأصوات حتى لكأن بلدة بأكملها تتعارك، مع أنها مجرد مناقشة عائلية ترتبط فيها حرارة العاطفة بعلو الصوت إلى حد الضجيج الهائل، إلا أنه على حدته وقوته الشكلية سرعان ما ينكتم في الحال، بمجرد حركة غضب مكتوم يفعلها عمي أبو السعود، كأن يرمي بالورق والقلم واضعًا يده على خده تعبيرًا عن اليأس والاشمئزاز، يبقى هكذا لبرهة وجيزة، قد يشعل سيجارة، أو يمسح عرقه المتصبب، أو يجأر في اتجاه الدهاليز في النسوان طالبًا كوباية شاي.

في النهاية تم توزيع المحصول على داير مليم، تم تسكين كل مبلغ في خانة الغرض المطلوب له ولو على الحركرك، يعني دونما زيادة أو نقصان، متعشمين في ستر الله بعدم زيادة الأسعار كثيرًا عن السنة الماضية، مع تعديلات مقبولة من جانبنا في مطالبنا، فبدلًا من البدلات التفصيل الثمينة، رضينا بالبدلات الجاهزة ذات المستوى الشعبي المتواضع. اختفى ذكر أي بدلة لعمي أبو السعود، مكتفيًا بالكسوة المتواضعة من جلابيب وفانلات وألبسة.

سلمت جدتي معزوزة بأن نصيبها في حج بيت الله لم يكتب بعد في كشوف تنفيذ المشيئة الإلهية، بله أن يكتب في كشوف عمي، تنازل أبي عبد العال عن قماشة العباءة الأمبريال التي يحلم بها منذ ثلاثين عامًا، وعمي زكريا عن الجبة الجوخ، وعمي جبريل عن بغلة عفية كان يترصدها عند صاحبها منذ مولدها ويحلم بامتلاكها لتسهيل سفره إلى الأسواق، كذلك تنازل عمي موسى عن ساعة الجيب التي وعد بها منذ محصول العام الماضي.

كان الجميع مع ذلك راضين كل الرضا، يقبلون أياديهم ظهرًا لبطن، شاكرين الله في أهزوجة جماعية مرعوشة الأصوات والأبدان، تقودها جدتي معزوزة في إنشاد حقيقي، حيث قد اطمأنوا إلى أن كسوة العيال في العيد قد أتت، وأن مصاريف المدارس قد دبرت، ونفقات سفر وكتب وكراريس قد وزعت بالعدل والقسطاس، وليس ثمة من دين في رقبة العائلة لأي أحد، وفي حجرة الكرار قمح وبقول وإدام، وفي البرج حمام، وفي صحن الدار بط وإوز ودجاج وأرانب ومعيز وخرفان، وفي الزريبة ماشية وألبان، وفي المخزن تبن وعليق، وفوق أسطح الدار أكداس مكدسة من وقود الجلة الناشفة وقش الأرز وحطب القطن، وفرن الدار مشتعل من صبيحة ربنا، لخبز لقمة طرية من فطير الذرة بالقشدة السائحة النائحة، لشق الريق في باكورة الصباح.

المعادي الجديدة
مساء السبت ٢٢/٧/٢٠٠٦